EXPLORERS ON BLACK ICE BRIDGE

by Alex Bell (author)
Tomislav Tomić (illustrator)

字畝文化出版

目次

各方好評推薦

故事的筆調明快，對話輕鬆，讀起來很過癮。史黛拉跟三位少年的冒險部分是主軸，他們的友誼從彼此討厭、猜忌，到四人同心……這過程也是很精采，讓人覺得很感動。作者並沒有刻意說教式的要讀者做一個善良的人，但是字裡行間，處處可以感受到溫柔。

——陳郁如（華文兒少奇幻《養心》作者）

「北極熊探險隊」的四個青少年從冰凍群島出發，羅盤定向在「世界上最寒冷的地方」。過程中，冰雪公主喚醒冰雪城堡，異能少年狼語者以傾聽和大自然起伏共振，小巫師不斷在嘗試失敗中壯大成長的、打開生命的邊界，溫柔而神經質的療癒系精靈，在不完美中反覆修整自己，也豐富了團隊。

——黃秋芳（山海經奇幻小說【崑崙傳說】作者）

這是一旦開始閱讀就難以放下的奇幻冒險故事。書中四位少年主角所經歷的不僅僅是一段行走意義上的探險旅程，更是一段成長意義上的探索旅程。書中各種驚心動魄又富原創性的情節，我猜想，很快會拍攝成電影而廣受青少年喜愛。

——黃雅淳（臺東大學兒童文學研究所副教授）

一連串的困難與攔阻，都無法擊垮這群保有探險家初心的「北極熊探險隊」隊員。如同小說裡所說「探險家最愛的莫過於充滿未知與危險的美妙時刻了。」相信年輕讀者在一同神遊過這場冒險旅程之後，能夠發現生活中種種考驗與挫折，其實有著美妙的一面，並且利用挫折成就更強大的自我。

——蔡明灑（朗朗小書房創辦人）

神奇的歷險，包含了友誼、勇氣和決心，充滿想像力的世界。

——《書商》（The Bookseller）

這應該是本年度最讓人想緊緊擁抱的小說。無敵可愛，而且文筆充滿歡樂與機智，讀來暢快淋漓。

——《科奇幻周刊》（SFX）

冰國的奇幻之旅。

——《週日快訊》（Sunday Express）

充滿喜悅，節奏很快的奇幻冒險小說。

——《WRD 青少年雜誌》

導讀 喚醒內在英雄的閱讀之旅

黃雅淳（國立臺東大學兒童文學研究所副教授）

有關少年最好的故事，都是關於旅程的。

——美國小說家 史帝芬・金

這是一部開始閱讀就難以放下的奇幻冒險故事，英國作家艾莉克斯・貝爾首度為青少年創作小說，甫出版即成為暢銷書。其中的重要因素，應是她在這系列中創造出各種富有原創性、讓人目不交睫的魔幻時空與奇異生物。

我們且看主角史黛拉出場時的生活情景：

十二歲生日前夕，她和身軀龐大的寵物北極熊葛拉夫躲在塔樓上生悶氣，拒絕養父菲利克斯為她準備的「暮光禮物」，但之後又忍不住好奇的打開——原來是一座魔法小冰屋，內有一群迷你企鵝家族；生日當天的早晨，她在蓄養著數十隻侏儒恐龍的溫室吃早餐，牠們跟她爭食著軟糖條……而經歷了曲折的一天後，回到發出閃亮光芒的房間，發現小仙子在她臥室地板上擺滿了閃著美麗光彩的魔幻花朵，每一朵綻放的花朵中，都是獨角獸造型的小蛋糕……

而這個如童話世界的生活場景，卻是讓史黛拉覺得「平淡無奇」的居家日常，那麼可以想見，當她意外加入北極熊探險隊，成為第一位到達冰凍群島的女性探險家，迎接她的又將是怎樣不可思議的未知世界？

於是，讀者就在有如電影運鏡般快節奏的敘事中，置身於史黛拉和同伴們的旅程上，沿途遇見如冰山般巨大的雪怪、心懷不軌的小霜子、尖叫的黑樹、利齒捲心菜、海妖精、飛行鯊魚、被下咒的女巫木偶……等等，和他們一同經歷衝突、恐懼，也一起激發勇氣，挺身面對危險。

然而，書中這些栩栩如生的奇幻生物、驚心動魄的緊湊情節，並不是吸引兒少讀者投入閱讀的唯一原因。正如大陸奇幻文學的創作者彭懿所說：

好的幻想小說都是成長小說，如一面鏡子，能照出孩子的自我；它是孩子們演練內心衝突的一個舞台，它是一次孩子們的自我發現之旅。

《北極熊探險隊》系列書中每位少年主角的身上都帶著一些缺點，但是，正因他們的不完美，更讓兒少讀者覺得可感、可親、可信，書中的兒少主角彷彿是自己或身邊的朋友，故在閱讀中不自覺的產生認同與投射。

世界上每一種力量都有它的光明面與陰暗面。光明能照亮萬物，但無法驅趕自身的黑暗，所以，點亮一盞燭光，即會投出一道黑影，燈座下也會有陰影相隨。書中的四位主角雖各自具備獨特的能力，卻也有著不願面對的負面特質。因此，他們在這趟向外除魔斬妖的旅程中，其實也是進入內在的心靈世界，去克服晦暗不明的恐懼，以及尋回潛藏許久、被遺忘的力量。當他們在相伴前行的過程中發現、接受並整合真實的自己，便已成為生命的英雄。

換言之，書中這些驚險刺激的外在歷險，其意義是指向內在的：

女主角史黛拉發現自己真正的身分是冰雪公主，而親生父母是殘暴冷酷的冰雪女王夫婦時，她面臨的是自我認同的矛盾、對內在擁有凍結魔法的不安；她該向殺害親生父母的女巫報仇嗎？她該恢復雪之女王的榮光，而失去內在本質嗎？

狼語者謝伊雖具備先天的領袖特質，正直溫暖，但亦必須面對心中凶猛狼性的衝動與他人眼光中的戒備、恐懼；他的「影子狼」柯亞是他的內在本我還是理想自我？他該活出的是真實的自己？還是父母朋友所期待的完美男孩？

新手巫師伊森背負著兄長為他喪生的愧疚感，以及時時的自我厭棄，只能以刻薄自私及高傲的人格面具來保護自己；他日益精進的魔法能成為傷人制敵的武器，或是發展成利人護己的長才？

混有精靈血統，擁有療癒能力的豆豆，卻無法治療自己的高敏感特質與社會功能失調；從小活在被斥為「怪胎」的孤獨情境中，他如何在群體裡發揮無私利他的善良本性與治療天賦，協助同伴轉化危機？

如果生命最重要的課題是尋找「我是誰？」那麼人生中每個充滿挑戰的事件，其實也是貼近真實的自我、在不完美中學習更完整的機會。所以，書中四位少年英雄所經歷的不僅僅是一段行走意義上的探險旅程，更是一段成長意義上的探索旅程。

我相信，當青少年讀者投身在這段欲罷不能的閱讀時光中，將與主角們融為一體，為他們緊張、焦慮、振奮之外，也將陪著書中的主角們經歷一場喚醒內在英雄的冒險之旅，帶回屬於自己的心靈寶藏。

北極熊探險隊

3 黑暗冰橋

四大探險隊規章

北極熊探險家俱樂部規章

❶北極熊探險家應隨時隨地維持鬍鬚修剪整齊，仔細上蠟。任何鬍鬚邋遢、不修邊幅的探險家，將立即被請出俱樂部的公用房間。

❷鬍鬚未梳理或不整潔的探險家，亦不許進入會員專屬酒吧、私人餐廳和撞球室，沒有例外。

❸所有俱樂部土地上的冰屋中，必須隨時放置一壺熱巧克力，以及足夠儲量的棉花糖。

❹在俱樂部土地範圍內，僅能使用北極熊形狀的棉花糖。此外，以下早餐品項，亦僅能提供北極熊形狀：鬆餅、格子鬆餅、小圓烤餅、甜麵包、水果凍和甜甜圈。請勿要求廚房做出其他形狀或動物——包括企鵝、海象、毛茸茸的長毛象或雪怪——大廚會不高興。

❺提醒各位會員，大廚如果被冒犯、覺得受到羞辱或感到憤怒時，餐廳除了奶油吐司之外，便不會提供任何食物了。而這份吐司，只會做成麵包狀。

❻任何情況下，探險家都不得追獵或傷害獨角獸。

❼所有北極熊探險家的俱樂部雪橇，必須正確的裝上七只黃銅鈴鐺，並包含以下物品：五張軟毯、三個有織套的熱水瓶、兩壺緊急用熱巧克力，以及一籃熱過的奶油小圓烤餅（北極熊狀）。

❽請勿將企鵝帶進俱樂部的鹽水浴中，因為牠們將霸占按摩浴缸。

❾所有企鵝均為俱樂部的財產，探險家不得擅自帶走。俱樂部有權搜索任何形狀可疑的袋子，任何會自行亂動的袋子，自然會受到懷疑。

❿所有在俱樂部土地範圍中製作的雪人，必須有修剪整齊的鬍子。請注意，胡蘿蔔並不適合拿來當成鬍鬚，茄子亦然。若對雪人的鬍鬚有疑慮，請隨時諮詢俱樂部主席。

⓫用冰柱、雪球或打扮奇怪的雪人威脅其他俱樂部會員，是一種沒禮貌的行為。

⓬俱樂部的土地範圍上，不允許出現樹鴨[1]，若發現會員攜帶樹鴨，將要求該會員離開。

所有北極熊探險家入會時，將收到一只探險家袋，其中包含以下物品：

- 一罐菲力巴斯特隊長的長征強效鬍蠟。
- 一瓶菲力巴斯特隊長的香氛鬍油。
- 一根口袋折疊鬍子梳。
- 一把象牙柄刮鬍刷、兩把修剪用剪刀，以及四顆分開包裝的奢華泡沫刮鬍皂。
- 兩個折合式小化妝鏡。

海魷魚探險家俱樂部規章

❶各種海妖、奎肯[2]和巨魷魚獎盃，都是俱樂部的私有財產，不得挪去做為私人家庭裝飾。若在探險隊家中發現任何失蹤的裝飾性觸鬚，將予以收費。

❷探險家不得在任何正式遠征途中，與海盜或走私者拉黨結派。

❸有毒的河豚、刺絲水母、海黃貂魚和電鰻，皆不適合拿來做派的餡料或是夾三明治。若對廚房提出以上要求，將遭到婉拒。

❹請探險家們不要向俱樂部大廚示範海蛇、鯊魚、甲殼類或深海怪物的烹煮或食用方法，包括第三條規章中的魚種。請尊重大廚的專業。

❺海魷魚探險家俱樂部認為，海參並不具備獲得獎盃的資格或認可。包括較難找到的咬人海參，以及唱歌海參和吵架海參。

❻海魷魚探險家若贈送本俱樂部一條尖叫的紅魔鬼魷觸鬚，將獲得一年份的伊詩邁隊長高級黑萊姆酒。

1 樹鴨（Whistling Duck）是一種小型鴨類。
2 奎肯（Kraken）是北歐神話中迴游於挪威和冰島近海之間的海怪。

❼泊港的潛艇請勿處於潛水狀態——這會妨礙俱樂部的清潔服務。

❽探險家請勿將死掉的海怪留在走廊上，或是任何俱樂部的公用房中。無人看管的海怪可能會被移至廚房，不另行通知。

❾南海航海公司對其潛艇所受之損害，概不負責，包括巨魷、鯨魚和水母攻擊或突襲時所造成的破壞。

❿探險家不得在地圖室中比較魷魚觸腳的長短或其他獎盃。欲進行任何私人打賭或下注，請使用戰利品展示間中所標示的區域。

⓫請注意：任何以捕鯨魚叉砲威脅另一位探險家的成員，將立即暫停俱樂部會員的資格。

所有海魷魚探險家入會時，將收到一只探險家袋，其中包含以下物品：

- 一罐伊詩邁隊長的奎肯餌。
- 一張奎肯網。
- 一個刻字小酒壺，裝滿伊詩邁隊長的蠻牛鹹萊姆酒。
- 兩枝銳利的魚叉，以及三袋狩獵用矛頭。
- 五罐伊詩邁隊長的捕鯨砲亮光油。

沙漠豺探險家俱樂部規章

❶魔術飛毯在俱樂部會所中應捲收妥善。任何由失控飛毯造成的損害，將由探險家負全權責任。

❷魔法精靈燈必須隨時由主人妥善保管。

❸請注意：嚴禁精靈到酒吧和橋牌桌。

❹帳篷僅限於重大的長征探險用，不得用來舉辦派對、聚會、閒聊或談八卦。

❺禁止——或不得鼓勵——駱駝對其他俱樂部會員吐口水。

❻除非特殊情況，跳跳仙人掌不得進入俱樂部。

❼請勿拿走俱樂部裡的旗子、地圖或小袋鼠。

❽俱樂部會員不得在子夜到日出期間，以駱駝競速的方式解決爭端。

❾俱樂部裡的袋鼠、郊狼、沙漠貓和響尾蛇，應隨時受到尊重。

❿想保留全數手指的會員，建議別去惹巨大多毛的沙漠蠍，或激怒有鬍子的禿鷹和斑紋沙漠遁蛛。

⓫探險家請勿在俱樂部入口處的飲水盤中洗腳，飲水僅供會員解渴提神用。

⓬俱樂部土地上會建置沙堡，供探險家在進入俱樂部前清理涼鞋、口袋、袋子、望遠鏡盒和頭盔裡的沙子。

⓭探險家請勿過度裝飾駱駝。沙漠豺探險家俱樂部的駱駝最多可戴一條珠寶項鍊、一頂加流蘇的頭飾和印花大方巾、七只素金腳環、最多四只膝套，以及一件嘴鼻的花飾。

所有沙漠豺探險家入會時，將收到一只探險家袋，其中包含以下物品：

- 一頂可折疊的皮製遮陽帽或木髓帽。
- 一罐熱帶的多毛沙漠巨蠍強力驅除液。
- 一把鏟子（請注意，本物件可有效防止被沙塵暴活埋）。
- 一組駱駝修剪箱，包含有機駱駝洗毛液、駱駝睫毛捲、頭梳、腳趾甲剪與蹄子拋光器（由國家駱駝美容協會慷慨贊助）。
- 兩只備用精靈燈和一個備用精靈瓶。

叢林貓探險家俱樂部規章

❶叢林貓探險家俱樂部會員於野餐時不得儀態邋遢，應於所有的遠征隊野餐展現優雅、從容與貴氣。

❷所有的遠征隊野餐用品須以純銀打造，並隨時保持潔亮。

❸香檳籃必須以頂級柳條、高級皮革或柚木製作。請注意，在任何情況下，「寒酸俗氣」的香檳籃均不得放到搬運行李的大象上。

❹不得於沒有司康餅的情況下舉辦遠征隊野餐。有魔法燈籠、精靈蛋糕和綜合小仙子果醬的話則更佳。

❺在俱樂部中，必須將東方鞭蛇、大鱷龜、短角巴布狼蛛和飛豹關妥鎖穩。

❻不許折磨或逗弄叢林小仙子。他們會咬人，而且可能對惹事者發射小顆但威力強大的臭莓果。臭莓果的氣味比任何想像得到的東西更臭，包括腳臭、發霉的起司、大象糞便和河馬的嗝。

❼叢林小仙子若送上以下任何禮物，便一定要讓他們參加遠征隊野餐：大象蛋糕、條紋長頸鹿司康餅，或是來自叢林虎禁寺的氣泡老虎飲料。

❽無論何時，叢林小仙子的船隻在帝奇塔奇河上均有優先航行權，包括遇見食人魚時。
❾無論何時，均不得以長矛指向其他俱樂部成員。
❿搭乘大象旅行時，請探險家自行提供香蕉。
⓫萬一遇到憤怒的河馬，叢林貓探險家應保持冷靜，並盡快採取行動，避免造成遠征隊船隻受損（請注意，船隻歸回叢林航海公司時，應保持原有狀態）。
⓬提醒各位會員——有鑑於以下動物之體積與氣味——俱樂部的象舍並不適合做為晚會、宴會、慶祝大會或狂歡舞會的場地。本會嚴禁在象舍舉行任何社交活動。

所有叢林貓探險家入會時，將收到一只探險家袋，其中包含以下物品：

- 一對刻有探險家名字縮寫的大象形珍珠母刀叉。
- 一組銀器拋光盒。
- 一個刻著叢林貓探險家俱樂部字樣的餐巾環，以及五條頂級麻布餐巾——燙好、上漿，並印有俱樂部徽章的浮水印。
- 一只有火精靈的魔法燈籠。
- 一罐格雷斯托克隊長的長征煙燻魚子醬。
- 一個開瓶器、兩支切蘇格蘭蛋專用刀，以及三個柳編葡萄籃。

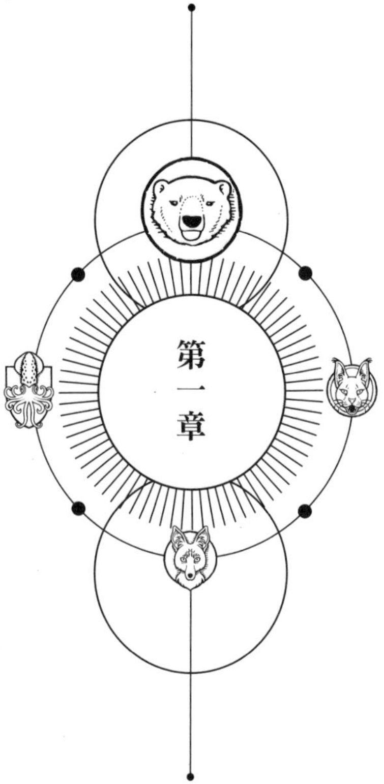

第一章

不公平的懲罰

史黛拉・星芒・玻爾一點也不喜歡寒門的法院。

建築物本身天花板高聳，不僅幽暗醜陋、壓迫感十足，到處是表情嚴酷的法官肖像和正義獅鷲獸的石雕，而且法院裡的員工都好呆板嚴肅，領口的釦子似乎都扣得太緊了。或許正因如此，那些員工才會汗流浹背，一副快窒息的樣子，包括坐在長椅後的那批陪審團。

陪審團成員包括北極熊探險家俱樂部主席，阿爾吉儂，奧古斯都，福格，以及其他三位退休探險家，這些人全是滿頭灰髮的男性，一臉不以為然的表情惹得鬍子不時翹起來。他們全用責難的眼光逼視著史黛拉的父親，菲利克斯——身穿淡藍色探險家披風的他獨自站在他們面前。

通常法院是用來審理罪犯的，但允許北極熊探險家俱樂部在會員接受違規調查時使用。不幸的是，菲利克斯最近因未獲授權，擅自前往女巫山，觸犯了不少規定。而史黛拉和她的少年探險家朋友謝伊、伊森和豆豆，為了營救菲利克斯而隨後跟進，因此也違反了相同的規定。

這是史黛拉和菲利克斯第三次到法院了，史黛拉覺得法院似乎是特地用來讓人感覺渺小卑微的地方。裡頭那種長久以來的意見分歧、爭辯、悲苦和委屈不平的氣氛，濃厚到令史黛拉不禁在衣服底下發癢躁動。最氣人的是，她痛恨他們把菲利克斯當成某種罪犯，真的太不公平了，實在難以用言語形容。對，菲利克斯或許違反了一些規定，還不顧北極熊探險家俱樂部的意旨，擅自跑去了女巫山，但那是因為攸關生死，任何探險家應該都能夠理解才對。

史黛拉在椅子上調整坐姿，試著說服穆塔發、哈米納、哈斐瑞與哈里耶安分的坐在她腿上。史黛拉並不知道，這四位上次遠征途中認識的叢林小仙子，在他們出門時偷偷躲進了她的口袋裡。史黛拉很擔心他們會作亂，因為她已經逮到哈米納拿著彈弓，用臭莓果瞄準一尊神色嚴肅、裝飾在牆上的獅鷲獸雕了。

法院裡其他人也不斷用眼神斥責他們，叢林小仙子的綠皮膚、葉子長衣和醒目的藍色刺髮，使他們顯得格外吸睛。雖然沒有規定小仙子不得進入法庭內，但法院森嚴肅穆的氛圍（也許全是那些律師的緣故）讓人覺得這裡不該出現像小仙子這樣神奇美妙的東西。

自從小仙子跟史黛拉和她的朋友們從那次重大的長征回來後，各種麻煩事接踵而至，至今持續三個星期了。菲利克斯和史黛拉雙雙因違規而受審，兩人的俱樂部會員資格懸置未決。在跑了兩趟法院後，上週收到電報通知他們這將是最後一場會議，而且將於當日做出決議。史黛拉發現大家都跑來等候結果了，包括叢林貓探險家俱樂部主席和他那位可惡的兒子，吉迪恩·格拉海·史邁思。謝伊、伊森和豆豆也來了，還有豆豆的媽媽喬絲，她是位身材纖細的精靈，有一頭藍色長髮和一對尖耳朵。

看到好友都來了，史黛拉非常震驚，因為今天是豆豆的生日，他籌辦生日派對很久了。史黛拉發現他們當天必須上法院時，派信差小仙子傳遞訊息表示自己無法出席派對。她本以為派對會在她缺席的情況下照常舉行，沒想到朋友們卻全跑來這個可怕的地方了。

狼語者謝伊與史黛拉四目相接，在走道對面朝她揮手。法庭裡又暖又悶，但謝伊依然穿著斗篷，而且似乎裹得很緊，一副需要保暖的樣子。史黛拉也舉手回應，看到謝伊的那片白髮，史黛拉努力按捺心中的不安。比起上次見面時，白髮是不是變更多了？抑或只是她的想像？無論如何，真的沒有時間浪費了。

謝伊的影子狼柯亞，在上次他們從女巫山撤離時，被巫狼咬傷了。如果他們不設法拯救謝伊，他勢必會變成一匹巫狼，但是他們已經試盡一切辦法，都沒能成功。拯救謝伊的唯一可能，就是越過被詛咒的黑暗冰橋——一條被遺棄、從來沒有探險家能成功跨越的大橋。在黑暗冰橋彼端的某處，有個叫收藏師的神祕人物，他偷走了史黛拉生母的《雪之書》，書中有一道咒語，或許能救謝伊一命，但這項任務無比艱鉅（大部分人都認為不可能達成）他們應該要忙著做好遠行的準備，而不是困在這個蠢不可及的法庭裡浪費時間。史黛拉忍不住挫折的咬著牙。

「你明明知道俱樂部不希望你們去女巫山。」陪審團中一位年長的探險家對菲利克斯說：「但你還是去了。」

「你這是在提問嗎？納什尼爾？」菲利克斯溫和的問。

「這是你最後一次機會，為自己的行為提出解釋或辯駁。」探險家答道。

「這世上有些事，甚至比北極熊探險家俱樂部還重要。」菲利克斯回答：「我已經跟本庭表示過了，我去女巫山，是因為我相信那裡有位女巫想傷害我的女兒，我擔心她的人身安全。」

主席福格的嘴抿成一道細細的直線，他翻著擺在前方長椅上的文件，垂眼看著最上面那份，然後看回菲利克斯說：「你為你的養女，名為史黛拉．星芒．玻爾的冰雪公主負起全部的責任，而且也不否認她擅自闖入北極熊探險家俱樂部，竊走了一件價值連城的藝品……」

「上述兩點我都堅決否認，先生。」菲利克斯猛然打斷他說：「我強烈抗議。史黛拉是俱樂部的少年會員，俱樂部一開始就不該拒絕讓她入內。再說，她取走的藝品是她自己的頭冠，那只是暫時借給俱樂部的，自己的財物怎能算是偷……」

「那麼我的飛船呢？」法庭另一側傳來高喊。史黛拉扭頭一看，發話者是叢林貓探險家俱樂部的主席，溫德．溫特頓．史邁思。「你總不會說，飛船也是那個女孩的吧？還有我兒子的事呢？他遭到魔法的攻擊。」

「攻擊他的人是**我**！」史黛拉的朋友伊森・愛德華・盧克滿臉怒容的站起來說。他身穿著黑色海魷魚探險家俱樂部的披風，在法庭昏暗的光線下閃閃發光。「不是史黛拉，是我。而且我會再做一次，絕不猶豫！」

這群少年探險家藉由飛船逃離北極熊探險家俱樂部的守衛時，吉迪恩・格拉海・史邁思很不幸的也在船上。他比這些探險家虛長幾歲，長得非常英俊帥氣，但為人無禮且刻薄。他們錯愕的發現，吉迪恩意圖破壞救援行動，將飛船調頭折返，於是伊森發揮他巫師的威力，把吉迪恩變成一隻綿綿蛙。整趟歷險途中，吉迪恩幾乎都被塞在某個人的口袋裡。

史黛拉明白伊森當時的做法有些過分，他應該在他們一抵達女巫山後，就把吉迪恩變回人形，可是這位巫師宣稱他忘記咒語了。其他人儘管心知肚明那並非事實，但也都沒有人堅持說服他把吉迪恩變回來，畢竟他們還有邪惡的女巫、吸血妖精和冰蜘蛛等要對付，大家都不想在登山途中聽吉迪恩抱怨。

等他們回到家，吉迪恩再次恢復人形時，他趴在有鹽味的碼頭木板上，抬眼怒瞪著伊森。史黛拉至今都還記得當時他眼中熊熊燃燒的恨意。

「**我會報仇。**」吉迪恩說：「**我發誓總有一天，一定要讓你為此事付出代價。**」

現在他果然在這裡為難他們了。若不是吉迪恩對整件事憤恨難消，或許叢林貓探險家俱樂部的主席還不至於如此的緊咬不放，目前事態可能也會變得非常不同了。

吉迪恩從椅子上站起來，全然不理會伊森，逕自對法官說道：「巫師與此事無關。他只是想幫冰雪公主承擔罷了，他顯然受到了她的迷惑。」吉迪恩指著史黛拉說：「攻擊我的人是**她**。」

「我沒辦法把任何人變成青蛙！」史黛拉喊說：「我只會使用冰魔法——」

「誰知道這個女孩會做什麼，不會做什麼？」史邁思主席表示：「我們對冰雪公主幾乎毫無所悉，只知道她們很危險而已。」

「你兒子是個可惡的大騙子！」伊森大聲罵道。

此言一出，法庭中怨聲四起，史黛拉看到豆豆的媽媽將伊森拉回他的座位上，急切的在他耳邊低語。

「我跟你們說，就是她！」吉迪恩堅稱。

史黛拉不知該如何讓大家聽進她的話，她已經在之前的會議中詳述一切經過，但似乎沒有人想聽她說的任何話。

福格主席拿起鐵砧快速敲著。「肅靜。」他喊道：「不許再亂罵人，否則我就把閒雜人等趕出房間。」他把眼神轉向菲利克斯，然後開口：「偷走史邁思主席的飛船是罪無可逭的。是的，飛船不僅被竊，更在遠征的過程中佚失。那艘船由帝奇塔奇河的帝奇女神親手雕造而成，乃無價之寶。」

史黛拉一聽便畏縮了。他們抵達女巫山後，確實在威諾斯交易站把飛船賣掉了，因為駱駝和魔帳毯似乎對當時即將展開的長征更為重要，可是現在史黛拉開始覺得，也許他們應該多花些力氣，設法把飛船一起帶回來。但當時她一心只想救菲利克斯，根本無暇顧及這一點。

「我承認史黛拉確實取走了飛船。」菲利克斯說：「但是按照前例，當另一名探險家的生命危在旦夕，情況危急時是可以破……」

「謝謝你，玻爾，但我們不需要上法律課。」福格主席打斷他說：「我們聚集在此只是要總結一些事實，然後做出決定。」他放下鐵砧，在椅子上坐得更挺些。「當初我同意這名女孩加入北極熊探險家俱樂部，算是我誤判了。你跟我說，你會為她負起完全的責任。如今她再三破壞規則，已是罄竹難書，還把其他少年探險家都帶壞了。」他的目光瞥向豆豆、謝伊和伊森，三人全部站起來齊聲抗議。但福格主席連氣都沒喘一下，逕自提高嗓門，滔滔不絕的蓋過他們的解釋。「結果叢林貓探險家俱樂部正式提出投訴，逼得我不得不採取行動。你和這名女孩被北極熊探險家俱樂部開除了。」

其他人全停止交談，一時間庭中一片死寂。史黛拉滿腹冤屈與不平，胸口就要爆炸了。她想起自己在第一次遠征前，菲利克斯對她說過的話：

「萬一出任何差錯，我幾乎可以確定，我會失去北極熊探險家俱樂部的會員

資格……」

她向菲利克斯保證，絕對不會發生那種事。她知道俱樂部對他的意義有多麼重大——探險是菲利克斯畢生的志業。法庭裡其他人正在史黛拉四周鬧哄哄的議論，有些人憤憤不平，有的則稱心快意。

「請交還你的披風，先生。」福格先生冷冷的說：「你已失去穿它的權利了。還有，我必須請你在離開法庭之前，把探險家的袋子和卡片留在徵收櫃臺上。」

史黛拉看到菲利克斯的手指微微顫抖著，解開披風釦夾。她不自覺的站起來，腿上的小仙子們紛紛重摔在地上。

「不！」她的聲音傳過法庭，所有人都轉頭瞪著她。「不！」她重申一遍。「這是不對的。是**我**偷走飛船，是**我**擅闖俱樂部，菲利克斯去女巫山也是為了我，拿**我**做的事情來懲罰他，這太不公平了！」

「公不公平不是由你決定的。」福格主席強硬的說：「事實上，你在法庭裡根本沒有發言權。」

史黛拉知道，既然陪審團已決定如此蠻橫不講理，跟他們說道理也是白費唇舌。有好一會兒，史黛拉的手指不由自主的摸著她腕上的幸運符手環。菲利克斯後來終於找到他要找的女巫了，結果居然是史黛拉的老保母，潔西貝拉。菲利克斯發現原來一切都是誤會；女巫從來沒想過要傷害史黛拉。大夥團圓之後，潔西貝拉送給史黛拉這只幸運符手環，甚至跟著他們回家。潔西貝拉告訴史黛拉，手環上的每一個幸運符，都能啟動不同的咒語。或許她現在就能施用其中一個咒語，來對付陪審團？

「史黛拉。」菲利克斯低聲說，語氣裡盡是警告。

她看著他，菲利克斯只是輕輕的搖頭，然後眼神瞄往謝伊所站的位置。史黛拉感覺心中的怒火無可奈何的漸漸退去了。她明白菲利克斯想說什麼：她絕對不能惹禍，因為她是唯一有可能拯救謝伊性命的人。**假如**他們真的能越過黑暗冰橋，**假如**他們找到了收藏師，而且**假如**他們真的偷回了《雪之書》，也只有史黛拉能使用裡頭的融冰之咒，來化解巫狼的咬傷。

「我對於自己做過的事，沒有一件感到後悔，我很樂意放棄會員資格，如果那是必要的代價。」菲利克斯一邊平靜的說道，一邊仔細把披風摺好，放到旁邊的桌上。

「你這個人就是這樣，玻爾！」陪審團中一位退休的探險家輕蔑的表示：「要我說，北極熊探險家俱樂部早該把你這種我行我素的人除名了。你傷害俱樂部的清譽，破壞我們的傳統，令我們的歷史蒙羞。」

史黛拉知道這位探險家，他的名字叫昆汀．鮑溫．摩爾，跟菲利克斯一樣是小仙子學家，只是昆汀喜歡把小仙子釘起來展示和塞到殺蟲罐裡。菲利克斯說服北極熊探險家俱樂部把展示的小仙子標本挪走時，昆汀氣壞了，從此便一心想報復菲利克斯。

「讓我把話說清楚，」菲利克斯表示：「我對北極熊探險家俱樂部抱有絕對崇高的敬意。事實上，我對所有探險家俱樂部都非常尊重，但有的時候，我們真的應該反思過往的態度，並與時俱進……」

「胡說八道！」昆汀大喊：「若不是你給大家灌輸一些蠢想法，我們或許就能把那些在俱樂部大廳裡展示了一百多年的小仙子標本擺回去了！」

「或許你會辦到吧，昆汀。」菲利克斯嘆道，史黛拉從沒聽過他用如此傷心又疲累的語氣說話。

然而在其他人來得及講任何話之前，穆塔發已拿著彈弓躍入空中了。史黛拉知道他想幹什麼，可是在她還來不及思考是否阻止他時，穆塔發已拉開橡皮筋，朝昆汀射出一粒臭莓果。史黛拉猜想，這位叢林小仙子不爽聽到昆汀建議俱樂部要重新展示小仙子標本，而她真的不怪他。

只是小仙子在這個節骨眼上對陪審團成員發射臭莓果，實在是有點幫倒忙。紅色的莓果直直射過房間，正中探險家的臉頰，莓果炸開來，釋出可怕的惡臭。你很難對從來沒聞過臭莓果的人描述那股臭勁，有點像是北極熊的便便、海象的口臭和駱駝的嘔吐物加總起來的味道，再加上一點腳臭味和發霉的起司。惡臭登時瀰漫整個法庭，所有人立即開始乾嘔，大家起身相互推擠的往出口奔逃。

第二章

變調的生日派對

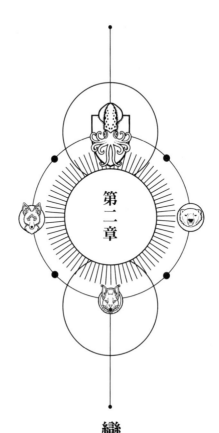

從女巫山回來後，一直跟叢林小仙子同住的史黛拉和菲利克斯，比其他人稍微能忍受臭莓果的氣味。菲利克斯走到史黛拉身邊，對她淺淺一笑。

「別那麼愁眉苦臉。」他抓緊史黛拉的肩膀說：「我們早就知道很可能會是這種結果了。」

「我只是……我只是沒想到真的會發生。」史黛拉說，好氣自己的聲音在發抖，「這太不公平了。」

「人生並非總是公平的。」菲利克斯同意道：「可是你跟我現在有更重要的事情要擔憂。」

他望向史黛拉後方的走廊，他們的朋友正拿著手帕摀住鼻子，在那兒等他們。

「我們過去跟他們會合吧。」菲利克斯說。

史黛拉招手要小仙子們過來，他們開心的鑽到史黛拉洋裝的前袋裡——那是她的裁縫為了小仙子而特意做的大口袋。他們走出來到走廊上，豆豆的母親很快的抱了菲利克斯一下。

「太過分了。」喬絲靜靜的說：「他們最後一定會看清緣由，讓你重回俱樂部，一定會的。」她對史黛拉笑了笑，按按她的臂膀說：「親愛的，你剛在裡頭表現得好勇敢。」

史黛拉想報以微笑，可是她的喉頭哽得好痛，幾乎沒法動彈。不過她還是打從心底慶幸朋友們都來了，而且很開心見到總是笑臉迎人的喬絲。她發現豆豆的媽媽今天穿了自己打的毛衣——一件超大的羊毛套頭衫，幾乎把她嬌小的骨架都蓋住了。她還在衣服上縫了一隻友善的大雪怪，上頭真的飄著白白的絨毛。

「反正木已成舟。」菲利克斯說：「我們去拿外套，離開這裡吧。法院令我渾身發癢。」

大夥來到衣帽間，遞上票根，取回自己的帽子和袋子。史黛拉在之前的其中一場會議中，已被迫交回探險家披風了。她的普通外套穿起來挺單薄，還會扎得皮膚刺痛，因此她決定不拿了，反正她不會覺得冷了。

「玻爾。」

大夥轉過身，看到福格主席站在他們身後，眼睛依舊被臭莓果的惡臭熏得淚眼迷濛，連鬍子都有點塌了。

「你已經被俱樂部除名了。」他用手帕擦拭自己的眼睛。「我相信你明白這其中的含意吧？你已經喪失探索未知領域的權利了，只有具備資格的探險家，才享有那份特權。」他瞄著前門，史邁思主席和他家公子吉迪恩還在那邊徘徊不去，一臉得意洋洋。「而且你給自己樹了一個大敵，菲利克斯。」福格壓低聲繼續說道。史黛拉覺得，主席看她父親的眼神中，好像閃過一抹悔意。「你知道我不能冒險破壞我們與其他俱樂部之間的友好關係，自從雪鯊遠征失敗後，我們跟海魷魚探險家俱樂部的關係已經岌岌可危。」他嘆口氣繼續說：「你是一名傑出的探險家，北極熊探險家俱樂部很高興能有你這位會員，可是這件事你讓我沒有其他選擇。如果我聽到你有任何遠征探險的計畫，我就只能申請令狀，將你逮捕了。」

史黛拉倒吸一口氣，嚴格照法律條文來說，確實規定只有探險家才能進行遠征探險，但通常法院不會強制執行，畢竟又不會造成什麼傷害，不是嗎？萬一有人就是有勇無謀，硬是自己買了橡皮艇，綁上旗子，航向茫茫大海，此後音訊全無，那也只是他們自己的事吧？

「我明白。」菲利克斯靜靜表示。

「請別逼我逮捕你，菲利克斯。」主席接著說：「探險家監獄並不是什麼好地方，你不會想跟盜獵者、海盜和土匪等關在一起，還有……」

「我的確是不想。」菲利克斯邊戴上帽子邊說：「再見了，福格主席。」

其他人尾隨菲利克斯往大廳走，大夥心情都相當沮喪。史黛拉尤其替豆豆感到難過，因為生日還得經歷這些真是糟糕透頂。

「我得把這些東西交回去。」菲利克斯指著他的探險家袋子，勉強擠出開朗的聲音說：「然後我們就可以走了。」

他走向房間另一端的櫃臺，可是就在此時，史邁思主席和他兒子剛好穿越大廳，一邊扣著披風釦子，一邊往前門走。史黛拉感受到身旁的伊森抖動了一下。

「別對他們說任何話。」她警告說：「不值得。」若不是吉迪恩在經過時，故意往伊森身上一撞，並低聲出言侮辱，差點把他撞倒的話，伊森或許會聽從史黛拉的話。伊森微微重心不穩，但及時被喬絲扶住。眾人尚來不及阻止，伊森已當場轉身，朝吉迪恩背部施咒了，咒語正中男孩的兩肩中央。史黛拉不確定咒語是將他的衣服隱形，或是把衣服完全變不見了，總之結果就是吉迪恩突然只穿著內褲站在大廳中央，那是一條印滿大象和香蕉圖案的四角內褲。

「哈！」伊森得意的大喊：「這個咒語我練習好幾個星期了！」

大廳裡有些人哈哈大笑，其他人則不認同的發出嘖嘖聲。豆豆的母親倒抽口氣，史邁思主席發出毒誓，豆豆緊張的扯著自己毛帽的球，吉迪恩的臉則漲成深紫色。

「伊森！」喬絲大喊：「立刻解開咒語！」

巫師聳聳肩，但還是彈彈指頭，突然間吉迪恩又穿回所有衣服了。

「再繼續這樣，我會讓你們全部被自己的俱樂部不光彩的除名！」史邁思主席痛罵眾人說：「你們將永遠無法再參與另一場遠征，誰都休想！我一回到家，就會寫正式信函投訴你們所有人……」

菲利克斯突然出現在他們身邊，史黛拉看得出來他目睹了剛才發生的一切，因為菲利克斯靜靜表示：「先生，拜託您，我們別再爭吵了。對於我犯的錯，我誠心誠意的表示道歉。孩子們只是年輕氣盛，以後自會學到教訓。我相信我們年少時也都做過不甚光彩的事。這些瑣碎的爭執，對任何人一點好處都沒有。無論如何，反正我已被逐出俱樂部，所以我們能否別再計較前嫌了？」

菲利克斯伸出手，史邁思主席瞪著他的手，彷彿看到某個骯髒討厭的東西。

「玻爾，顯而易見的事實是，他們打從一開始，就不該收你這種人進俱樂部。」

「啊。」菲利克斯緩緩垂下手說：「原來如此。」

史黛拉倒抽口氣，突然憤怒到無法呼吸。

「你啊，先生。」史邁思主席接著說：「你可不配當什麼紳士。」

史黛拉還來不及跳出來替菲利克斯辯護，喬絲已經提高嗓門說：「那是什麼可恥的胡說八道！菲利克斯．艾福林．玻爾可是當今最優秀的探險家之一，也是最棒的**紳士**，我非常榮幸能夠認識他！而你……你只不過是個討人厭的蠢驢罷了！」

喬絲的耳尖都變紅了，史黛拉知道那表示她快氣瘋了。

「沒關係，喬絲。」菲利克斯柔聲說：「主席有權表示他的看法。」

「走吧，吉迪恩。」史邁思主席冷眼瞪著喬絲，然後轉身走向門口。

史黛拉以為這次不愉快的衝突終於要結束了，沒想到吉迪恩竟然朝菲利克斯的外套吐口水，只見一道長長的白色唾液從外套前襟緩緩流下。

「我受夠了！」伊森大吼一聲抬起手，「我一定要……」

「你什麼都別做。」菲利克斯冷靜的說，並將巫師的手推回去。

吉迪恩怕有人再對他施咒，匆匆追上他父親，父子倆下一秒便不見人影了。

菲利克斯從口袋拿出手帕，不發一語的擦去口水，然後望著其他人說：「生日蛋糕好像還沒切吧。」

「他……他對你**吐口水**！」一行人走向門口時，伊森憤憤不平的說。

「你知道嗎？有一次，有個雪怪對著我打噴嚏。」菲利克斯若有所思的回憶那次事件說：「經過那次之後，一點點的口水對我來說，根本就不足為奇了。」

「我才不會那樣輕易放過他！」大夥來到街上，伊森還是怒氣沖沖。「我一定會……」

「你一定會一如既往的，把一切搞得更糟！」謝伊衝口而出，看起來非常氣憤，這一點都不像他。「你難道沒想過，要是你一開始不要把吉迪恩變成青蛙，菲利克斯也許還能待在俱樂部裡嗎？」

伊森一臉震驚的說：「可是……可是我……」

「好了，你們都過來。」菲利克斯說著，把大家聚集到結了霜的人行道上。他微微彎腰，與少年們齊高，菲利克斯的綠眼睛一如往常流露著溫暖，立即令史黛拉感到安慰。「聽我說，」菲利克斯表示：「法院會把人最醜惡的一面逼出來——因為某些原因，總之就是這樣——但有的時候，不張牙舞爪的反擊，反而更為強大，尤其是在面對比我們更怯懦的人時。」他意有所指的看著伊森，史黛拉發現巫師忍不住扭捏了起來。「如果必須藉著羞辱別人來讓自己感到強大，那樣反而會讓自己變得渺小和感到恐懼，所以大家都將那些不快拋到腦後吧。」他望著豆豆的母親說：「現在還有更重要的事情要討論，而我們也會比以往更需要彼此來面對接下來的挑戰。」

*

太陽西沉，菲利克斯帶領眾人，走在寒門的鵝卵石街道上。法院是枯燥乏味的律師和食古不化的老法官待的地方，屬於那些喜歡法律書籍和規章，在室內才覺得穩定和有安全感的人。反之，探險家需要待在戶外的新鮮空氣中，任何事都可能發生，刺激的冒險就近在咫尺之處。

一行人來到火車站附近一家叫冰雪怪的餐廳。史黛拉很高興看到餐廳屋頂上有一個完整的雪怪迷你模型，長著凌亂的毛皮和閃亮的獠牙。每次有人走過，雪怪便發出吼聲，捶擊自己的胸膛。

「我看我們大概進不去了。」喬絲說：「候桌的名單挺長的。」

「老闆是我朋友。」菲利克斯答道。

眾人穿過前門，一位穿紅色西裝背心的瘦削男子立即從櫃臺後面走出來，跟菲利克斯握手。

「玻爾先生！」他笑呵呵的大聲喊道：「歡迎啊，先生，歡迎！你們今天有幾位？」

「謝謝你，季爾。我們有六個人。」菲利克斯說。

穆塔發在史黛拉的口袋裡大聲清著嗓門，菲利克斯立即表示：「不好意思，我是說一共有十個人，我們要慶生。」

「太棒了！我帶各位去你們的位置。」

穿背心的男子引領眾人穿過一片藍色布簾，來到一處像是冰窟的地方。史黛拉發現那並非真正的冰，而是灰泥，只是設計得像是冰凍群島覆蓋著雪的山洞內部。地板上甚至刻有雪怪的大腳印，還有一面牆布置成結凍的瀑布，裡頭盡是長相凶惡的食人魚。史黛拉立即愛上這個地方。

季爾帶眾人到包廂中坐定，等大家點完餐後，菲利克斯看著喬絲開口：「好了，重要的事先說吧，你們怎麼會跑來這裡？我還以為你們在家裡幫豆豆慶生。」

「我們想過來支持你們。」豆豆說：「有的事情比生日派對更重要。」

「可是豆豆，」史黛拉說：「你那麼期待這次派對，會有紙彩球、紙帽子，還有派對用的哨子。凱蒂和杜絲拉不是也會去嗎？」凱蒂是他們上次探險時認識的女巫獵人，以及年輕女巫小杜。

「我們發出訊息通知派對延期了。」喬絲表示。

「可是謝伊和我都說，我們一定要過來，所以我們就全部一起到寒門來了。」伊森解釋道：「我爸爸此刻正在遠征途中，根本不會發現我不在家。」

「**我媽媽**以為我明天就會回家，才放我出門。」謝伊嘆口氣，用手梳理一頭黑髮，其中夾雜那束白髮，再次令史黛拉看得心驚。

「柯亞呢？」她突然覺得奇怪，怎麼都還沒看到謝伊的影子狼。

「在桌子底下。」謝伊說。

史黛拉掀開桌布，柯亞果然在裡面，窩在謝伊的椅子底下，用腳掩著嘴鼻。沒有人確切知道，獸語者為何會有影子動物，但許多人相信，影子動物是獸語者的一部分靈魂所展現出來的不同形態。他們之間有獨特的連繫，甚至能心意相通。影子動物沒有實質的肉身，無法碰觸，但從不會離開自己的獸語者太遠。

「自從被巫狼咬過後，牠就一直不太對勁。」謝伊說：「我媽媽覺得……呃，事實上，打從我一回來，她就像是我已經死了似的，成天又哭又鬧，如喪至親。」他抬起頭說：「我一直努力想跟她談黑暗冰橋的事。我解釋我們認為那邊有一本《雪之書》，書中有一道或許能夠協助我的咒語。但我媽只說，等我爸爸回家後再深入討論。但他才離家兩個月，預計至少還要再待一個月。我返家時，爸爸已經出門，所以並不知道我遭巫狼咬傷的事，但我知道父親一定會同意我的做法，我真的知道。」

眾人一陣短暫的靜默，直到叢林小仙子咔嗞咔嗞的啃起麵包棍。

「嗯，」菲利克斯終於開口：「我可以理解令堂的感受。」他盯著謝伊看，「那你自己呢？你想怎麼做？」

謝伊回望著他，「我想試試看。」他堅定的表示：「我想至少試著尋找《雪之書》找到解方。我不想在家坐以待斃，或變成一頭巫狼。」

一般人被巫狼咬到，最後都會變成巫狼，永遠凍結成狼形，注定在人世間流浪，尋找靈魂來吞噬。可是謝伊並非普通人，他是狼語者，而且巫狼咬到的不是他，而是他的影子狼柯亞，因此沒有人知道究竟會如何，只知道不會是好事。

「你自己感覺如何？」菲利克斯柔聲問。

「我覺得好冷。」謝伊答道：「寒意從沒停過。」

史黛拉想起他在法庭裡也一直裹著披風。

「而且有的時候……很難進食。我就是不覺得餓。」

史黛拉仔細端詳謝伊，發現他原本便十分瘦削的臉，現在看起來確實比以往更加稜角分明了。她感受到自己體內深處湧上擔憂，畢竟謝伊會出事，她也有一部分責任。那群巫狼攻擊他們時，史黛拉施展了冰魔法凍結狼群，只是如此一來，她的心就會變得冷酷，而不再關心朋友了。她在阻止最後一匹巫狼時，稍微猶豫了一下，巫狼便趁隙咬中柯亞，將冰刺送進牠的心臟裡。

儘管謝伊說過他並不怪史黛拉，史黛拉仍內疚不已。她的冰雪公主頭冠是非常強大的武器，在他們的遠征冒險途中屢屢派上用場，可是史黛拉痛恨頭冠會扭曲她的心智，將她變成自己不想成為的那種人。

「那麼，」菲利克斯靜靜的說：「我們該怎麼辦？各位都曉得，史黛拉和我在一個星期前從潔西貝拉那裡得知的消息，她說《雪之書》裡有一道咒語，或許能化解巫狼的咬傷，所以我們是有機會的，但說白了，勝算不大。首先，潔西貝拉——祝福她——她其實不太牢靠。有時候我甚至覺得這位可憐的老太太神智不太清楚，但雪之女王的城堡遇襲時，潔西貝拉**確實**在場，因此她說的話，或許是正確的。但儘管如此，史上還沒有任何一位探險家成功跨越黑暗冰橋。」

大夥全看向豆豆，他的探險家父親愛德恩·亞伯特·史密斯，八年前曾試圖跨越黑暗冰橋，可惜他的探險隊在跨橋途中失蹤了。隨後趕到的救援小組只找到他們的帳篷，棄置在雪地裡凍結了。他們所有的物品四散，彷彿人才剛剛離開，但救援小組卻沒看見任何探險家的蹤跡，他們就這樣……不見了。

不過救援小組找到了愛德恩的旅遊日誌，裡頭記錄著這次失敗的探險，包括隊員們表示，他們能感受到橋上有股邪氣，而且隨著探險隊越深入，邪氣便越強大。其他人則說，黑暗冰橋受到詛咒，橋上鬧鬼，橋下的水裡則住著奇異的怪物。沒有人知道橋的另一端有什麼，大部分人都說最好還是別知道。自從父親失蹤後，豆豆便一直希望自己有一天能成為第一位跨越黑暗冰橋的探險家，儘管無數的人告訴他，那是不可能的。

史黛拉想起謝伊說過，他父親可汗·康蕊·吉卜林隊長有次告訴他：

「**有些被世人深深遺忘、離棄、禁絕的境地，連探險家都不該前去冒險。**」

「我媽媽認為，一旦踏上黑暗冰橋，包準沒好事。」謝伊說：「我試著告訴她《雪之書》的事，可是她……嗯，我覺得她根本不相信真的有那本書。」

「這是一場賭局。」菲利克斯表示同意：「在很多方面都是。」

「可是賭一把，總比不戰而降好吧。」謝伊說：「我爸爸要是在這兒，一定能理解，而且會組織探險隊前往黑暗冰橋。可惜他不在，所以我只能自己來。」他看著其他人說：「我**必須**去黑暗冰橋，因為我若不去，就死定了。可是我不能要求你們大家陪我冒險犯難，那樣不公平。」

伊森捶著謝伊的肩膀，大聲說：「哪來那麼多廢話！」

菲利克斯嘴巴抽動了一下，「伊森，拜託別打人。」他說：「不過我認同你的感受。」他看看謝伊，然後表示：「咱們別忘了，若不是你陪著史黛拉去救我，你根本不會被巫狼咬傷。我們兩人都欠你一份大恩情，無論其他人是否決定一起同行，我們父女倆都一定會去黑暗冰橋追收藏師。」

史黛拉按了按菲利克斯的臂膀，這一刻，她覺得自己愛菲利克斯更勝以往。

叢林小仙子似乎也非常感興趣，他們開始把糖罐裡的東西倒到餐巾紙上，然後裹成布包，綁在從史黛拉盤子裡取來的雞腿骨上。

就在這時，服務生過來整理桌子。

「有人告訴我，今天這桌要慶生。」服務生雀躍的問道：「幸運星是誰呀？」四位叢林小仙子立即舉手，顯然希望能有點心吃。史黛拉朝他們翻白眼，說道：「是那邊的豆豆。」

服務生對豆豆笑著說：「生日快樂，年輕的先生。」接著他從口袋拿出一些派對紙帽，擺到桌上。

帽子全是給人類戴的大小，叢林小仙子立即開始吵鬧，服務生趕緊說：「各位請先打住。」

「我又沒有要打人。」豆豆困惑的說。人們常會說一些不能從字面上理解的話，偏偏豆豆常只聽到字面的意思。

「他的意思是先等一等。」史黛拉說。

「有了。」服務生從夾克口袋拿出四頂適合小仙子的小帽子，放到桌上。「我待會兒就送上您的生日好禮。」

菲利克斯立即拿起其中一頂紙帽，戴到自己頭上，他非常喜愛任何與生日有關的事物，包括帽子。其他人跟著有樣學樣，史黛拉很高興，發生了這麼多事，豆豆終於能開始慶生了。

「我要跟你們去。」豆豆邊調正自己的帽子邊說：「早在這件事發生前，我就說過我要跨越黑暗冰橋；而且，我們當然得盡一切努力來救謝伊。」

「說的好。」伊森彈了下手指，一小頂派對帽立即出現在奧布瑞頭上，那是豆豆的父親在最後一次遠征途中為豆豆雕刻的獨角鯨，此刻便放在他面前的桌上。

豆豆醫師看起來很開心，對伊森一笑。叢林小仙子已經戴上派對帽，正一邊表演後空翻和翻筋斗，一邊唱著他們最愛的新死亡之歌。

「**斐非佛佛！斐非佛佛！！**」

這有點擾人，但大家還是盡量提高聲量，蓋過他們。

「黑暗冰橋已經奪走我一位親人了，我不想再失去一位。」喬絲說。

豆豆登時洩了氣，「媽！」他震驚的說：「你該不會要阻止我去——？」

「當然不是，班傑明。」喬絲頗為不悅的答道：「我是要陪你一起去。我知道我不是探險家，但我畢竟是名護理師，我相信自己一定能幫得上忙。」

喬絲和豆豆因為承襲了精靈的血統，都各自帶有法力，但又與伊森的法力十分不同。身為巫師，伊森能施展各式各樣的咒語，從把人變成青蛙到危急時變出魔箭等；而豆豆的法力則具治療功能，他正在接受訓練，想成為像他母親一樣的醫師。豆豆會縫合割傷，化解瘀疼，因此是他們團隊中不可或缺的成員。

「那就這麼說定了。」伊森開心又嚴肅的說：「我們所有人都去黑暗冰橋。」

「不過我有點擔心你母親。」菲利克斯看著謝伊說：「如果她說了不希望你去……」

「她並沒有**禁止**我去。」謝伊說：「她只是希望先等我父親回來，她很害怕，不知道怎麼做才是最好的。但這件事她作不了主，這是我的性命，也是我的影子狼，我有絕對的權利盡一切努力搶救。」

「雖說如此，」菲利克斯表示：「但有的時候，父母也有權利決定怎麼做對他們的子女最好。」他咬著唇，然後說：「還有一件事，那就是你現在身體有狀況，而黑暗冰橋又危險至極，比我們任何人遇過的任何事都更加危險。我只是在想，也許你不應該參加這次的探險，回去和家人待在一起，靜候我們……」

「菲利克斯！」史黛拉好震驚。「你怎麼可以講那種話？你總是說，永遠不會要求別人去做你自己不想做的事，而**你**不會甘心只坐在家裡等吧？」

「史黛拉，我並沒有會擔心我的爸媽。」菲利克斯指出重點。

「我明白你的意思。」謝伊說：「我真的理解，可是你搞錯重點了，並不是我是否該跟著你們去，而是無論你說什麼，我都會去。所以你們若是願意，歡迎隨我同行，但我現在唯一不會去的地方，就是回家。」他看著菲利克斯，然後再次開口：「我們無法確定我還剩下多少時間，但我自己知道時間不多了，我可以感覺得到。如果我現在不出發，那就來不及了。當然，我會傳訊息回家，告訴媽媽我要做什麼，但總之我是去定了。若說誰不該去黑暗冰橋，那個人應該是你。」

福格主席說過，如果你去遠征探險，他會對你發出拘捕令。」

「甭管那件事了。」菲利克斯答道：「他們可以等我們回來後再逮捕我，到時咱們再來傷腦筋。」他深吸一口氣，然後緩緩吐出。「我們現在也是走投無路了，所有的選項都不夠理想。」他說：「但我不會攔阻你自救，我只希望令堂能夠諒解。」他看了伊森一眼，說：「你最好也通知一下令尊。」

「我們何時出發？」豆豆問。

「我們在城裡的冰穴旅館訂了一間房。」菲利克斯說：「我看我們也幫大家都安排今晚的住宿吧，明天我們要回家拿史黛拉和我已經開始準備的用品，出發前還需要取得幾樣東西。不過既然我們被逐出俱樂部了，現在行動得十分小心，也許要到別處完成採購，然後思索怎麼前往黑堡。」

黑堡是一座跟黑暗冰橋已知這一端相連的村莊，位在沿海岸線過去的本土上。村名源於獨立在山崖頂端的黑色城堡，城堡原是波蒂雅女王的家——這位雪之女王在兩百多年前，莫名其妙的突然凍結全村的村民。當大家發現雪之女王的可怕舉動後，一群來自鄰村的憤怒暴民將她驅逐至黑暗冰橋，自此之後，便再也沒有人看見或聽到她的任何消息了。

爾後黑堡便遭世人遺忘棄置，再也沒有人去過那裡了。其實少年探險家們也都不想去黑堡，但那是前往黑暗冰橋唯一的通路。

「我們不能立即出發嗎？」伊森問：「不是已經迫在眉睫了？」

「這可不是一般的遠征冒險。」菲利克斯說：「我們不能像傻子一樣的直接衝往黑暗冰橋，必須先做好萬全的準備，我知道很難忍，但我真的認為我們應該再花一個星期，或許兩個星期，來備齊物資、籌謀策略、認真思索究竟要如何……」

「菲利克斯．艾福林．玻爾！」

大夥一起從位子上轉身，他們看到福格主席朝眾人走過來，後頭還跟了兩位員警。史黛拉一點也不喜歡他一臉冷酷的樣子。

「天啊，福格，現在又怎麼了？」菲利克斯說著將餐巾一扔，語氣中流露罕見的挫敗。「你難道看不出來我們正在舉行生日派對嗎？你不會是要告訴我，我在剛才的半小時裡又違反其他規定了？應該跟鬍子無關吧，因為我根本沒留鬍子。」

福格主席垂眼看著他們，臉上令人印象深刻的鬍子跟著抽動。「不是找你。」他說：「是那個女孩。」

「不好意思，先生。」一位服務生越過福格主席，將一個有銀色圓蓋的盤子端到桌上。「獻給壽星的！」他開心的說，然後掀起圓蓋。

眾人一起看著眼前這隻全以蛋糕製成、約十二公分高的小雪怪，穿戴著相當迷人的紅色背心和黑色蝴蝶結領帶。這間餐廳的魔法甜點是出了名的，下一秒雪怪跳著舞離開餐盤，其中一隻毛茸茸的手掌握有一根點亮的生日蠟燭，開始熱情的為豆豆唱起〈**生日快樂歌**〉，同時活力四射的跳著踢踏舞。

自從菲利克斯第一次跟史黛拉提到餐廳裡有會唱歌的雪怪後，她就一直期待能來一睹為快了，可是她的注意力很快被福格主席接下來說的話轉移了。

「史黛拉·星芒·玻爾，」他說：「我恐怕必須逮捕你了。」

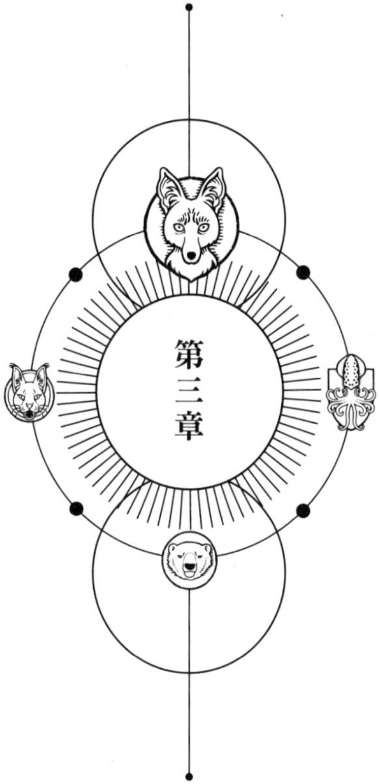

第三章

幸運符咒語

所有人都陷入完全的沉默，除了雪怪蛋糕外，它還在開心的唱歌跳舞。

「如果你是在開玩笑，」菲利克斯緩緩開口：「那麼我必須說，這一點都不好笑。」

「我不是在開玩笑。」福格主席字字清晰的說。史黛拉發現他在冒汗，主席扯著自己的領口，彷彿覺得太緊。「你能不能把那頂可笑的帽子摘掉？你戴那種帽子，我沒辦法跟你談正經事。」

菲利克斯摘下帽子，史黛拉也跟著做。她不希望自己被捕時，頭上戴著派對帽。

「罪名是什麼？」菲利克斯問。

「她是冰雪公主。」主席回答。

「冰雪公主本身並不是一種罪。」菲利克斯咬著牙說：「我們不能因為別人生來如此而審判他們。」

史黛拉瞥了兩位員警一眼，忍不住發現其中一位的臀部後方掛了一根驅熊棍。有時候他們會用棍子驅趕野生的北極熊，但史黛拉不喜歡員警瞪她時，把手伸向棍子的感覺。這種武器能發出強大的電力，電倒四百公斤的大熊，他應該沒打算真的用來對付她吧？

「她還被控偷竊。」福格主席接著說：「在你們聯手遠征歸來之後的慶功宴上，有一隻叫蒙提的跳舞企鵝……」

「從俱樂部帶走蒙提的人是**我**。」菲利克斯說：「否則你會把牠製成動物標本，是我偷走的，責任都在我。對了，你們也不能把蒙提要回去了，牠已經在我們家的客廳裡築巢。」

「無所謂。」福格主席粗暴的說：「有人已經向黑咒森林的魔法司法庭提出申請，希望對這女孩的行動做出……一定的限制，因為她會危害社會。」

其他人紛紛開始抗議，史黛拉氣到眼中泛淚，忍著不讓自己哭出來而喉頭哽痛。

「胡說八道！」豆豆大喊，拚命眨眼，「說謊是不對的！史黛拉才不會危害社會！」

「魔法司法庭就是要調查此事……」

「溫德．溫特頓．史邁思的歧見與偏執，以及那些他的同路人，他們對社會的危害才比史黛拉更大！」菲利克斯大聲說。

「那得由法庭來定奪。」福格主席看著菲利克斯說：「你講點道理吧，玻爾。」他一邊用手指不斷捲著自己的鬍子，一邊用哀求的語氣繼續：「你從雪地裡撿到這女孩時，並不知道她的身分，這點所有人都知道。可是我們不能放任冰雪公主在文明社會裡到處亂跑吧。唉，拜託一下，不管是誰在過生日，麻煩把那個雪怪蠟燭吹熄行不行？」他罵道：「不把蠟燭吹滅，那玩意兒就會不停的唱歌跳舞。」

「別忘了許願！」一位路過的服務生雀躍的喊說，顯然完全處於狀況外，他熟練的為福格主席和兩位員警戴上派對的紙帽。

豆豆瞄了史黛拉一眼，然後看回跳舞的雪怪。他低聲喃喃許願，但史黛拉看到他的唇形，知道豆豆說了什麼。

「**但願能有聲東擊西的辦法。**」

豆豆一吹熄蠟燭，雪怪便停止不動，變成一個平凡無比的生日蛋糕了……

這時其中一位員警發出驚天一吼，史黛拉一開始還以為他是在為雪怪蛋糕叫好，但接著她看到有隻突眼蹼腳的雪妖精，硬是從員警的紙帽底下鑽了出來。員警扯下紙帽，接著又有好幾隻雪妖精冒了出來，牠們緊揪住員警的袖子和領口，在強光下眨著眼，一時之間有點錯愕的愣住，然後才發揮雪妖精的長項，把一口利牙刺進員警的皮肉裡。小妖精有著針一般銳利的牙齒，難怪員警會發出慘叫，跌跌撞撞的退回附近桌邊，將整座糖堡撞倒在地。小妖精們滾到桌上，立即抄起牙籤，像刀劍一樣的揮著。坐在桌邊吃飯的一家人火速推開椅子，機警的發出尖叫。

「噢，抱歉！抱歉！」服務生連忙四處安撫，不安的拍動雙手。「我不知道那些是雪妖帽。」

「我的天，老兄，你們怎麼會有雪妖帽？」主席喊道，他扯下自己的帽子，十幾隻雪妖精咯咯笑著，從他的外套前襟滾落而下。

「這些是給妖精派對用的啊！」服務生哀號著說：「因為對兒童妖精來說，雪妖精的輕咬感覺很像搔癢，而且……」

「哎呀！」第二位員警尖叫著扯下自己的帽子，露出一隻看起來特別狂野、正在啃他頭的雪妖精。「這叫輕咬？這隻簡直快把我的頭給咬斷了！」

與此同時，另外一隻雪妖精從桌上一躍，開始拿牙籤刺大家的腳踝。服務生手忙腳亂的同時應付三位驚慌失措的男子，史黛拉和其他人連忙站起身。菲利克斯扔了些錢在桌上，然後一夥人衝出門口，來到街上。天色在他們剛才吃飯時已經轉暗，而且又下起雪來了，雪花在街燈下從他們身邊颼過，來得凶猛而刺寒——是那種可能夾帶雪妖精的大雪——人們似乎都被雪勢逼進室內了，因為四周幾乎半個人都沒有。大雪也掩蓋了所有聲響，萬籟俱靜，彷彿突然被困在一顆玻璃的雪球裡。

「他們會緊追上來。」菲利克斯喘道：「我們得現在就走，今晚就出發。」

「可是要怎麼去？」喬絲四下顧盼的說：「這個時候沒有火車可以搭，我們又跑不過他們。」

眾人聽到後方的餐廳傳來喊聲，史黛拉知道福格主席和兩位員警隨時會從門後衝出來。她絕不能去坐牢，因為現在她得找到解救謝伊的《雪之書》。若少了她，整個計畫將付諸流水。

史黛拉低頭看著手腕上的幸運符手環，上頭一共有十四個銀製幸運符，都各自連結某種咒語。潔西貝拉已記不清大部分咒語的功能了，史黛拉和菲利克斯又覺得胡亂嘗試實在太危險。但她的老保母**確實**記得其中兩三個，此時史黛拉將注意力集中在其中一個幸運符上。

「我知道該怎麼辦了。」她說。

在雪怪和小仙子幸運符旁，有一輛小小的銀馬車。史黛拉跟潔西貝拉在家中花園練習過這道咒語，但她從來沒有成功過。

「那是因為你的信念不夠強，所以才無法生效。」年邁的女巫說：「那得是你當下最想要的東西才行。」

當時，史黛拉最想要的，是騎著她的獨角獸梅奇奔馳。然而此時此刻，她非常渴望有輛馬車，如同渴望呼吸。她的走投無路與驚慌，害她的心臟在胸口砰砰狂跳，腎上腺素竄流全身，史黛拉用手指按著冰冷的馬車幸運符，閉上眼，專心傾注所有的心力。

史黛拉的腹部輕輕傳出銀鈴般**啵**的一聲，接著是**咻咻**的刀刃聲。史黛拉聽到其他人發出驚喘，她張開眼睛，看到一頭龐大的北極熊站在她前方，仰頭對著夜空咆哮，將寂靜的雪夜震個粉碎。

其他人全畏縮的往後退，但史黛拉並不怕北極熊——其實有兩頭北極熊，而且牠們身上繫著一輛華麗雪橇。雪橇在月光下閃著銀白色的光，彎曲的橇尾掛著尖利嚇人的冰柱，堂皇富麗的橇首則刻著雪花、皇冠與雪怪。一隻冰雕的小妖精頂著寒風蹲踞在橇首上，一手緊抓住雪橇頭，另一手伸舉著燈籠。小妖精蝙蝠狀的大耳朵，在燈籠明亮的白光下閃閃發光。事實上，整輛冰雪橇都宛如鑽石般的在夜裡熠熠生光。

第二頭北極熊掀起唇，露出白亮的牙齒，朝著紛飛的落雪嘶吼。史黛拉意識到這兩頭熊跟她家中的寵物熊葛拉夫不一樣，牠們從未接受過豢養，對擁抱和魚餅並不感興趣。牠們是雪之女王的熊，野蠻凶猛，未受過馴化。然而史黛拉走向牠們時，並不覺得害怕。其中一位夥伴（大概是豆豆吧）發出害怕的尖叫聲，叢林小仙子也立即唱起死亡之歌，可是沒有人攔阻史黛拉走過去。

這些熊跟葛拉夫一樣體型龐大，即使四腳著地的站著，也能直視史黛拉的眼睛。史黛拉聽見牠們喉底發出輕聲低鳴，嘴唇微張像是要吼叫，齒間還有細細的唾絲。史黛拉緩緩伸出雙手，對著北極熊獻上掌心。

此時趨近一看，史黛拉發現北極熊的毛皮、腳掌和背部都覆著雪，彷彿直接穿越暴風雪趕來。她看到牠們巨大的腳掌在雪地裡留下足印，呼氣在寒風中結成白煙，溼淋淋的毛皮上蒸氣升騰。牠們是有血有肉的真實動物，而非像柯亞那樣的影子狼。

牠們壯碩肩上套著的銀製輓具發出響聲，兩頭大熊繼續低吼，一邊嗅著史黛拉的皮膚，一邊瞇眼盯著她看。史黛拉心想，也許自己應該更加畏懼這些野獸，畢竟牠們任何一頭只要一揮大掌，便能立即致她於死了，但史黛拉知道牠們不會傷害自己。

經過令人屏息的片刻之後，低吼聲停止了。史黛拉依舊能看到牠們深棕色的眼中散發出危險狂野的光芒，但似乎有了細微的轉變，變得較為淡定安靜了，史黛拉發現牠們的凝視透露著聰慧。她知道自己永遠不能擁抱這些大熊，但還是覺得牠們好棒，看著牠們的吐氣在燈籠下結成冰，史黛拉打從心底感到快樂。更棒的是，她的心臟四周並不覺得寒冷——那是她每次使用冰魔法時都會有的感覺。她覺得自己依舊沒變，整個人完整而自在，她本來已不敢把這種感受視為理所當然了。

「各位，」史黛拉壓低聲說，以免驚擾北極熊。「上雪橇吧。」

大夥略顯遲疑，接著菲利克斯小心翼翼的走向前，其他人也跟隨其後。

「太神奇了！」謝伊喘著氣，用戴著手套的手摸著雪橇邊緣。他望向史黛拉，對她咧嘴一笑說：「小火花，你可真神奇啊。」

史黛拉回他一個開心但有些尷尬的笑容。每次有人對她的雪魔法做出正面，而非負面的回應，她總是有點竊喜。而且再一次聽到謝伊喊她以前的暱稱，感覺真好。

可惜就在此時，他們後方的門砰一聲打開了。福格主席衝了出來，兩位員警緊跟在後，其中一人拿著驅熊棍，但他似乎不確定該如何使用，棍子在他手中鬆鬆的晃著。另一位員警怒氣騰騰，脖子上還插著一根牙籤，顯然是某位雪妖精送他的餞別禮物。

「快！」史黛拉倒抽口氣，催促眾人爬上雪橇。

一行人七手八腳的爬上絲柔的馴鹿皮革座位，雪橇極大，能輕鬆裝下所有人。

「別光杵在那裡！」福格主席吼道：「他們就要跑了！快阻止他們！」

史黛拉站在北極熊身旁的雪地中，回眸望向肩後，看到那位有驅熊棍的員警極不情願的向前。她猜想，此人以前從來不曾正面迎戰過生猛的活北極熊，更別說是冰雪公主了。他一看就是今天過得很衰的樣子，史黛拉發現他的臉和脖子上全是雪妖精的咬痕，不由得心生憐憫，然而男子接著朝她揮動驅熊棍，史黛拉從他的眼神看得出來，他不是鬧著玩的。

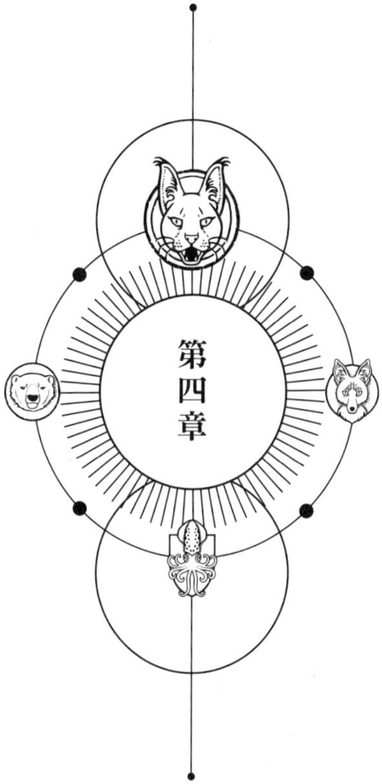

第四章

海上危機

距離最近的那頭北極熊大口一張，朝員警發出怒吼，唾液噴得他滿臉都是。驅熊棍從他手中掉了下來，他蹦跳著回到另一名員警身邊。福格主席像觸電似的驚跳起來，往後摔倒，哼了一聲一屁股坐在雪地上。

「快啊，史黛拉！」菲利克斯伸手下去拉她，史黛拉抓住了菲利克斯的手，立刻被他拉了上去。史黛拉的靴子一離地，大熊就開跑了，宛如突然鬆開的彈簧般往前奔馳。牠們的大掌重重踩落，令地面隨之震動，雪橇的滑板在雪中一路咻咻歡唱。

史黛拉重重摔坐到其他人身邊，但她很快坐直身體，回頭及時看見福格主席和兩名員警在他們繞過街角時，消失不見了。她發現自己雙手微顫，腦中還揮之不去驅熊棍的畫面。

「他……他真的打算用那個攻擊我……」

菲利克斯緊握住她的手，他的手指如此溫暖，令人安心。「史黛拉，注意雪橇。」他說：「我想得由你來駕駛，牠們不聽我使喚。」

「我們要往哪裡？」史黛拉驚喘著說，菲利克斯把韁繩塞進她手裡。

「我們只需要離開寒門。」菲利克斯說：「最好別撞倒任何人。」

街上雖然安靜，但還是有人，幸好由兩頭北極熊拉動的雪之女王雪橇發出的聲響不小，即使在雪地上滑行，也能給予人們充裕的時間閃避。

但問題是，寒門的街道不夠寬，難以容下兩頭龐大的北極熊在街上衝撞。史黛拉抓緊韁繩，盡其所能的駕馭雪橇，但北極熊實在是跑得太快了，空中又飄旋著密實的飛雪，路燈的黃光以驚人的速度飛閃而過。

史黛拉雖然使盡全力，但雪橇還是撞到了幾間商家的店門，扯下雨篷，弄破了幾扇窗戶。雪橇來到街尾時，由於街道空間不夠，無法轉彎繞開一位人行道上走避不及的紳士，史黛拉被迫急轉，直接撞向一座噴泉，噴泉被北極熊的大掌和雪橇滑板撞成碎片。

儘管如此，最後他們終於來到寒門市的郊區了，史黛拉認出當天稍早她和菲利克斯下船的碼頭。當時人聲喧嘩的早市裡，攤販們忙著叫賣兜售，現在攤商全

打烊了，但有些攤子把貨品擺在上了掛鎖的板條箱裡。兩隻北極熊直接闖過其中一箱，弄得雪橇裡滿是一卷卷的寶藏地圖和人魚花。

「史黛拉，你到底在幹什麼？」伊森邊高喊邊挑出髮裡的花瓣，「我們正直直的往水裡衝啊！」

「我知道，可是我沒辦法……牠們不肯停下來！」史黛拉大叫。

她用力扯著韁繩，可是大熊再也不肯聽她指揮了。牠們似乎鐵了心要衝過碼頭，直奔滿是冰山的遼闊海域。

「我們是不是該跳車……？」喬絲問。

可惜太遲了，大熊已經跑到碼頭尾端，腳掌躍離地面，懸空的那刻大夥屏息陷入沉默，雪橇也跟著飛出去。眾人騰空，身上映著皎潔的月光，一會兒之後才水花四濺的落在下方的海水裡，泛著白沫的刺寒海水噴得到處都是。幸好雪橇有側板擋著，大家不至於渾身溼透。

史黛拉以為雪橇會像石頭一樣的沉下去，伊森顯然也這麼認為，因為他無助的大聲嚷嚷：「我們全要淹死啦！」

「過去二十年來，據說有二十四位北極熊探險家溺斃。」豆豆立即接口說。史黛拉知道豆豆藉由宣報探險家的死亡紀錄，讓自己平靜下來，可是對其他人而言，聽了只會更慌張。「雖然沒有人能確定那是正確數字。」豆豆繼續說：「因為有些人可能是被美人魚勒死，或被奎肯海怪撕裂開來或吞掉的……」

「瞧！」謝伊大喊一聲，指著雪橇外邊說：「雪橇沒有下沉，而且正在擴大！」

史黛拉探出身子，發現謝伊說得沒錯。雪橇在水裡載浮載沉的搖晃著，但雪橇底下傳出碎裂聲，她發現是雪橇底下的冰層正在擴散、延伸和變形，直到最後雪橇立在自己的小冰山上，冰冷的海水從四周嘩嘩流下。兩頭北極熊馬不停蹄的開始穩健的往前划游，雪橇被拖得離碼頭越來越遠。

菲利克斯爆出一陣大笑，史黛拉發現自己也在微笑。他們兩人也許被逐出北極熊探險家俱樂部了，也許目前算是在逃亡，而且整個情況極為不利，然而冒險的興奮刺激正在他們血液中流竄——他們仍保有探險家的初心，而探險家最愛的莫過於充滿未知與危險的美妙時刻了。

最初幾分鐘，每個人都因逃脫成功而興奮不已，但隨著在外海越行越遠，氣氛也逐漸不再那麼熱絡。

「呃，」伊森終於開口：「這一切實在很混亂，我們現在打算怎麼辦？」

「我們不能冒險回家。」菲利克斯搔著下巴說：「他們會派警衛守著。只怕我們沒有選擇，只能直接去黑暗冰橋了。」

「可是我們什麼都沒帶！」巫師答道：「沒有狼、沒有帳篷、沒有小雪橇、沒有補給、沒有……」

「我們缺的東西可多了。」菲利克斯同意。「但我們何不從我們有的東西開始？大家把自己的口袋和包包都掏空吧。」

大夥能分享的物品實在不多，但伊森帶了他們上次遠征時取得的魔帳毯，以防夜裡在寒門找不到過夜的地方。因此正好可以忽略他前一秒說的話，他們的確有一座大到足以容下所有人的帳篷，加上住在帳篷裡的精靈魯貝克，會神奇的端上精心烹調的晚餐，還會應要求幫忙打包午飯、準備熱水澡、熱巧克力，以及——如果他心情超好的話——泡足浴。

「不會吧，這也太棒了！」菲利克斯開心的望著魔帳毯驚呼，這毯子平時看起來就只是一條破舊的毛毯。「這下子，我們所有的基本需求都顧到了，孩子，你把毯子帶來真是帶對了。」

「準備萬全總是明智之舉。」伊森得意的說：「尤其是你們這些北極熊俱樂部的探險家，好像總會突然遇到緊急狀況和意外災害。」

大夥很識相的忽略他這番帶刺的話，繼續埋頭盤點物資。豆豆不只帶了很多果凍豆，也帶了醫藥箱。喬絲有一些繃帶和派對用的哨子，謝伊帶了回力鏢，史黛拉有幸運符手環和羅盤。謝伊還帶了一本新版的《菲力巴斯特隊長的探險與探索指南》，菲利克斯則帶了他的隨身箱，裡頭有望遠鏡、放大鏡、緊急用薄荷蛋糕、火柴和繩球，他在法庭交還探險家袋子前，把這些放進小背包裡了。

「整體來說，這比原本預期的好太多了。」菲利克斯似乎頗為滿意。

「我們有魔帳毯和一些果凍豆。」伊森用挖苦的語氣說：「等我們遇到住在黑暗冰橋上的恐怖怪物時，應該會很有幫助。」

「我們並不確定橋上是否有怪物……」謝伊才剛開口。

「橋上肯定有**某種東西**。」伊森說：「否則你怎麼解釋，這些年來所有失蹤的探險家下落。」

「這四百五十六年來……」豆豆靜靜的說：「在黑暗冰橋上失蹤的探險家，比任何其他已知世界中失蹤的人數更多。」

喬絲與豆豆交換眼神，他們比多數人更清楚冰橋的危險性。

「沒錯。」伊森說：「所以當我們跟那些不知什麼玩意兒狹路相逢時，我們打算怎麼做？扔果凍豆嗎？」

豆豆皺著眉說：「我不覺得那樣會有用。」

「史黛拉甚至沒帶她的頭冠！」伊森指出這點。

「是沒帶，但我有這個。」史黛拉摸著她的幸運符手環說：「而且用手環施法對我比較有益，因為它不會凍結我的心臟。」

「沒錯，但你對手環的法力或運作方式，並不是很了解。」伊森突然一臉嚴肅的說：「我一直試著告訴你，魔法是很複雜微妙的，而且難度很大，需要大量練習才能夠確實掌握。」

「這點你應該最清楚了。」史黛拉有點不高興。「你老是不小心變出北極豆，或是在要變長矛時，錯變出海參，或者……」

「住口。」伊森厲聲罵道。他蒼白的臉微微透著粉紅，也就是說他有點惱羞成怒了。「我知道你們大家覺得我很愚蠢，才會弄錯咒語，但事實上，你們所有人都毫無概念，魔法光是接觸就很難了，更不用說控制它。」

「沒有人認為你很愚蠢。」史黛拉試圖安慰他說。

「有時候你對別人很刻薄時，我覺得你挺愚蠢的。」豆豆不識相的說：「但我不認為弄錯咒語是件蠢事。每個人在學習時都會犯錯。」

「好了，各位，別再吵了。」菲利克斯說：「我們都同意，目前的狀況並不理想，但恐怕只能先這樣了，所以大家最好隨遇而安，充分運用手邊的資源。我的建議是，我們往本土折返，在海岸某處登陸，到附近最近的村子，在那裡張羅其他能找到的補給品……」

「要大的長矛。」伊森插話說：「我認為我們一定至少得有一把大的長矛。」

「也許吧，這個咱們稍後再討論。」菲利克斯說：「等我們備齊裝備，就可以搭火車去黑堡了。」

眾人安靜下來，各自沉浸在自己的思緒中，擔憂前途未卜。寒門的燈火此時已被他們遠遠拋在後頭了，漆黑的海洋無邊無際的拓往目力未及的四面八方，令人心神難安。他們其實無法遠眺，因為真的很黑，僅憑雪橇前方唯一那盞燈籠照亮他們的路。此時史黛拉趨近端詳這盞燈，發現懸在妖精手上的燈籠裡，有一根白色的蠟燭，似乎也是用冰做的。一束奇怪的白色火焰在蕊芯上跳動，在海波上散發出結霜一般的蒼淡光影。史黛拉把手貼近燈籠邊的玻璃時，摸起來十分冰冷，並不溫暖。

她繼續望著海面，好怕會瞥見默默游過去的致命鯊魚鰭，或見到魷魚的觸鬚在水面上劃出水花。豆豆顯然想著同一件事，因為他說：

「凱思寶・杰士柏・卡拉塔卡斯隊長在充滿厄運的雪鯊遠征途中，和他的隊員全在冰凍群島被雪鯊宰掉了。猜猜看他們在隊長船上找到多少顆鯊魚的牙齒？」

「豆豆，還記得我們前幾天說過的事嗎？」喬絲說：「在某些情況下，這類談話會造成別人的不安？」

豆豆停下來，然後緩緩點頭。史黛拉很希望他改變話題，尤其接下來他有可能會提到伊森的哥哥朱利安——他在毒觸手海裡，被尖聲亂叫的紅魔鬼魷殺死了。

「或許你可以在腦中默想那些事，不必大聲說出來，好嗎？」她建議說。

豆豆再度點頭。「好吧，可是一共有兩百零四顆。」他說：「我是指鯊魚的牙齒。他們在那艘船上找到了那麼多顆牙。」

伊森轉頭對史黛拉說：「你知道這兩頭熊要帶我們去哪裡嗎？說不定牠們會直接游向金字塔之鄉。」

「其實根本沒有那種地方。」謝伊說：「那已經不可信了。」

「怎麼說？」菲利克斯問。

「我在我爸爸的一本科學期刊上讀到的。」謝伊說：「菲力巴斯特隊長根據報告，去到所謂的金字塔之鄉的正確座標，可是卻什麼也沒有。人們說，也許是霍洛斯．賀葛頓．詹寧思爵士為了沽名釣譽而瞎編出來的，他甚至可能被沙漠豺探險家俱樂部除名。」

「不可能啊。」菲利克斯皺著眉頭說：「我自己就親眼見過金字塔之鄉，雖說是很多年前，隔著一段距離看見的，但我確實見到了。何況，大部分的探險家根本不屑沽名釣譽。」

史黛拉知道菲利克斯本人不在乎名利，可是她懷疑，名利對其他探險家可能極為重要。

「呃，管他真的假的，反正兩頭大熊不是要帶我們去金字塔之鄉。」她邊說邊瞇眼俯視手裡的羅盤。史黛拉的眼睛被突如其來的倦怠感弄得發癢，而且雙肩彷彿扛了重物般感覺很沉。「我把羅盤設定在回家的方向。」她接著說：「我知道我們不是真的要回去，但我們得瞄準最近的海岸線登陸。大熊的方向是對的，而且牠們似乎又聽我使喚了，我們很快就會到達岸邊。」

「這得耗掉一整個晚上和明天大半天。」伊森答說：「我們還距離非常遙遠，而這兩頭熊的時速才不到十公里。」

伊森說的沒錯，北極熊擅長游泳，史黛拉知道牠們能連游好幾天，可是牠們並不是世界上最快捷的泳將。

「反正我們最後會抵達的。」史黛拉故作開朗的說，同時納悶自己為何突然如此疲累，「那才是最重要的。」

然而史黛拉話才說完，雪橇便開始出現奇怪的變化。史黛拉覺得手指陷入雪橇的座位裡，彷彿那不再是寒冰做的，而只是灰泥。而且雪橇似乎變得比先前更小了，其他人發現四周的雪橇在縮小時，驚慌的嚷嚷了起來。北極熊划游的水濺聲也隨之停止，因為那兩頭動物在閃爍的藍光中消失了，徒留下眾人毫無方向的漂流著。

隨著雪橇縮小，眾人被迫手腳並用的爬上小小的冰山，一會兒之後，雪橇便整個消失不見了，僅留下一塊勉強乘載住每個人的浮冰，而且正在迅速的消融。

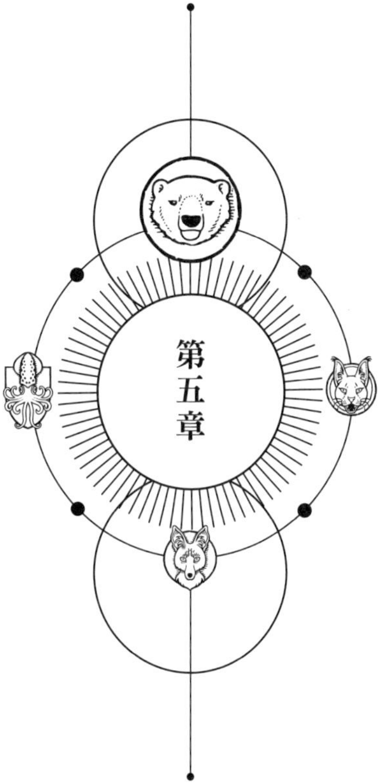

第五章

傳說中的人魚

「快想想辦法！」伊森對史黛拉說：「快把牠們變回來！」

「我正在試了！」她驚喘著說。史黛拉抓緊手環上的幸運符，極力專心凝神，但法力似乎突然從她指間流洩掉了。少了雪橇上的燈籠，海面乍然一片漆黑，只有星星在上空閃著柔光。

伊森哀號。「我就知道會這樣。」他說：「我早就跟你說過，魔法很難的。」

「冰山也在消失了。」豆豆指著說。

史黛拉發現他說的對，他們底下的冰塊正以驚人的速度融化，再這樣下去，沒多久他們就得全泡在海裡了。史黛拉看著漆黑凍寒的海浪，飢渴的拍打著冰山，心中一陣驚慌。

「我們該怎麼辦？」她問，「我們沒有船，也沒有能用來當船筏的東西，甚至沒有能漂得起來的東西！」

「我一直在練習船筏的咒語。」伊森說：「我來試試。」

他稍稍挺直身體，然後帶著不可一世、自鳴得意的表情彈了彈手指。每個人都滿懷期望的看著水面，祈禱能出現一艘有片大風帆的堅實船筏，可惜卻只見到一隻充氣河馬——就是小朋友在游泳池裡玩的那種，不過有十倍大。表情超鬱悶的河馬船，笨拙的在他們身旁的水中漂上漂下。

眾人望著伊森。

「呃，還不賴吧？」他強辯著說。

「如果你能多花點時間練習船筏咒語，減少練習羞辱吉迪恩用的魔法，我們現在的處境或許會好一點。」謝伊嘀咕說。

伊森沉下臉。「我也一直在練習盾牌咒語。」他有點不悅的說：「而且我可以施展得很好。」

「還是強過於在水裡游吧。」菲利克斯插話說：「大家快點爬上去，否則小船要漂走了。」

河馬船看起來確實快要漂走了，眾人匆匆爬到河馬背上，過程狼狽不堪，大夥不停打滑和吵嘴。最後所有人都上船了，伊森在前方，菲利克斯和喬絲在最後，而且時間算得剛剛好，一會兒之後冰山便融得無影無蹤了。

乘載所有人重量的河馬船往水面下沉，大家的靴子僅比水面高出一些。謝伊坐在史黛拉正後方，她可以感覺到謝伊在披風底下瑟瑟發顫。史黛拉回頭看著謝伊，悄聲問：「你還好嗎？」

「小火花，別擔心我。」謝伊答道，臉色比之前還要蒼白，史黛拉再度憂心到胃揪了起來，但謝伊對她微微一笑說：「我只是覺得冷而已。」

在冰寒的海洋中央，凜冽的海風吹在皮膚上，**確實**很冷，但別人都不像謝伊抖成那樣。

「希望不會有尖銳的鯊魚鰭游過去。」豆豆說：「因為萬一有的話，這艘河馬船會像氣球一樣被劃破。」

船上沒有可以扶的手把，意思是，每個人都得用腳緊壓住船身，岌岌可危的平衡自己的坐姿。

「那，我們現在該怎麼辦？」史黛拉問，她看看伊森，然後說：「我想你應該沒有別的咒語，能讓這玩意兒往前游吧？」

巫師搖搖頭，月光在他淡金色的髮上跳動。「我大概只會越弄越糟。」他鬱悶的說：「你們不是老說我的法術漏洞百出嗎？」

「我們可以用襯裙做成船帆嗎？」豆豆滿懷期待的提議。

大夥考慮了片刻，但是豆豆媽媽穿的是長褲，而儘管史黛拉十分樂意放棄她的襯裙，但襯裙本身不夠大，無法做成帆。

「遲早會有船經過我們旁邊的。」菲利克斯說：「他們會停下來接我們。」

「萬一我們先被海盜找到，而不是正派的船隻呢？」豆豆問。

「就算有正派的船隻發現我們，大概也會直接把你們二位交給官方。」伊森邊說邊回頭望向菲利克斯和史黛拉。

「或許你可以使用雪魔法來製作槳？」豆豆建議說。

「雪魔法只能用雪來製作東西。」史黛拉答道：「而雪槳會瓦解掉的。再說，我不認為我現在有力氣施魔法，雪橇的咒語耗盡我所有力氣了。」

「那個魔法場面挺浩大的。」伊森嘟囔說：「難怪會耗光你的力氣。」

大夥沮喪到不發一語。史黛拉覺得沒有什麼比在刺寒的海域中央，無助的坐在充氣河馬上載浮載沉，更令人感到渺小無助了。

就在眾人剛開始辯論是否該派叢林小仙子去求救，如果要的話，又該派誰去時，喬絲突然開口：「有人也聽見了嗎？」

大家安靜下來。

「我什麼都沒聽……」伊森才開口。

「我聽到了。」豆豆說，臉色煞時變得慘白。「是人魚。」

精靈的聽力比人類強，可是一會兒之後，其他人也聽見了：詭異、如低語般的輕快歌曲，聽得眾人汗毛直豎。這回豆豆沒再背誦任何死亡紀錄了，史黛拉鬆了口氣。他們都知道人魚有多危險，有時會無緣無故的把水手和探險家拖到海浪底下，將他們溺斃。

「保持冷靜。」菲利克斯壓低聲音說：「還有，先別妄下定論。關於人魚的惡劣謠傳相當多，但有一次我碰見一個傢伙，說人魚救了他的命。也許人魚不全是壞蛋。」

歌聲越來越近，更加響亮，聽起來很優美，卻也透著詭異。史黛拉無法判定自己究竟是否喜歡，但這聲音讓她覺得腦袋昏沉，好像自己隨時可能飄走。她在許多書裡見過人魚的圖像，以及印在地圖上的小人魚，可是她從未親眼見過，心中不免有些激動。但另一方面，卻也害怕水裡會突然伸出一隻手，纏住她懸在水面上的腳，將她直接拖入海中。

「那裡有一隻！」謝伊大叫。

大家循著他比的方向看過去，史黛拉覺得好像有什麼倏地閃過，但在黑暗中很難看得清楚。

緊接著在他們後方出現了水花和漣漪，又一下，然後再一下。

史黛拉低下頭，這回清清楚楚的瞧見一條人魚的尾巴，在星光下溼淋淋的閃著光芒，然後瞬間又消失在水底下了。

「我們四周都是人魚。」她低聲說。

充氣河馬被一片較大的漣漪弄得左搖右晃，大家都把雙腿往河馬身上夾得更緊些。接下來的一秒，一顆人魚的頭冒出了水面。

人魚一頭綠色與藍色的髮辮纏在一起，還編入了貝殼和珊瑚。她喉上繫著細小的珍珠項鍊，露背裝上方用海藻繩編在一起，皮膚幾乎跟史黛拉的一樣雪白，一對黑眼在臉上顯得有些過大。整個人如同她們的歌聲，既妖異，又美麗。

一時間，雙方陷入緊繃的沉默，彼此面面相覷。

接著菲利克斯開口：「你好，很榮幸見到你，在下是菲利克斯．艾福林．玻爾，我的同伴和我都是探險家。」

人魚打量著他們，眾人連大氣都不敢稍喘。終於，美人魚開口了：「我以前從來沒見過坐充氣河馬航海的探險家。」

她的聲音低沉粗啞，喉中像含了沙子。

「啊，」菲利克斯說：「其實有些誤會，是這樣的——」

「我們能要回我們的花嗎？拜託了。」人魚說。

「不好意思，你說什麼？」

「那個男孩拿了一朵我們的花。」人魚指著伊森。

「我才沒有。」伊森抗議道。

「就在你披風後的下頭。」人魚說。

史黛拉靠向前，不理會伊森的抱怨，把手伸到他的披風下。她的手指立即碰到某樣平滑冰涼的東西，史黛拉小心翼翼的將人魚花抽出來。

「這一定是我們衝過市集時，不小心帶走的。」她說。

人魚花由海玻璃製成，這朵有藍色花莖和翡翠花瓣，史黛拉覺得美麗極了。

「給你。」她說著遞出花朵。

人魚接過花，立即將花兒插到耳後。

「謝了。」她說：「不過我希望你們一開始就別偷我們的花。」

史黛拉用力嚥下口水後說：「對不起。」

她發現另外兩名人魚也浮出水面了，就在第一位人魚的後方。在黑暗中，史黛拉僅能看見她們的輪廓，而且根本看不出一共有多少人。人魚似乎沒有要攻擊他們的意思，但史黛拉也不確定人魚想做什麼。

「你們實在不該搭河馬船來這裡。」人魚說：「太不安全了。」是史黛拉多心了嗎？還是這句話裡暗示著威脅？

「我們在設法前往黑暗冰橋。」菲利克斯說。

人魚面露詭異的瞥他一眼。「坐充氣河馬嗎？」她說：「那得花很久的時間呢！何況，只有傻瓜才會去黑暗冰橋，你們一定會送命。」

「送不送命是我們的事。」伊森說：「這樣吧，咱們來交易一下如何？我們得設法上岸，各位要怎樣才肯拉我們過去？」

人魚們微微吸了口氣，在前方的那位一臉駭然。「拉你們？」她說：「像普通的海牛那樣嗎？」她眼神一凜。「你說要交易，但你們有什麼籌碼可以阻止我們把各位溺斃後，再奪走你們的一切？」

史黛拉覺得像是有什麼東西哽在喉嚨。

「不好意思，人魚小姐。」菲利克斯很快表示：「我跟您們保證，我們絕無冒犯之意，我們對人魚族有絕對的尊重。」

「而且我真的不希望在自己生日這天，被人魚淹死。」豆豆可憐兮兮的說。

「生日？」人魚馬上接口。她嘆著氣望向肩後，「他們之中有人今天生日。」聚集在她後方的人魚發出輕聲的嘆息。

「我們不能淹死過生日的壽星。」人魚邊說邊回頭看他們：「那樣違反人魚的法律。」

人魚慢慢游過來，用一對大到不可思議的眼眸仰望著豆豆。人魚靠近後，史黛拉看到她的皮膚上滿是傷疤，還有一道剛割開的新傷口，從她的右手側邊延伸而下。

「我們得送你一份禮物。」她說，聽起來很不情願。「這是規定，所以你說吧，你想要我們送你什麼？我猜大概是載你回岸邊吧。」

豆豆緩緩搖著頭。「謝謝你。」他說：「但我寧可不要別人被迫送我的禮物，我們會找別的辦法上岸。」

「豆豆！」伊森嘶聲說。

醫師不理會他，逕自對人魚說：「你是怎麼受傷的？」

「都是那些來來回回的船隻弄的。」人魚說：「有的時候我們來不及游開，有些捕魚船會蓄意追捕人魚，希望能把我們當成奇珍異品賣給海魷魚探險家俱樂部。」

「我很遺憾。」豆豆震驚的說。

人魚眯起眼睛，狐疑的看著他問：「為什麼？」

「你們不該受到獵捕，人魚花也不該被偷，那樣很殘忍，是錯誤的。」他伸出手問：「你不介意吧？」

人魚緩緩搖頭，下一刻，豆豆的指尖便冒出綠色火花，他使用療癒魔法將人魚裂開的傷口縫合了。除了看起來還有一點紅之外，感覺人魚根本從未受過傷。

史黛拉心想，豆豆的治療法力越來越強大了。

人魚訝異的用蹼指撫著身側，然後回頭望向豆豆，快速眨動著大眼睛問：「你為什麼要那樣做？你想要什麼回報？」

「你需要幫助，而我剛好能夠幫上忙。」豆豆坦率的說：「我不要任何回報。探險家和人魚沒有理由不能交朋友。」

其他有幾位人魚湊過來看發生了什麼事。史黛拉發現她們的脖子上有鰓，而且眼睛有點像淡漠的魚眼。

「我們不能交朋友的理由太多了。」人魚說：「更別說數百年來，人魚和人類之間的血腥歷史了。不過今天那些都不適用於你，小精靈，所以我們**希望**能送你一份禮物，拜託了。」

「送我們回岸邊如何？」伊森滿懷期待的問。

人魚不理他，繼續說：「我們送你的禮物就是，不傷害你的朋友——畢竟**他們**沒過生日。」她笑了笑。「**此外**，我們還會送你們回岸上。」

海面一陣騷動，人魚們已將海藻繩纏到充氣河馬上，接著便猛的向前拉，快速衝過海面了，快到感覺河馬幾乎只擦過水面。果然，人魚比北極熊游得快多了。

「孩子，太棒了。」菲利克斯稱讚豆豆說：「我發現，一點慈悲對人生的助益甚大。」

喬絲靠向前，輕輕碰著豆豆的肩膀，看起來十分以他為傲。

眾人在星空下徹夜航行，他們彼此依偎的坐著，勉強打盹了一下。然而，坐在充氣河馬上在大海中央被人魚拖行，其實挺危險的。史黛拉根本無法放鬆睡覺，儘管她依舊筋疲力竭。菲利克斯早就練就在任何地方都能睡得著，史黛拉聽到他在後邊輕輕打呼，叢林小仙子則蜷縮在他的口袋裡，呼應著菲利克斯的鼾聲。豆豆往前倒在河馬的頭上，她不確定謝伊和喬絲的狀況。

不過伊森確定是醒著的，他就坐在史黛拉前面，似乎十分不安，無法入眠。最後史黛拉不得不探向前問：「怎麼了嗎？是不是哪裡癢你搔不到？」

伊森回看著她，低聲問：「你覺得我是欺負人的惡霸嗎？」

「噢，」史黛拉被這個問題嚇了一跳，「呃……」

「你覺得我是。」伊森嘆口氣，「對吧？」

史黛拉忍不住想到僅穿條內褲的吉迪恩，站在大廳裡，羞愧而難堪的面對所有人指指點點與訕笑。

「我並不想那樣。」伊森說：「我是指我不想當惡霸。可是恐怕我自己一點也無法控制或選擇，因為**我本來就是那樣**。」

「我不這麼認為。」史黛拉輕聲說，想到自己身上的雪之女王遺傳。

她一直很想知道，自己的親生父母出了什麼事。可是當大家在第一次遠征，找到他們廢棄的城堡後，才發現史黛拉的生母和生父居然是那麼冷漠殘酷的人。如果史黛拉過度使用冰魔法，心臟就會凍結，自己也可能變成那樣的人。

「記得你曾經說過，當初你要是知道朱利安死了，就會比較包容討人厭的我？」伊森問，「事實上，我那麼討人厭，並不是朱利安的死造成的，我以前就這樣了，從很久以前，大概打從娘胎出生便如此吧。我天生自帶刻薄，有時自己無法控制住，我甚至不會想忍住。其實我就跟吉迪恩．格拉海．史邁思一樣惡劣。」

史黛拉後方的謝伊挪動身體，微微往前靠。「你們的差別就是，你事後會反省，並且覺得後悔。」他說：「你知道自己犯了錯，也就是說，你可以決定下次改善。」

「謝伊說得對。」史黛拉表示，「我們可以自己決定，不要變成什麼樣子。」

「哪有那麼簡單。」伊森嘀咕說。

「就是那麼簡單。」史黛拉答道：「而且也就是那麼困難。」

謝伊抓住巫師的肩頭說：「小蝦子，你的壞跟吉迪恩．格拉海．史邁思差得可遠啦。」

伊森感激的對他一笑，然後大家繼續撐過這個夜晚。眾人抵達岸邊時，太陽剛從地平線上冒出來，將海浪染成金色。菲利克斯率先跳上岸，並且將河馬拖到沙灘上，他的靴子嘩啦嘩啦的踩在淺水裡。其他人七手八腳的過來幫忙，然後回頭向人魚道謝，可是她們已經離開，如晨霧散去般消失了。

「她們回海裡了，瞧。」史黛拉指著一條在波浪上閃過的人魚尾巴說。

「若不是因為豆豆，你們覺得她們真的會把我們溺死嗎？」謝伊邊目送人魚離去邊問。

「誰知道呢？」菲利克斯表示。

他伸展了一下，史黛拉聽到他背部傳出一大聲「喀」。大家在充氣河馬上緊挨了將近一整晚後，個個都腰痠背疼。事實上，史黛拉覺得兩條腿軟得跟果凍一樣，看著其他人東倒西歪的樣子，想來也好不到哪兒去。此刻太陽在空中爬得更高了，大夥趴倒在沙灘上，享受片刻的暖意，喘口氣，然後才起身越過海灘，展開下一個階段的旅程。

第六章

前進黑堡

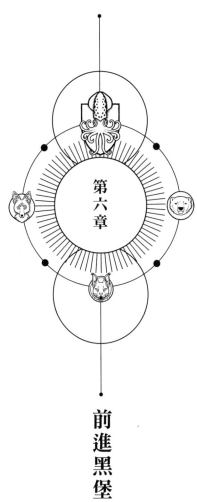

他們很快發現，人魚把他們放在鄰近黑堡的奎思塔夫村莊外圍。探險家們爬上斷崖，路途頗為艱辛，加上空腹爬山，一點也不好玩。抵達山頂後，他們發現只需再走一小段路，便能到建築物不多的奎思塔夫村了。而在另一邊方向，就是不可思議的黑暗冰橋本尊，延伸往整個海面。

據說這是世上最大的橋梁，史黛拉對此毫不懷疑。這座橋實在太宏偉了，像是為巨人搭建的，橋上間距相等的高塔聳入雲霄，粗大的纜繩從高塔垂下，連接沿橋而設的黑色大理石欄杆。

史黛拉當然聽說過這座橋的傳聞，但看到實景後的感受還是非常不同。面對龐大無邊的黑暗冰橋，史黛拉忍不住想，橋的另一端是否真的住了巨人。

「菲利克斯，」她抬頭看著她父親說：「你見過巨人嗎？」

他慢慢搖著頭。「很多年前，我們常聽到巨人族的故事。」他說：「可是已經好幾百年沒有人見過巨人了。」

「你覺得橋的另一端可能有什麼？」史黛拉問。

「親愛的，我真的毫無頭緒。」

「有一種理論認為，」豆豆表示：「黑暗冰橋通往邊境巨人所在的地方。」儘管仍沒有人確知，這個世界究竟是什麼形狀，但其中一種非常普遍的理論認為，世界是一片平坦的方形廣場，由高大的巨人分別撐住世界的四個角落。

「沙漠豺探險家俱樂部的蒙洛隊長宣稱，他在數月前曾親眼見過一名邊境巨人。」豆豆說。

「他也宣稱自己只帶了羅盤、來福槍、藍色外套和一頂寬邊帽，便越過險象環生的湯巴圖沙漠了。」伊森輕哼說：「我爸爸說他是騙子，應該從俱樂部除名。」

「證據看起來確實不夠充足。」菲利克斯同意道：「你們知道嗎？我最近在一本科學期刊上讀到新的理論，由皇家科學院院長所撰寫，他說世界不是平的，而是個球體。」

史黛拉很感謝菲利克斯分享了這套理論——畢竟第一次親眼看見大橋，實在令人極為驚恐，能在她把注意力轉回那龐然巨物之前，先暫時緩解一下緊張，稍微鬆口氣。

用黑冰打造的大橋，像浮油似的在陽光下閃動。大家都知道黑冰特別危險，因為其中含有邪惡的魔法。大橋橫越冰冷的海域，消失在另一端的寒霧裡。大橋雄踞於此已長達數百年之久，史黛拉突然覺得，竟然沒有人知道這座橋由誰建造、為何而蓋或通往何處，實在是太奇怪了。可是史黛拉知道，此刻看著大橋令她脊骨發涼，雙手冒汗，皮膚發麻。這座巨橋大有蹊蹺，某種邪惡、非自然的東西，正無聲的吶喊著叫他們不要靠近。

接著史黛拉聽到輕輕的吸鼻子聲，她抬起頭，發現喬絲正在哭。豆豆也注意到了，便走向喬絲。「媽，」他柔聲說：「我能幫什麼忙嗎？」

「噢，親愛的，不用管我。」喬絲忽然慌了起來，在口袋裡翻找手帕。「我從來沒想過，親眼看到這座橋時，我會變得這麼傻……」

「拿去吧。」菲利克斯溫柔的說，同時在喬絲手中塞進一條乾淨的手帕。「這一點都不傻，你失去了一位摯愛。」

喬絲擤著鼻子，史黛拉發現她的手在發抖。喬絲顯得如此悲傷，實在很不像她，史黛拉覺得好難過。她靠過去用手攬住這位精靈媽媽的腰。

「他答應過，」喬絲輕聲說：「我是指愛德恩。他答應要回到我們的身邊。」

豆豆握住母親的手，緊緊抓住她的手指。

「我是說，我知道他其實不能做出那種承諾。」喬絲接著說：「沒有一個探險家能如此承諾。」她抬眼望著大橋。「可是……我依然……我總相信他一定會回來。即使到現在也一樣，有時我會期待他從前門進來，抖落靴子上的雪，咧嘴給我一個大微笑，說一切都是一場誤會。」

「媽，爸爸不在了。」豆豆平靜的說：「他已經離開八年，永遠不會回來了。」

「我知道，心愛的。」喬絲嘆道：「我真的知道，只是有時我會忘記。」她深深吸口氣，將手帕還給菲利克斯。接著喬絲挺起胸膛，緊握了一下豆豆的手，並將史黛拉再攬近些，說道：「好了，悲傷夠了。愛德恩若是看見我繼續這樣萎靡不振，一定會很生氣。我們出發吧。」

「那個……大家還是覺得應該這麼做嗎？」謝伊問，似乎有些猶疑。

史黛拉轉向他，聽見一聲低沉的哀鳴，接著看到柯亞出現在謝伊身邊，影子狼從頭到腳都在發抖，黑色的皮毛上有一層薄霜。

謝伊跪下來輕聲對柯亞說話，試圖安撫牠，但影子狼顯然凍得直打哆嗦。

「我不曾見過牠會受天氣影響。」伊森望著柯亞說：「即使在冰凍群島，牠看起來也從來不覺得冷。」

「是巫狼的咬傷讓牠覺得冷，跟我一樣。」謝伊答說。

史黛拉想起那幾頭可怕的巫狼，渾身白毛、銀眼灰寒、齜牙低吼，便覺得不寒而慄。凱蒂稱呼牠們為「**靈魂的吞噬者**」，注定在荒野中流浪，永遠被困在狼的形體中，不得超生。他們絕不能讓這種事發生在謝伊或柯亞身上。

「是的。」菲利克斯表示：「我想大家都還是想去，但若有人改變心意，趁現在快點回頭，因為一旦踏上大橋，恐怕就來不及了。」

沒有人想折返，於是菲利克斯提議眾人到奎思塔夫村，採辦最後能弄到手的物資。史黛拉越來越不覺得寒冷了，她只穿著旅行服，便已十分舒適，但其他人則都需要在披風底下添加衣服。大家都覺得能張羅一些武器和交通工具也不錯。

菲利克斯說：「我想，我們的運氣應該不至於好到能在大橋外找到威諾斯交易站吧。」一大夥漫步走到村中。

可惜奎思塔夫並非探險家的理想據點，小鋪裡的毛衣和茶壺保溫罩，似乎比長矛和雪橇還多。更慘的是，他們一走進某家店，便看到櫃臺上疊放著剛剛出刊的報紙，標題跟史黛拉有關。

冰雪公主瘋闖大鬧寒門！

「才沒有瘋闖！」史黛拉大喊，抓起報紙生氣的瞪著，「而且也沒有大鬧，只是跟著美麗的魔法北極熊，一起勇敢逃逸罷了。」

雖然北極熊在大海中央無預警的消失，但每次想到牠們，史黛拉還是興奮到微微顫抖，畢竟牠們**真的**雄壯又美麗，**而且**是她親自變出來的。

報紙甚至找了畫家畫出眾人逃離寒門的圖片，但將史黛拉畫得十分殘忍憤怒，北極熊也比實際上看起來更凶惡。

「兩頭熊都沒有咬掉任何人的頭！」伊森大聲指著圖上一隻咬斷無助路人頭顱的北極熊說：「有的話，我們一定會注意到吧？」

菲利克斯接過報紙，放回去，然後四下張望說：「也許有些人應該陪史黛拉待在村子外等。」他看著史黛拉說：「你可能會被認出來，到時就麻煩大了。採辦物資並不需要全員出動。」

史黛拉不想離開，但她知道菲利克斯是對的。於是大夥短暫討論後，決定史黛拉、謝伊和叢林小仙子在通往黑堡的路上等候，而菲利克斯、伊森、豆豆和喬絲則去採買能找到的物資。

眾人大約在一小時後會合，採辦小組取得的旅行物資並不多，僅有幾條薄荷蛋糕、幾件套頭衫和一架套著繩具的破舊雪橇。

「到處都找不到武器。」伊森厭惡的踢著雪橇說。

「多虧了魔帳毯，所以我們有食物和遮風蔽雨的地方。」菲利克斯說：「現在來看，那是最重要的。」

大夥繼續往黑堡挺進，走著崖頂的蜿蜒小徑，不時緊張的瞄著黑暗冰橋。接近黑堡時，眾人開始看到標示，說黑堡已永久關閉，警告閒人折返莫入。他們自然是不予理會，繼續在雪地跋涉朝目標邁進。豆豆拖著雪橇走了一段路，可是雪橇實在太過破舊，才離開奎思塔夫不到兩公里，便散開了。

伊森拾起一塊上頭還有一根釘子的破木板，嘆說：「至少我們可以拿這個當武器。」說著他把木板塞進自己的袋子裡。

大家都沒說什麼，史黛拉發現自己緊張的咬著嘴唇，這是他們迄今為止最危險的一場遠征，卻前所未有的準備得最倉促不全，實在不在大家的意料之中。

一行人終於繞過彎角，看到山巔下的城牆。

「噢，看！」史黛拉大聲喊著指說：「那裡有個小孩。」

「那不是小孩。」喬絲表示：「應該說不再是了。」

眾人往下走，史黛拉才發現豆豆媽媽說得對。雪中那個小小的人形，**曾經**是個女孩，但現在已經凍結，跟娃娃一樣了無生命。女孩在雪中半蹲著，臉上仍是僵住的恐懼，抬頭望著已經遠離許久的威脅。

史黛拉在女孩前面跪下來，端詳她的臉，希望能看到一絲生命跡象。女孩的蕾絲領和童帽，是兩個世紀前的服飾，但她的臉跟史黛拉學校裡的許多女學生並無兩樣。她甚至能從女孩臉上冰凍的黑點，看到她臉頰上的雀斑。女孩的睫毛凍成一根根細冰，看起來如此真實，彷彿隨時可能眨動眼睛。

「你能幫她解凍嗎？」豆豆提議。

「我根本不知道該怎麼解凍。」史黛拉答道：「而且我不想冒險，把問題弄得更糟，不過……我覺得她凍得很徹底，已經完全結成冰了，連衣服都是。」

史黛拉用指尖輕輕摸著女孩的袖子，她能感知到已經沒有希望了。

「她凍結得太久。」史黛拉邊挪開手邊說：「已無力回天了。」

史黛拉口中突然一陣發苦，眾人穿過黑堡大門，進入村莊時，苦味又更重了。村裡所有東西都跟大橋一樣，以相同的黑亮石頭打造而成，也就是說，雖然多年無人居住，卻保存得很好。

可是店鋪和住家都空盪無聲，杳無人跡，只聽到遠處浪聲喧嘩。這裡靜得太詭譎了，探險家們穿過大街時，發現有更多的人，像小女孩一樣被凍住了。

據說波蒂雅女王是莫名其妙的突然攻擊村子，眼前即是證明。這些人顯然正在做日常的事，史黛拉看見手拿籃子的女人、吠叫的狗，以及在玩滾鐵環的小孩。所有人臉上都露出驚恐表情，雖然他們目光所看的東西，已經消失不見了。

史黛拉覺得羞愧到渾身刺癢，閱讀報告裡的雪之女王劣行是一回事，但面對真實情況，又是另一回事，這些人的生命就這樣子……結束了，僅在一念之間。

我絕對不要，史黛拉在心中信誓旦旦的告誡自己，絕對不要變成一個怪物。

眾人穿過村子，小心翼翼的不要撞到任何凍結的村民。他們邊走邊往窗裡張望，但任何可能對他們有用的物品，早就都沒了。商店被掃光，住家被搬空，僅剩下無用之物，整座村莊只剩原本的骨架。就連地上的覆雪都潔白而完整，感覺他們不應該在雪上留下腳印。冰魔法滲透了這個地方，魔法在經過的牆上烙下參差的鑿洞，留下仍閃著寒光的冰痕。

「看來穿過那邊就是黑暗冰橋了。」謝伊指著牆上的一小座拱門說。

「很好。」伊森表示：「我們快離開這個鬼地方吧。」

「我們應該先去看一下城堡吧？」菲利克斯指著說，大夥仰視建在上方山腰的城堡，陰森不祥，漆黑的窗口了無生氣。他們可以看到多年前冰魔法所留下的痕跡，法力從城堡延伸而出，在岩石上切出深溝，一路蜿蜒的竄往底下的村莊。事實上，看來當時魔法穿爆了城牆，擊破頂層的磚頭，在上面覆蓋一層魔冰。

「波蒂雅女王太惡毒了。」史黛拉說：「我覺得我們應該遠離她的城堡。」

「但我們依然沒有任何武器或交通工具。」伊森指出這點後說：「或許我們應該去瞧一眼。」

眾人沉默了片刻。

史黛拉無法否認，武器和交通工具在黑暗冰橋上非常重要，甚至攸關生死……

「好吧。」她嘆口氣說：「我們很快看一眼，可是務必……小心行事。」

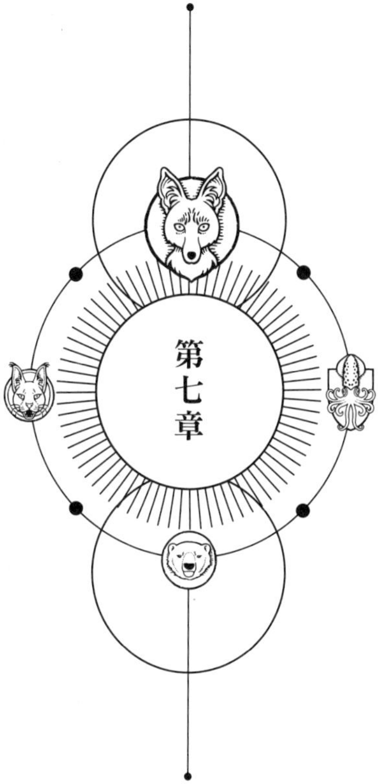

第七章

祕密洞穴

一行人走上斷崖，一邊不安的瞄著城堡。他們上回造訪的雪之女王城堡，到處是纖長優雅的高塔和砲塔。這座城堡相較之下則顯得方正平坦，靠懸崖側拱起像個怪獸石雕。

眾人來到前門，停住腳步。黑色大理石的門面上刻著齜牙咧嘴的滴水嘴怪獸面孔，謝伊伸手試了試門把，但門絲紋未動。

「鎖住了。」他看向史黛拉。

史黛拉踏向前，伸出手。她連摸都還沒摸到，門把便喀啦一聲往下移，大門緩緩打開，露出陰寒漆黑、空無一人的大廳。史黛拉想起上次他們進入雪之女王的城堡時所發生的事，她深吸一口氣，跨過門檻。果然，她的靴子一碰觸到地板，城堡便在他們眼前活過來了。地板上的塵埃一掃而空，吊燈上的蜘蛛網消失不見，覆蓋在畫上的冰層碎裂掉落。

吊燈裡的蠟燭和牆上的壁燈突然自行點亮，在磨亮的黑色地板上映出搖曳的光影，像瀉湖似的從他們身邊往外延伸，靜默的閃著光澤。大廳中雄霸一切的，是波蒂雅女王本人的巨幅肖像。真人大小的畫像如此栩栩如生，害史黛拉嚇了一跳，以為那就是雪之女王本人。

史黛拉儘管害怕，卻對這位雪之女王的長相感到好奇，她朝畫像走近。波蒂雅跟大部分的雪之女王一樣，容貌美麗高貴，身穿有白色皮毛滾邊的紫色天鵝絨禮服，脖子上掛了一條絕美的金吊墜，墜子邊緣纏著一條銀龍，龍的一隻爪子揪著一片星芒。

波蒂雅的皮膚極白，但跟史黛拉不同的是，這位雪之女王有著一頭烏黑的頭髮，往後編成複雜的辮子，並飾以紫色珠子。她髮上戴著一頂璀璨的白色頭冠，一對綠眼高冷傲慢，狀似從畫布上凝視眾人，而且真的見著了他們。

史黛拉望著畫像，發現波蒂雅女王戴著一條跟她的十分相像的幸運符手環。唯一的明顯差異是，幸運符並非全是銀製——裡頭還掛著一顆金心。史黛拉心念一動，扭身面對其他人。

「你們覺得，這位雪之女王會不會有自己的《雪之書》？」她問：「潔西貝拉不是說過，大部分雪之女王都有一本《雪之書》嗎？就像女巫會有《暗影之書》一樣？」

「她應該就是那個意思。」菲利克斯表示同意。

「那麼，如果波蒂雅女王有自己的《雪之書》，而且書還在這裡，說不定裡頭會有解救謝伊所需要的咒語！我們可能也就不用跨越黑暗冰橋了！」

眾人精神為之一振，也許他們的旅程不必如此艱險漫長？或許可以在這座城堡中就畫上句點？當然了，史黛拉依舊會被通緝逮捕，菲利克斯也依然被俱樂部除名，但如果他們能夠治癒謝伊，至少可以少擔憂一件事。

「我們應該展開搜索。」菲利克斯說：「我們認為大家最好待在一起，雖然較為耗時，但我們最好別分開。」

眾人開始探索，很快發現這座城堡跟史黛拉親生父母的城堡一樣奢華，牆上有無數地圖，架子上還有看來十分奢華昂貴的古老地球儀。

「好奇怪。」史黛拉伸出手轉動其中一顆地球儀，說：「波蒂雅女王好像也很喜歡旅行。」

她不喜歡自己與這位雪之女王有共通點，眾人上樓探索上面樓層時，史黛拉依然對此十分不爽。他們在三樓很快找到外牆破掉的那個房間，看起來房中似乎發生過魔法爆炸。冰魔法從房間中央溢過地板，往牆壁蔓延，牆壁被衝破了，寒氣則從裂口呼嘯而出。

「這些龍的圖案是怎麼回事？」謝伊撫著牆上一幅織著凶惡白龍的掛毯問。

「我在樓下也看到了。」

「也許波蒂雅女王喜歡龍。」史黛拉說。

他們繼續探索城堡其他地方，上上下下的仔細尋找，可是都找不到《雪之書》或任何有魔法的東西。就連女王的寢室也被淨空了，只看到一個空空的珠寶盒。

「也許暴民趕走她時，雪之女王把《雪之書》帶走了？」豆豆推測說：「看起來她把頭冠、幸運符和財物都帶走了。」

眾人頹喪的回到樓下。

「我覺得這裡好像有別的東西。」史黛拉邊四下環顧邊說：「但我不知道是什麼……」

她帶路返回圖書室。

「茉莉女王的城堡裡，有一條通往城外的祕密通道，」史黛拉對其他人說：「但你得抽出正確的那本書。這裡說不定也有類似的機關？」

大夥開始隨機抽出架子上的書。

「這些書都好舊。」豆豆說：「我們應該帶幾本走，或許會派上用場。」

「一本關於妖精的書能起什麼作用？」伊森一邊問，一邊厭惡的把書摜到地上。

豆豆不理會他的話，逕自把幾本書塞進自己的袋子裡。他們正開始覺得也許沒有密門時，豆豆抽出一本與龍相關的書——其中一個書櫃立即咿咿呀呀的往後滑開，露出一條通道。

「做得好，豆豆。」史黛拉說，人已經踏進通道裡。

入口內的架子上，蹲著一條石龍，史黛拉一出現，石龍爪中的燈籠便跟著點亮了。

「原來這不是通道。」她環視眾人說：「而是一道樓梯。」

樓梯直接鑿穿岩石，曲折而下通往黑暗。

「這道樓梯通往懸崖**裡面**嗎？」伊森問，從史黛拉的肩後看過去。

「看起來好像是。」她說：「咱們去瞧瞧。」

史黛拉知道階梯很可能只是另一條離開城堡的路，但也有可能通向雪之女王藏匿珍貴的《雪之書》的密室。眾人往下走，史黛拉領頭，叢林小仙子們拍著翅膀跟在後面。一行人走著走著，更多盞龍燈隨之點亮，在有光澤的石頭上映出搖曳的光影。長苔的臺階十分溼滑，他們得小心步伐，以免打滑。眾人越往裡頭走，史黛拉越覺得自己聞到水氣，並聽到水**滴滴**答答滴在石頭上的聲音。

階梯似乎沒有盡頭，他們正開始擔心可能永遠走不到底時，終於來到了一道拱門前。史黛拉才跨過門，四周便亮起數百根蠟燭。

「是石窟！」她喊道。

其他人跟上來，四下看著從岩石中鑿出來的洞穴。尖刺的鐘乳石從天花板伸下來，銳利的石筍從底下岩池之間往上長。到處都是貝殼，全是不同顏色——珍珠、粉紅、藍色與珊瑚色，空氣聞起來鹹鹹溼溼的，他們可以聽到不遠處傳來海濤的怒吼。

「而且這裡也……有一點像馬車房，看。」

謝伊一指，大夥發現石穴遠端真的排放著各種雪橇和馬車。這些閃閃發亮的美麗交通工具，以海水晶製作而成，全適合女王使用。

「這些一定都是波蒂雅女王的。」史黛拉說：「我覺得她很喜歡旅行，記得城堡裡那些地圖和地球儀嗎？」

大夥走過去查看交通工具，發現他們所熟悉的傳統雪橇中，有些被塑成船形，而且還加上垂在桅桿上的風帆。看來，這些船似乎是為了在冰上行走而設計的，而非用於水上，因為底部還安裝著跟雪橇一樣的鋼板。

「如果我們有拉橇的遠征狼，就能使用其中一架雪橇來越過大橋了。」伊森指著裝在船首的套具說。

史黛拉鎖著眉頭說：「這些套具給狼用好像太小了，不知道是適合何種動物用的？」

她伸出手，手一觸到韁繩，後方就傳來噹啷的鬧聲。探險家們回頭一瞧，看到一大群石雕的滴水嘴怪獸從牆上脫離，腳爪落在覆滿貝殼的地上，發出喀喀的響聲。石獸的形狀與大小皆略有不同，這些奇奇怪怪的滴水嘴怪獸，有些頭上長角，有些生著大大的尖耳，咿咿呀呀的伸展出翅膀，一共七隻，全張嘴打著呵欠，伸著懶腰，彷彿剛剛甦醒。

「太神奇了。」菲利克斯說。

聽到菲利克斯的聲音，石獸立即四下張望，快速爬過岩石，朝探險家們前進，用石眼打量他們，用石鼻子嗅聞眾人。

「牠們的大小看起來跟套具相符。」謝伊指說：「或許波蒂雅用的是石獸而不是狼？」

「你們覺得牠們友善嗎？」豆豆緊張的問。

「牠們似乎認得史黛拉。」謝伊說。

真的，石獸群正在史黛拉前面伏身行禮。

「哈囉。」史黛拉說：「很高興能——唉唷！」她驚訝的住了口，因為其中一隻石獸抓住她的手，拖著她走過一道石橋，其他石獸則緊跟在史黛拉後方。石獸把史黛拉的手按到牆上一處比較平滑的地方。一大塊石頭自眾人眼前滑開，陽光從小裂口中灑了進來。

「等一等！」史黛拉抽回自己的手說：「我們還不能離開，我們得先探索這個洞穴。或許你們能幫忙，是這樣的，我們在尋找一本很特別的書——」

她打住話，因為石獸搖著頭，指指史黛拉，然後說了些話，那些話如此粗糙生硬，像互相敲撞的岩石。

「噢，天啊，我聽不懂你在說什麼。」史黛拉表示。

石獸再次指著她，重複剛才的話。等牠發現史黛拉還是不明白時，再次搖起頭，接著一把抓住史黛拉的手腕，用石指戳著她的幸運符手環。

「那……那是我的手環。」史黛拉說，怪獸似乎十分焦急，於是她又說：「沒事的，手環不會傷害你。」

「我覺得牠在指一個特定的幸運符。」謝伊說。

他說得沒錯，石獸用牠的指甲急切的敲著銀龍幸運符，然後回頭指著石穴底下。史黛拉想起在波蒂雅女王的城堡中看到的所有龍飾，然後看著石獸拚命指著的那堆岩石，心中冒出一個可怕的念頭。

「你該不會是……？」她才開口。

菲利克斯突然說道：「那是什麼聲音？」

所有人安靜下來，包括石獸群在內。遠方的海浪聲被蓋過了，**滴滴答答**的溼牆出現了新的聲音：一聲低鳴震動了眾人腳下的地面，細小的石子和貝殼從天花板上嘩嘩掉落。

接著一顆巨大的白色龍頭，從岩石堆頂端冒了出來，巨龍將嘴鼻探到空中，鼻孔飄出陣陣霧氣。白龍噴出大量閃閃發亮的冰氣，鐘乳石像糖柱似的應聲而斷，噴氣在所有貝殼上結出一層霜，並令整座石穴的空氣變得冰寒。

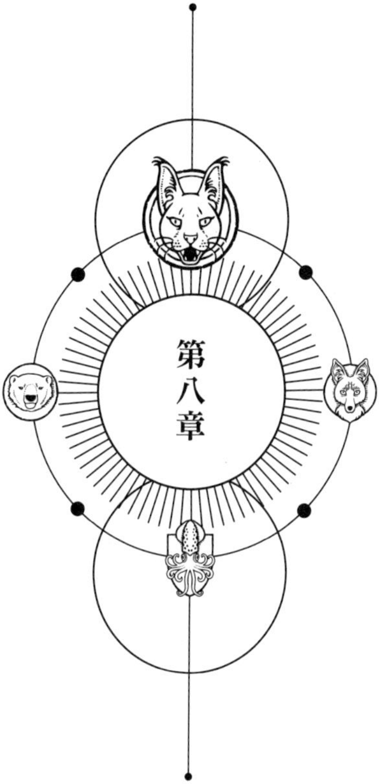

第八章

冰穴困局

眾人望著白龍緩緩起身，展開翅膀，牠是如此的龐大，從嘴鼻到尾巴，全長超過三十公尺，背上有尖銳的脊骨，數百顆利牙，尾巴還長著危險的尖刺，除了那對混濁的淡藍眼睛，似乎全身都是冰組成的。白龍原本埋在貝殼底下，但是此時牠甩動身子，步伐微微踉蹌，貝殼從牠身上宛如瀑布嘩啦啦的落下。牠將尾巴重重甩在石牆上，尾刺登時在牆上割出裂口，露出一層藏在岩石下的閃亮海水晶。

探險家們終於明白石獸試圖警告他們什麼了，大夥往出口狂奔。

可惜為時已晚，白龍發現了他們，發出憤怒的巨吼，巨大的頭顱四處甩動，朝眾人噴出刺寒的冰霧，霧氣迅速凝結成一面厚實的冰牆，危險而閃亮。雖然冰牆並未擊中任何人，但史黛拉看到上方有根鐘乳石斷開，像利劍般對著喬絲直落而下。

史黛拉大聲警告，菲利克斯轉身見狀，連忙朝喬絲飛撲過去，及時將她從鐘乳石底下推開。兩人從小橋邊滾落，掉在底下的一片岩石上，還來不及起身，巨龍又對著他們噴冰了，這回直接從橋頂往下凝結到岩床，扎實的形成一道冰牆，將菲利克斯和喬絲困在牆後。

「不！」豆豆尖聲大喊。

他的叫聲引起巨龍注意，巨龍抬起碩大的頭，轉而面對他們，蒼藍的眼神盲目的掃過眾人，巨龍口鼻四周的冰霜看起來灰灰的。史黛拉意識到巨龍應該年紀很大，甚至不確定牠是否能看見他們。

伊森抬手朝巨龍射出一些魔法箭，燒著火的箭尖射中龍背，冰龍發出巨吼。牠的氣息變得急促，史黛拉突然明白巨龍在害怕。

「住手！」她大喊一聲。

史黛拉衝到橋邊，抬起雙手。沒有頭冠，她無法施展任何冰魔法，但她知道自己非**做點什麼**不可，讓巨龍知道她是冰雪公主，不會對牠造成威脅。

「沒事的！」她大喊：「我們不會傷害你！」

或許巨龍耳朵也聽不見了，要不就是單純沒聽懂或不相信她。只見牠又噴出另一股冰氣，離史黛拉非常近，逼得她不得不蹲下躲開，免得被擊中。

在巨龍再次噴氣之前，史黛拉挺直了身體，舉起雙臂，傾力凝聚心神。史黛拉手邊的空氣劈啪作響，就在她眼前一隻大如飛鷹的蝴蝶很神奇的出現在空中，蝶翼上有著淡藍色霜晶般的閃亮條紋，纖細優美如仙子紡出的柔絲。

蝴蝶立即揮翅飛向白龍，停在牠的鼻尖上，輕輕的拍動翅膀。巨龍鎮定了下來，所有人屏住氣息。蝴蝶的舉動似乎令牠平靜，一會兒之後，巨龍緩緩垂下頭，靠到石橋上，煩躁的噴著冰氣。

史黛拉朝巨龍走過去，知道大家還在遠處看著。

「沒事的。」她說著輕輕把手放到巨龍嘴上。冰摸起來雖然刺寒，史黛拉卻不覺得灼痛也沒有起水泡，她用手指上下輕撫著。「很抱歉打擾你。」她說：「你安全了，現在可以回去睡覺了。」

巨龍不滿的嘟囔幾聲，但幾分鐘後便睡著了，還流著口水。那隻漂亮的霜蝴蝶似乎也跟著消融在空中。

史黛拉小心翼翼的慢慢站起來，沒敢吵醒巨龍，接著少年探險家們便急忙踩著腳下結霜的貝殼，一路又摔又滑的趕往底下的冰牆。

豆豆率先來到冰牆邊，舉拳奮力敲著。「媽！」他大聲喊道，忘記要保持安靜。

「菲利克斯！你們還好嗎？」

幸好睡著的巨龍連動都沒動，其他人及時趕到牆邊聽見喬絲回應，雖然隔著厚厚的冰牆，僅能隱隱聽到她的聲音。

「我們都沒事，班傑明。」

「我們要如何把他們弄出來？」謝伊看著其他人問。

「要是城堡裡有武器就好了。」伊森說：「例如牆上的斧頭或什麼的。」

「這牆太厚了。」菲利克斯回應：「就算有斧頭，你們也砍不穿。」

他嘀嘀咕咕的咒罵，史黛拉聽出他語氣中的憤怒，這很不像菲利克斯。

「你能想點辦法嗎？」豆豆看著史黛拉問。

她搖搖頭，說：「我不會融冰咒，記得吧？沒有《雪之書》，我根本不知道該怎麼做。」

大夥沮喪的望著冰牆，看來他們解救謝伊所需的咒語，跟現在要菲利克斯和喬絲從冰牢裡救出來的咒語，是一樣的。而如果潔西貝拉說得沒錯，那道咒語就在黑暗冰橋另一頭的《雪之書》裡。

「好吧，至少我得試一試。」史黛拉說：「我的意思是，我不知道如何施法創造出那隻霜蝴蝶，但那隻蝴蝶仍然自己跑出來了。也許我只要非常專心集中念力就好。」

史黛拉希望不會有人提起，先前她也試著對被巫狼咬傷的柯亞施咒，當時才剛開始，柯亞便嗚嗚嚎叫了起來，後來謝伊只得求她住手。但她現在真的很想至少做點什麼。

「我不覺得你該試。」伊森立即表示：「記得上次發生……」

史黛拉反駁：「哼，那麼**你認為**我該怎麼做？」她並非故意刻薄，但忍不住質問：「你老是告訴我們不該做什麼，但我從沒聽你提出過任何真正有用的建議！就像謝伊說的，你只會把事情弄得更糟！」

伊森似乎吃了一驚。「對不起。」他說：「我不知道該建議什麼，我只知道魔法可能很危險……」

「被困在冰穴裡也不是最安全的狀況。」史黛拉說：「而且被困在裡面的又不是**你爸媽**，所以閉嘴，讓我來吧！」

伊森聳聳肩，不發一語。史黛拉有點後悔自己這樣對朋友說話，她並不是真的生伊森的氣，而是氣這種情況。他們真的不該來雪之女王的城堡，她根本不該被說服。

「大家最好退開，以防萬一。」史黛拉看著其他人說。

眾人聽話照做，史黛拉發現柯亞在謝伊旁邊現身了，這次她很確定，柯亞黑色皮毛上的白紋加大了。而且影子狼氣喘吁吁，史黛拉不記得以前曾見過牠那樣。

史黛拉努力拋開腦中的罪惡與憂慮，回頭對付眼前的冰牆。儘管他們未能在波蒂雅女王的城堡中找到《雪之書》，但或許冰龍已讓她發掘到自身的法力。

「菲利克斯、喬絲，你們最好往後退開。」她大喊：「我要試著把你們弄出來。」

史黛拉舉起手，使盡全力專注想著要融解前方的厚冰。她一心一意想當場解決此事，希望能神奇逆轉大家的現況。

史黛拉感覺法力在指尖嘶嘶作響，雙手漸漸生出暖意，但一開始似乎沒有什麼動靜，直到菲利克斯用驚恐的聲音說：「史黛拉，不管你在做什麼，最好停下來！這裡變得非常熱了。」

「但那表示法力一定有效！」史黛拉說。一想到能夠成功，她更是乘勝追擊，傾注所有的力氣在魔法中。

可是接著冰牆後突然傳出一聲尖叫，接著菲利克斯大喊：「史黛拉！拜託，快住手！」

史黛拉雙手一垂，心臟像是掉到鞋子上了。「怎麼了？」她大喊，突然很害怕聽到答案。

「喬絲的頭髮著火了！」菲利克斯大喊回應。

「**什麼？**」史黛拉倒抽一口氣。

豆豆發出呻吟，朝冰牆奔去。「媽，你還好嗎？」

「沒事沒事。」豆豆媽媽回答：「我很好，菲利克斯把火滅了，不過史黛拉，親愛的，我想你沒辦法用魔法將牆融穿。」

「好，我不會再試了。」史黛拉雙手緊握成拳頭說：「你確定你沒事嗎？」

「真的沒事。」喬絲答道。

「我們現在該怎麼辦？」史黛拉絕望的問。

眾人陷入片刻沉默。

接著喬絲喊說：「你們得自己去了，先別管我們。」

「可是我們不能那麼做！」豆豆喊道：「媽媽，我們不能把你們丟在這裡呀！」

「他說得對。」謝伊表示：「跨橋的往返旅程要好幾個星期——就算我們成功了，他們也會餓死。」

其中一位叢林小仙子扯著史黛拉的袖子，她低頭一看，發現哈米納捧著一盤食人魚杯子蛋糕。小仙子似乎能隨時提供這些東西，像變魔法似的。哈米納指指自己，再指著牆上的裂縫，史黛拉發現，隙縫的大小足以容下一名叢林小仙子。史黛拉還在盯著看，另外三名小仙子已經鑽進裂口裡了，全各自端著一盤食人魚杯子蛋糕。

「小仙子們會留下來陪我們。」喬絲喊說。

「可是……可是你們不能只靠食人魚蛋糕維生！」史黛拉回喊：「菲利克斯？」

「我這輩子遇過更壞的情況，」菲利克斯回答完又開罵了，聲音聽起來更加焦躁，史黛拉從沒聽過他那樣咒罵。「天啊，史黛拉，我很抱歉，但我想我們是真的沒有其他辦法了，你們得自己上路。」

「那飲水怎麼辦？」史黛拉喊道。

「這岩洞挺深的。」喬絲回答：「其中一座岩池裡有泉水。」

少年探險家們面面相覷。

「我看沒有別的辦法了。」謝伊說。

史黛拉再次望著冰牆。怎麼會這樣？光想到眾人要一齊跨越黑暗冰橋，就已經夠糟了，更別說現在兩位大人被困在波蒂雅女王的城堡裡。她不禁孩子氣的覺得，菲利克斯一定有某種解決辦法。她需要菲利克斯陪她一起經歷這場冒險。

「菲利克斯，你非去不可。」她說，儘管明知這些話毫無用處又任性。

「親愛的，我也希望我能去。」菲利克斯說：「但就是沒辦法啊，等你們取得《雪之書》，治好謝伊，再回來這裡放我們出去就行了。」

「可是萬一我們沒拿到書呢？」史黛拉問：「萬一我們被大橋擊敗了呢？」

探險家們彼此對看，每個都面露懼色。

「我相信你能辦到的，史黛拉。」菲利克斯說：「別忘了，你不僅是一位探險家，還是冰雪公主。」

史黛拉深深吸口氣，再緩緩吐出，試著接受現下的狀況。有隻手搭在她的肩上，史黛拉回頭看見伊森站在她身邊。「不會有事的。」他用沉著穩健的聲音說，史黛拉聽了立即稍微放寬心。「我們可以做得到，我們一定會想出辦法。」

史黛拉看著其他人，大夥紛紛點頭。沒有其他選擇了，他們若不出發，將會失去其中兩位的父母，也會失去謝伊。然而史黛拉還是忍不住擔憂，他們都還沒踏上黑暗冰橋，便已經出師不利的少了兩位隊員，這實在不是好兆頭。

「好吧，菲利克斯。」她回喊，心情沉重如石。「我們要出發了，但我們一定會回來接你們。」

眾人隔牆高聲道別，史黛拉好想抱抱菲利克斯，或至少在離開前再看他一眼，畢竟，他們有可能就此死別。雖然叢林小仙子可以鑽出來道別，人類卻只能困在牆內。

「班傑明！」眾人正要離去時，喬絲大喊。

「媽媽，什麼事？」

「請答應我，你一定會從橋上回來。」

豆豆閉上眼睛，深深地吸了口氣。「我發誓，」他說：「我一定會回來。」

當然了，這其實不是他能承諾的——他們任何人都承諾不了。豆豆的父親當初同樣答應過，他也深愛家人，如同他們每個人一樣，但到最後，光有愛並不足夠，他還是被大橋奪走了。

史黛拉不禁打從心底覺得，一切對他們越來越不利，很有可能他們一個都回不來。

「你可別又罵我，但你不覺得我們應該帶那條巨龍同行嗎？」眾人往出口走時，伊森說。

史黛拉搖搖頭。「那條龍很老了。」她說：「又很疲倦，我不認為牠能撐得了太遠，更何況牠的塊頭太大了，根本鑽不過牆上的裂隙。」

「那帶走其中一輛雪橇呢？」謝伊指著那排雪橇說。

大夥一瞧，發現石獸群已自行套上架在其中一輛雪船上的套具了。牠們滿懷期待的看著探險家們，彷彿一直在殷切等候。

史黛拉鬆了口氣，終於有件事對他們有利了，她率先走向雪船，船上的甲板空間剛好足夠容納四個人爬上去。

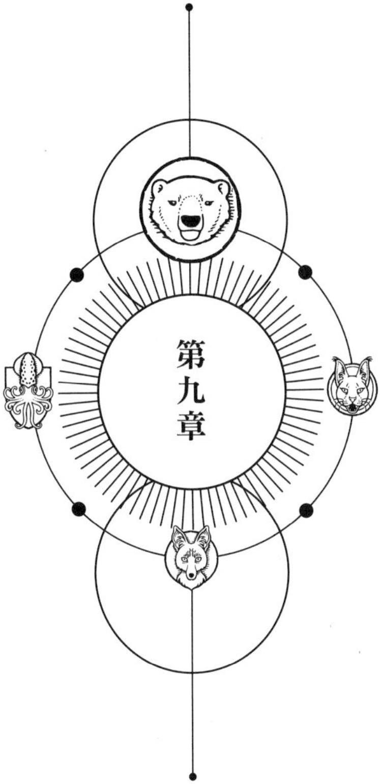

第九章

抵達黑暗冰橋

石獸群拖著雪船，從洞口衝出去。他們來到懸崖途中的崎嶇岩架上，地面被濺起的海水潑得又溼又滑，但石獸步履穩健，似乎不以為意，依然衝上了剛好足以容下雪船寬度的曲折小徑。

抵達頂端後，石獸群停下來解開身上的套具，隨即歡天喜地的在雪地裡打滾。少年探險家們爬下船來到崖頂。海洋在數公尺下的地方閃閃發光，黑暗冰橋在上方逼近令人生畏，但吸引大家目光的，卻是那艘雪船。

這艘約莫帆船大小的雪船，以他們先前在石洞裡看到的閃亮海水晶雕刻而成，水晶混著美麗的白色、藍色與綠色。船首雕有一隻張牙舞爪的雪怪，桅杆上懸掛著白與銀色的船帆。一道梯子通到小甲板上，那裡有個黃銅船舵駕駛盤，與石獸的韁繩相連。

船身看起來似乎有底層甲板，因為下方也有舷窗。

「這艘船太適合穿越黑暗冰橋了。」伊森說著瞄向史黛拉問：「你覺得你能命令石獸載我們去嗎？」

史黛拉皺著眉頭說：「牠們又不是奴隸，而且我不會命令牠們去哪裡，但我們可以試著請求牠們。」就在此時，獸群疾行而來，這七隻奇怪的石獸很快站到岩架上，在史黛拉面前鞠躬。陽光下，大夥看得出來在石獸深色的石頭身軀上，嵌著一些貝殼和珊瑚，腳爪和腳踝上也有藤壺攀附著。史黛拉納悶牠們究竟在石穴裡待了多久。

獸群仍然躬著身，同時期待的抬眼看著史黛拉，彷彿在等她開口。

「呃……謝謝各位試圖警告我們巨龍的事。」她說。

「牠們能聽懂你說的話嗎？」豆豆問。

「我不知道。」史黛拉轉回頭對石獸說：「其實我們正在進行一場非常重要的冒險，是這樣的，我們得去黑暗冰橋的另一頭，旅程的危險性可能極高。當然了，你們並沒有義務要帶我們去，可是——」

她沒再往下講，因為獸群已經匆匆將套具繫回自己身上了。

史黛拉望著其他人說：「我想牠們答應了。」

大夥攀上梯子，回到小船上，他們一上船，獸群便往前急衝，拖著雪船朝黑暗冰橋奔去，將波蒂雅女王的城堡拋在後方。

四位探險家直奔船首，傾身往前靠在欄杆上。他們看到五隻石獸在地面上，抵著套具，四腳著地的在雪地上馳騁。牠們在寒風中皺縮著臉，但史黛拉感覺牠們非常樂在其中。另外兩隻石獸則展開翅膀，飛在他們上空，從上方拉著船。史黛拉從自己所站之處能感受到牠們揮舞雙翼的強勁力道，當她再次低頭，看到雪船以飛快的速度在雪上奔馳。

「天啊！」伊森驚呼道：「牠們一定非常強壯！」

史黛拉臉上綻滿笑意，「我們去黑暗冰橋正需要這個。」她說：「照這種速度，我們很快就能到另一頭了。」

「而且因為石獸是石頭刻的，甚至不需要停下來休息或睡覺。」豆豆說：「看，我們都快到了。」

他們確實抵達黑暗冰橋了，離得這麼近，大橋比從海面上看來更陰森且有壓迫感。這座神祕的龐然巨物跨越海面，不停延伸，直到在他們目力極盡處，被海上的濃霧給吞沒了。

可是他們已無暇細想，或掉頭回去了。這四位少年探險家正朝著大橋疾馳而去——這條惡名昭彰的橋，就連最英勇的成人探險家，都只敢輕聲提起。

現在既然有了這麼完美的交通工具，史黛拉感覺到一絲希望。也許，他們還是有可能成功的。

第十章

尖叫的黑樹

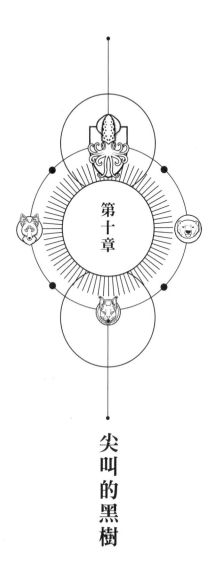

史黛拉輕拉轠繩，讓石獸停住，接著探險家們順著梯子爬下來。大家踏上橋時，都感覺一陣恐慌，但沒有咒語攻擊他們，也沒有怪物從濃霧中殺出來。這座大橋至少有十二公尺寬，但除了巨大外，幾乎就像其他生活中看到的一般橋梁。

幾乎……但不全然是。

史黛拉一踏到橋上，便覺得怪怪的，她全身泛起一股異樣的寒氣，彷彿有什麼小小的不散陰魂，偷偷鑽進她手裡，每根想抓住她的冰冷手指都在發顫，而史黛拉不知道自己是該將它推走，或試著安撫它。

她渾身哆嗦的轉身問其他人說：「你們也感覺到了嗎？」但她立即從大夥驚愕的臉上看出，他們也感受到了。

「也許我們只是受到這座橋的種種傳聞影響罷了？」豆豆滿懷期望的說。

伊森搖了搖頭。「是魔法。」他說：「這整座橋上瀰漫著邪魔法。」

「我有一本關於邪魔法的書。」豆豆宣布，然後從袋子掏出一冊破舊的大書，把大夥都嚇了一跳。

「你是從哪兒弄來那玩意兒的？」伊森問。

「這是我從波蒂雅女王的圖書室拿走的其中一本。」

伊森瞪著那本書，彷彿那是一條危險的蛇，可能會突然攻擊他們。

「那類書籍非常危險。」他搖著頭說：「你不能像收集復活節彩蛋那樣隨便亂拿。你要是有點概念，就會把書扔掉。」

豆豆皺眉望著手裡的書說：「可是如果邪魔法是這麼強大的威脅，我們不是應該要盡可能的了解嗎？」他看著其他人，尋求支持。

謝伊點點頭表示：「我覺得挺有道理。」

「擁有邪魔法的相關書籍，不是違法的嗎？」史黛拉說：「我記得菲利克斯好像跟我提過。」

「我只是借來看。」豆豆把書放回袋子裡。「而且我們已經破壞很多規則了，不差這一本書吧。我們要不要上船再仔細看看？石獸似乎很清楚牠們要去哪裡。」

一行人爬回雪船上，石獸繼續往前跑。四個人站在甲板上，已經沒有多餘的空間，其他位置被前面的船舵占去，後邊有張長凳，中間則是桅杆。

「如果我們揚起船帆，雪船說不定會跑得更快？」豆豆提議。

除了伊森，他們沒有人真的懂船。身為海魷魚探險家俱樂部的一員，伊森長時間待在各種大小船隻和潛水艇上，他很快的揚起船帆。果如所料，風力很快的讓船帆鼓脹起來，跑在冰上的雪船如虎添翼，衝得更快了。

史黛拉發現欄杆邊有幾尊銀製的雪怪雕像，提著有冰蠟燭的燈籠。一般火柴似乎無法點燃冰蠟燭，史黛拉想起既然這是一艘雪之女王的船，便朝最近的一盞燈籠伸出手，凝神點亮。果然，明亮的白焰躍然而生，並啟動連鎖效應，其他燈籠也亮了。

「不知道要怎麼下去底下的艙間？」謝伊問。

大夥四處探看，很快在甲板上找到一只釦環，眾人拉開艙口，發現一道通往下層的梯子。探險家們小心翼翼的爬下去，深怕波蒂雅女王留下了什麼危險的玩意兒，但他們只找到一間空了很久的小廚房，以及兩張掛在擁擠小臥房中的吊床。

每個人都擔心前方的路，因此很快又回到甲板上。黑暗冰橋真的非常巨大，不僅極長，而且還非常的寬，至少能容下十輛雪橇並排而行，而且還有許多空間。

海上濃霧迅速襲來，即使藉著雪怪燈籠的光，也僅能看見前方一小段距離。

「也許我們不該揚起船帆。」伊森說：「我覺得石獸應該放慢速度。我們知道前面橋上會有東西，像是棄置的帳篷等等諸如此類，我們可能會撞上去。」

史黛拉瞇眼看著石獸，心想牠們的視野不知是否優於人類。史黛拉決定還是小心為上，便稍稍將身子探到欄杆外說：「能不能麻煩你們稍微減速？」

石獸立即遵從指令，放慢速度繼續行進，同時間，伊森則為其他人示範如何收起風帆。

史黛拉看著豆豆問：「你該不會帶了你父親的日誌來吧？如果能知道會遇到什麼，應該會有幫助。」

愛德恩・亞伯特・史密斯的最後一本旅行日誌中，記錄了所有他的探險隊在黑暗冰橋上的所見所為——直到整個探險隊不留一絲痕跡的神祕消失。

「我沒帶來。」豆豆說著從口袋裡拿出奧布瑞，開始把玩這尊獨角鯨。「但是我不需要帶，這些年來我已經熟記每一個字了。首先，我們會看見一棵扭曲的黑樹，樹上長著奇怪的深色果子，千萬別摘來吃，因為吃了胃會著火。接著我們會經過一片船墳場，但現在很可能因為大霧而看不到。」

「那我們怎麼知道那裡有墳場？」伊森問。

「你會聽見船上的鐘聲。」豆豆說，語氣頗為憂鬱。「再過一會兒，我們應該會遇到我爸爸殘存的營地，之後……就完全不知道了。」

一行人繼續穿越雪地，大家都緊盯著前方。史黛拉好希望自己帶了望遠鏡，她的羅盤在黑暗冰橋上似乎毫無用處。她從口袋拿出羅盤打開蓋子時，玻璃下的指針竟然瘋狂亂繞，一下指著庇護所，一下指著雪怪，然後又指憤怒小妖精，根本不在特定的項目上定下來。

「也許是受了邪魔法的影響。」豆豆說。

史黛拉嘆口氣，把羅盤收回口袋裡。又開始飄雪了，肥大的雪花在桅杆頂端飛旋，濃霧自海面騰起，他們連水面都看不到。事實上，根本很難看清楚任何東西。

等他們來到豆豆父親在日誌中所說的黑樹時，太陽已開始下沉。謝伊瞧見扭曲的樹枝像手指般從霧裡穿出。

「黑樹到了。」他大喊一聲，引起其他人注意，「我們應該停下來看一看。」

「停下來很危險。」史黛拉回說。

「不停下來更危險。」謝伊表示：「很快就要入夜了，大夥都需要睡眠。我認為我們不應該邊睡邊趕路。面對接下來會遇到的各種狀況，大家得保持警覺，才能隨機應變。我覺得我們應該停下來紮營。」

眾人討論後，集體同意紮營過夜或許較為明智。於是他們來到黑樹邊，史黛拉下令石獸停歇，大夥從甲板上下到雪地，走到歪七扭八的黑樹陰影下。

這真是一棵很詭異的樹，在濃霧中若隱若現，角度歪斜，樹葉溼黏，變形的樹枝醜陋的垂著。史黛拉心想，也難怪樹會長成這樣，這裡根本沒有供它生存的東西，沒有沃土或乾淨的雨水，樹根只能扎在充滿邪魔法的堅冰內。

史黛拉靠近時，其中一隻石獸立即攔住她，擋在她前方的雪地上，並再次不斷指著她手環上的銀龍幸運符。

「是的，巨龍的事，你們是對的。」她嘆口氣說：「很抱歉在城堡時，我們沒能理解你的警告……」

石獸甩著頭，心煩意亂的發出輕吼，然後大步越過史黛拉，走向其他石獸，獸群已解下套具，正開心的在雪裡打滾。史黛拉帶領其他探險家來到黑樹旁。

此時挨近一看，史黛拉才發現黑樹似乎完全是用黏稠的黑色物質，將一片片漂流木拼貼而成的。空中瀰漫著一股鹹鹹的海草味，或許是海面的霧氣所帶來的。彎曲的樹枝上掛著一些奇形怪狀、看起來飽脹又油亮的果子。

「奇怪。」豆豆皺起眉頭說：「爸爸的日誌上，明明說果子看起來像葡萄，怎麼這些果子大得多，更像是甜瓜。」

伊森聳聳肩說：「這樹看起來像骨頭被打斷後，再以亂七八糟的角度拼起來的。也不知道是哪個笨蛋，居然會想到要吃它的果子？」

豆豆看起來挺生氣，謝伊連忙打圓場說：「如果從來沒有人在鳳梨島上試吃鳳梨，那麼就永遠不會知道鳳梨有多麼美味。鳳梨的長相看起來危險多了，上面都是刺啊什麼的。」

黑瓜上並未覆滿尖刺，即便如此，史黛拉還是不覺得它們看起來好吃。水亮的深色果皮，感覺像汗溼的光澤。

「幸好叢林小仙子沒跟來。」謝伊說，其他人立即表示同意。叢林小仙子會吃掉任何沒固定住的東西，甚至連收起來的也不會放過。

「那黑黑的東西是什麼？」伊森盯著樹問。

「也許是樹的焦油？」豆豆提議。

「我覺得不是，這令我想到某種東西。」伊森皺著眉說：「可是我想不起來是什麼……」

「你覺得我們是不是該摘一些果子？」謝伊建議道：「做為送給北極熊探險家俱樂部的珍品？」

史黛拉對這個點子意興闌珊，不只是因為她和菲利克斯被逐出俱樂部了，而且他們根本不知道能不能找到治療謝伊的辦法，或是否能活著回家。

「別這樣。」謝伊責備說：「我們好歹仍是探險家，不是嗎？我們知道不管是不是黑瓜，這果子都不能吃，但還是不知道它們的成分，而且至少我以前從沒見過這種樹。如果我們帶點果子回去，也許俱樂部的某位研究員便能更了解這棵樹，說不定甚至會鼓勵他們讓史黛拉和菲利克斯回俱樂部。」

謝伊說完踏向前，往最近的樹枝抬起手，摘下其中一顆果子。

「天啊，感覺太怪了。」他說：「挺像西瓜的——裡頭好像都是汁液——」

「我想起來了！」伊森驚呼，血色從臉上退去。他呻吟說：「那不是焦油……而是墨汁！」他指著謝伊手上的黑瓜說：「看在老天的份上，快放回去，快！那根本不是樹，而是一座巢！」

謝伊低頭看著手裡的果子說：「什麼？」

他的話僅說到這裡，黑樹便發出尖叫了。

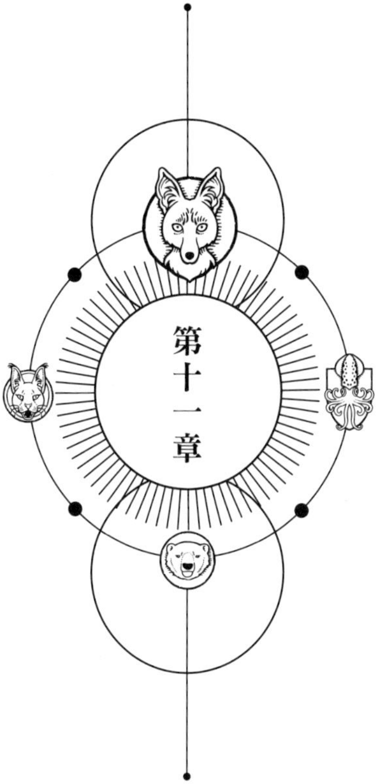

第十一章

海中巨怪

那聲音像是劃破空氣似的，極其駭人。

「那是一座尖叫的紅魔鬼魷巢！」伊森厲聲喊道。

「可是……我以為，紅魔鬼魷只住在毒觸手海裡！」謝伊一邊辯駁，一邊慌張的看著其他人。

「牠們會為了產卵而遷徙。」伊森說：「從來沒有人知道牠們在何處產卵，拜託，快把那顆蛋放回去！」

謝伊匆匆試著將那顆黑瓜（或他現在所知道的蛋）擺回去，可惜太遲了。黑樹持續大聲尖叫，喊得他們底下的地面都震動了。蛋滾落下來，掉在地上炸開，黑色的墨汁濺在雪地和謝伊的靴子上。

破掉的蛋膜中，果然有一條拚命扭動的紅魔鬼魷寶寶。牠有豔紅的觸鬚、圓錐狀的頭、可怕的角，而且憤怒的眨著單顆眼睛瞪著他們。觸鬚中央還有一張嘴，魷魚寶寶立即張大嘴巴，發出跟黑樹一樣響的尖叫。

更糟的是，其他的蛋似乎受到魷魚寶寶的叫聲影響，一顆接一顆的從樹枝上掉下來，在囊袋炸裂時，將墨汁噴得到處都是，並露出更多的怪物寶寶。史黛拉想起阿傑克斯隊長跟他們說過，體型成熟的紅魔鬼魷，是漫游在毒觸手海中，最危險的生物之一，而當年殺害伊森哥哥朱利安的，也正是這種怪物。

豆豆扯著毛帽大喊：「我們現在該怎麼辦？」

「快點離開這裡！」伊森回答，人已經朝雪船跑過去，「趁母魷魚還沒到之前！」

其他人緊追上去。在伊森前方，史黛拉看到石獸群已經慌忙繫上套具，準備把船往前拉，不禁鬆了一口氣。其中一隻石獸焦急的對他們招手，他們就快趕到了。

就在眾人距離雪船僅差一小段距離時，橋下的海面突然有一頭巨大的怪物從水中衝出來，將冰寒的浮沫唰的潑到橋上，探險家們被沖得東倒西歪。史黛拉滾到雪地上，驚駭的喘著氣，海水刺痛了眼睛。她用手背擦乾眼睛，抬頭一望，及時看到一條巨大的紅魔鬼魷攀在橋側，觸鬚纏著其中一座支撐大橋吊索的黑塔，硬是把自己從海中拉了起來。

「小心！」伊森大喊：「萬一被魷魚抓到，牠會直接把你拖進水裡！」

史黛拉真的不想因為尖聲亂叫的紅魔鬼魷而喪命，她側過身，在其中一根觸鬚擊中雪地前的瞬間站起身，觸鬚就落在她剛才所躺的地方。史黛拉驚慌的發現，觸鬚不僅布滿吸盤，而且頂端還長著亮晶晶的牙齒。

史黛拉注意到其他人已經爬起來，跑往不同方向，躲避這頭巨怪胡亂揮打的觸鬚了。觸鬚至少有六公尺長，在冷冽的寒霧中，很難辨視觸鬚始於何處，又終於何方。

史黛拉避開觸鬚，結果撞上一個幾乎跟她一樣大的喙狀嘴。史黛拉驚愕的發現自己並未逃離怪物，而是往牠跳近。沒有頭冠，史黛拉根本不可能凍結怪物，而她出於本能創造出來的小雪怪，一拳揮在紅魔鬼魷身上後就碎成雪花了。

魷魚張大嘴，發出可怕的尖叫，力道強勁到把史黛拉臉上的頭髮都往後吹直了。口中傳出腐魚和陳年海藻的惡臭，害試圖逃跑的史黛拉乾嘔不已。

巨大的尖嘴咬向她時，史黛拉想像自己被攔腰咬成半截，可是伊森緊接著抓住她的臂膀，使勁將她拉回去，力道之大，她的肩窩都跟著抽疼了。

咻的一聲，謝伊的回力鏢筆直強勁的飛過海霧，正中魷魚的巨眼。牠痛到大叫，垂下眼皮，觸鬚盲目的亂揮。

史黛拉發現伊森平時一絲不茍的頭髮垂在臉上，他眼神狂亂急切的驚喘說：「快上船！」

謝伊和豆豆就在他們前方，兩人轉身逃離魷魚，蹲低閃過觸鬚，跳過魷魚寶寶，奔往雪船。眾人衝過雪地，史黛拉喘到胸口都在發疼，最後終於爬上船了。

船身一震，石獸將他們往前拖，可是先別高興太早，他們才跑了一小段距離，船身又猛然一動，發出可怕的晃動聲，大夥集體朝前往橋上倒去。

「天啊！」史黛拉喘著氣說：「牠在攻擊我們的船！」

果不其然，紅魔鬼魷用巨大的觸鬚纏住雪船，正將船往大橋邊緣拖去。石獸群被纏在觸鬚中，牠們奮力解開套具，掙扎的逃到雪地上。

「我們死定了！」豆豆呻吟著。

「快！」史黛拉大叫：「我們得棄船！」

沒有人想在船被拖進海裡時，還待在船上，於是他們一個接一個爬下船側。史黛拉率先踏在雪地上，接著是謝伊和豆豆，伊森是最後一個留在船上的，魷魚再次扯動船身，伊森竟被桅杆上的繩索纏住了。一切發生得太快，大家來不及反應。魷魚用觸鬚折斷桅杆，然後連伊森一起，將桅杆拖到橋邊，把剩下的雪船扔在後頭。

「快跳啊！」史黛拉尖聲大喊，可是伊森無法解開纏在手臂上的繩索。

紅魔鬼魷滑過橋側，將桅杆和伊森拖入海裡，發出轟然的撞擊聲，激起冰寒的白沫，史黛拉瞥見伊森蒼白的面容。

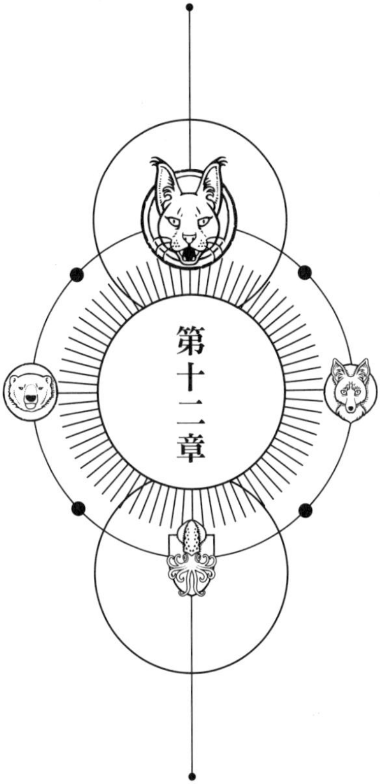

第十二章

巫師的驚喜

魷魚寶寶的尖叫聲仍在史黛拉耳中迴響，她瞪著伊森幾秒鐘前還在的地方，想起伊森曾經告訴他們，他哥哥被一條尖叫的紅魔鬼魷拖到水下溺死的事。史黛拉不敢想像此事也發生在伊森身上，她衝到大橋的欄杆邊，其他人也緊跟在後頭，準備直接跳進海裡找他。

可是大夥到了橋邊後，發現繩索纏在欄杆上，魷魚已經不知去向了。但大家開心的發現伊森還懸在繩索末端，在漣漪盪漾的海面幾公尺上方盪來盪去。桅杆或魷魚已不見蹤影，不過伊森剛才一定是被帶著尖牙的觸鬚打到了，因為他的臉頰上淌著鮮血。

「噢，謝天謝地！」史黛拉大喊：「快幫忙把他拉上來。」

眾人抓住繩子，奮力往上拉。

「先別管我！」伊森大喊：「先處理魷魚寶寶！把牠們扔到橋下！快，否則母魷魚又會折回來！」

大夥依言四處奔走，拎著魷魚寶寶的觸鬚，避開尖端的利齒和狂咬的喙狀嘴，奮力把牠們拋進海中，魷魚很快就沉到水底下了。同一時間，伊森已奮力攀上繩子，把自己拉回橋上，大口喘著氣。

其他探險家趕過去確認他是否安好，然後焦慮的從橋上望著大海，一度冒出了令人擔憂的大漣漪，但沒有進一步看到巨魷的跡象，黑樹也終於不再尖叫了。一片靜默像鐘鈴似的在他們頭頂四周響著。

橋上的場面宛如經歷了一場大屠殺，到處是墨汁和碎木片。石獸已將雪船拖開一小段距離了，史黛拉發現牠們都還在，而且毫髮無傷。除了桅杆斷掉外，雪船本身似乎也沒事，探險家們絲毫不敢耽擱，連忙爬回船上。

石獸立即出發，奔馳穿越雪地，大家很高興能把黑樹拋在後方。

「不知道為什麼魷魚沒有攻擊你父親的遠征隊？」史黛拉問豆豆說。

「也許是因為那時蛋都還很小。」醫師說：「重量應該比較輕吧，所以摘下來時，不會引起黑樹警戒。」他看看伊森，然後說：「讓我醫治那道擦傷。」

他走向巫師，用法力醫治傷口。

伊森向豆豆道謝，史黛拉發現巫師的手在發抖。

「你還好嗎？」她問。

「沒事。」伊森說：「我只是……在朱利安出事後，看到紅魔鬼魷就特別難受。」

「那怪物真的很凶殘。」謝伊說著看看伊森，再一次開口：「你哥哥一定非常勇敢。」

「沒錯。」伊森打著寒顫說：「我原本希望，永遠都不用再看到那種可怕的怪物。」

「嗯，牠已經被我們拋在後方了。」史黛拉說：「我們很幸運逃過一劫。」

無論前方還有什麼，她只希望他們能繼續保持這樣的好運。

*

他們繼續在橋上前進了兩個小時，才停下來紮營。史黛拉問石獸們，要不要跟他們一起住進魔法帳，但石獸似乎比較喜歡待在雪船上。夜色悄悄降臨，霧氣被染成濁濁的灰色，而且隨著霧逐漸變濃，他們的衣服也越來越潮溼。

其中一隻長著翅膀的石獸再次指著史黛拉的手環，猛戳上面的銀龍幸運符。

「抱歉。」史黛拉說：「我不明白你希望我做什麼，是要使用幸運符嗎？恐怕我無法冒這種險——太危險了。」她邊補充邊回想，潔西貝拉一開始曾對著銀龍幸運符百般思忖，然後突然想起這個幸運符會召喚一頭巨大的冰龍。

「如果你經驗不足，召喚冰龍會十分危險。」老女巫說：「那巨龍生性野蠻，有許多雪之女王控制不了自己的巨龍，最後被牠們吞掉。親愛的，那個幸運符最好等你年長些再使用。」

「走吧。」伊森說，石獸們飛到雪船的甲板上，「牠們是石頭做的，也許不怕冷，而**本人在下我**，覺得手指頭都快結霜凍掉了。」他已將魔帳毯拿在手裡，一秒鐘都不浪費的說出開帳密語：「**響尾蛇樂！**」

魔帳毯是他們遠征女巫山時的最佳收穫之一，外表看起來像一般毯子，但只要說出正確密語，毯子便會立即在他們四周彈開來，變成一頂絕佳的帳篷。探險家們覺得帳篷就跟記憶中一樣溫暖舒適，裡面盡是絲綢帳幕、軟呼呼的坐墊和鍍金的腳凳。看到房間中央劈啪燃響的火坑，上頭有一鍋沸騰而香氣四溢的燉肉時，史黛拉覺得整個人都要融化了。

「老天爺呀，我們究竟在哪裡？」有個聲音憤憤不平的說。

精靈魯貝克從他的瓶子裡現身，一如往常穿著鮮豔袍子、頭巾和尖頭拖鞋。史黛拉發現他的鬍子比平時更捲翹，尖尖的還上了蠟。然而他的眼神透著恐懼，說：「無論我們在哪裡，我對這個地方有種不祥的感覺。」

「我們在黑暗冰橋上。」史黛拉告訴他。

精靈張大嘴，連鬍子似乎都下垂了。「你們是在開玩笑吧。」他終於略帶哀求的開口。

史黛拉搖搖頭。

「呃，我知道黑暗冰橋是個寒冷荒涼又危險的地方，可是我向來想都不敢想……」他搖了搖頭。「你們竟然比羅普特．班迪克．阿諾爵士還傻，但我人微言輕，講什麼你們都不會改變主意吧，反正我只是遠征隊的精靈罷了。」他嘟囔著，魯貝克似乎很愛生悶氣。「我擅自把你們的熱水澡準備好了……」

他沒再往下說，因為誰都沒料到，伊森竟然展開雙臂，一把抱住精靈。

「噢，天啊，熱水澡！」巫師嘆道：「此時此刻，熱水澡是我所能想到全世界最棒的東西！謝謝你，魯貝克，謝謝！」

精靈被這突如其來的熱情嚇到手足無措。「盧克少爺，我很樂意為大家服務。」說著精靈從巫師的懷抱抽開身，「您的熱水澡就在那邊。」

他指著寢室的方向，伊森直接走了過去。

「真不知道那男孩怎麼了！」精靈一邊驚呼，一邊理平身上的袍子。

伊森通常非常保守，跟豆豆一樣不愛跟人擁抱。

「他今天很不好受。」史黛拉說。

事實上，大夥今天全累壞了，每個人都很高興能泡熱水澡，然後換上魯貝克為他們準備好的乾淨溫暖的睡衣。這些沙子色的睡衣印有沙漠豺探險家俱樂部的徽冠紋路。魔帳毯以前為該俱樂部的探險家所有，他們有很多東西仍散置在帳內，從釘在牆上的沙漠地圖，到角落中戴在齜牙咧嘴的土狼標本頭上的遮陽帽，應有盡有。

「我不記得之前看過那個。」史黛拉瞇眼看著土狼。

「是我在補給櫃裡找到的。」魯貝克指指櫃子，說：「我覺得可以增添美觀。」

標本其實又髒又舊，但史黛拉還是拍了拍土狼的肩。「魯貝克，我希望你不介意來到黑暗冰橋。」她看著他說：「我知道我們應該先問你一聲，可是實在事出突然，而且……」

「史黛拉小姐，您說的是哪的話呢。」魯貝克答道，挺直身子說：「我是探險隊的精靈，無論去哪裡冒險，我都會跟去。」

「聽你這麼說我就放心了。」史黛拉表示。

精靈瞄了一眼帳篷的帆布牆，然後說：「我相信您有必須到此地的理由，可是小姐，這不是什麼好地方，真的。我聽到風中有怪聲，還有不自然的回聲，以及不該有的、扭曲且深受折磨的東西。」

史黛拉點點頭。「我明白，但這裡是我們拯救謝伊的唯一希望。」

這時其他人從寢間出來了，穿著睡衣，圍繞客廳的火坑坐下來吃燉肉。史黛拉想起叢林小仙子們上回坐在燉鍋邊緣，吵吵嚷嚷的搶著唯一的帽子，還把腳趾探到燉肉鍋中，不禁懷念起他們嘰哩呱啦的陪伴。想到叢林小仙子，史黛拉便想到困在波蒂雅女王城堡底下石洞的菲利克斯和喬絲，但願他們兩人沒事。

魯貝克看到大家有些悶悶不樂，便將碗盤收拾乾淨，給每人送上一杯冒煙的熱巧克力，加了大量的棉花糖。史黛拉覺得，無論情況多糟，熱巧克力都能讓任何人好過一些。當飲料的熱氣從手指頭蔓延向腳趾時，史黛拉覺得放鬆多了。

「你們知道嗎？我一直在想——也許這座橋並不像大家想的那麼糟糕。」謝伊吹開熱巧力上的白沫說：「也許就是那隻尖叫的紅魔鬼魷，害所有探險家失蹤不見？人們要是聽到魷魚和黑樹的尖叫，又不知道它們究竟是什麼，說不定鬼故事就這樣傳開了。」

「也許吧。」史黛拉說，儘管她並不真的那麼認為，畢竟那無法解釋自己在橋上的不祥感受。

「這本地圖集好奇怪。」豆豆突然開口。

史黛拉看到她的精靈朋友拿著他們經過波蒂雅女王圖書室時，順手帶走的另一本書。那是一冊大開本的皮裝書，有美麗的發黃紙頁，看來相當古老，史黛拉相信一定也散發著美妙的書香。

「看。」豆豆打開書舉起來，讓大家看裡面的地圖。

大夥湊近細看，發現那是一張果凍藍海的地圖。

「這裡有我從來沒聽過的群島。」豆豆邊指邊說：「像山貓島、沙珍珠群島與火鶴紳士嶼……」

「哎呀，大家都聽說過火鶴紳士嶼好不好？」伊森不屑的說：「大家最初信以為真，可是等好好探索後，便發現其實是瞎謅出來的地方，根本不存在。」

「可是這地圖上有。」豆豆望著那頁說：「甚至還有速描，畫了一隻戴著圓頂禮帽的小火鶴，以及……」

「那本地圖集看起來有好幾百年的歷史了。」伊森打斷他說：「內容並不精確，像那種舊地圖，到處都能看到從不存在的虛幻之地。今天我們扯這些鬼魂、怪物和火鶴紳士也扯夠了。有誰想看魔術？我一直在練習這個招數，我想終於搞定了。」

大夥都想看，於是伊森四下張望，想找頂帽子。

豆豆想提供自己的毛線帽給伊森，但伊森搖搖頭。

「不要不要，別鬧了，我沒辦法從毛線帽裡掏出兔子，得找頂高禮帽才行。」伊森的眼神落到角落的土狼上說：「那頂帽子或許也行。」

他從張牙舞爪的土狼標本頭上取下遮陽帽，回到圍聚火炕旁的眾人身邊。

「這麼多年來，我老是變出討人厭的貓鼬。」他說：「貓鼬真的是我見過最野蠻的東西……」

「事實上，你知道嗎？野蠻的迷你貓才是世上最沒人性的動物。」豆豆說：「而且非常危險，人們常因為牠們的身形很小，而誤以為牠們是小貓咪……」

「你見過野蠻的迷你貓嗎？」伊森問。

「我沒親身見過。」豆豆回答。

「那麼我說的話才是正確的了。」

「也許現在最好別變這招。」謝伊說：「你們這樣談論野蠻迷你貓，說不定不小心就變出一隻了。記得上回大家談論蠍子沙漠，後來你想變一顆北極豆豆，結果卻變出一隻張著鉗子四處亂跑的蠍子，後來……」

「謝謝你啊。」伊森打斷他說：「不勞您提醒本人過去的失敗之作，我現在不需要這種鼓勵。好啦，能麻煩各位閉上尊口，在本人改變心意之前好好欣賞嗎？」

大夥看著伊森往下望著他手裡的帽子，接著他深吸一口氣說：「一、二、三，變！」

帽中爆出一小團光和煙，大夥哇哇驚嘆，同時戒慎恐懼的發出尖聲，因為老實說，大家挺擔心會有野蠻迷你貓從帽子裡爬出來。而且史黛拉發現，魯貝克甚至拿了捕蝶網，準備捕貓了。

接著，在眾人眼前，一隻動物從帽子裡爬了出來。但那並不是野蠻迷你貓或兔子，甚至也不是貓鼬。那是一隻桃紅色的火鶴，更有甚者，對方顯然是位紳士。大夥看到牠戴了一小頂圓頂硬禮帽，身穿漂亮的晚禮服外套和蝴蝶結領結，一側鼓起的翅膀下，還夾著一把美麗的條紋雨傘。

第十三章

無家可回的新成員

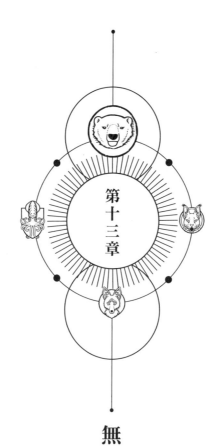

他們才看到火鶴一下下，魯貝克便已大喝一聲，用網子罩住火鶴了。他似乎認定有一隻野蠻迷你貓。

「別擔心，史黛拉小姐！」精靈大喊：「我不會讓這隻凶惡的野獸傷害您！」

「凶惡的野獸！」一個低沉渾厚且頗為造作的聲音從網子內傳出驚呼：「我的天啊！野獸在何處？」

「牠會說話！」豆豆驚呼。剎那間，他靈光一閃，極其興奮的看著其他人問：「你們都聽見了嗎？或者我是火鶴紳士語者？天啊，我好希望是那樣！」

「呃，我也聽得很清楚。」謝伊說。

「還有我。」史黛拉附和。「魯貝克，沒事的。牠不是野蠻迷你貓，請把牠從網子裡放出來。」

精靈百般不願的抬起網子，每個人都盯著桃紅色的火鶴。牠比一般火鶴小了許多，高度不超過三十公分，一對聰明豔黃的眼睛，對他們戒心重重的眨著，其中一隻戴著單片眼鏡的眼睛，被鏡片放大得挺嚇人。

「那隻凶惡的野獸在何處？」火鶴抬頭望著眾人問。「我來把牠趕回去。」牠揮著條紋傘，顯然打算拿它當武器。「千萬別害怕，女士。」牠沒有針對特定對象的說：「有曼維拉在此，現在很安全了。」

「噢，不會吧！」伊森厭惡的看著火鶴大吼，接著憤怒的瞪著豆豆說：「**都怪你！**胡扯什麼火鶴紳士，害我施錯咒語了！」

「沒事沒事。」史黛拉溫柔的對火鶴說：「這裡沒有凶惡的野獸，一切都是一場誤會。」

火鶴放下雨傘，開口：「噢，好吧，既然這樣的話，請容我好好的自我介紹。我是曼維拉．蒙哥馬利，來自海灣區的蒙哥馬利家族。」牠抬起一隻翅膀，將圓頂禮帽擺正，並調整禮服的袖子。「很高興認識各位，請告訴我，我該向誰致謝，謝謝他如此英勇而無私的救了在下的性命？」

「呃，是這位伊森將你從帽子裡拖出來的。」謝伊說：「不過其實那是一頂遮陽帽。」

「天啊，是位巫師呢！」曼維拉驚呼的抬眼望著伊森，「噢，我親愛的先生，您必然是位超凡絕俗的巫師！」

「我才不是！」伊森大叫，因為他根本沒聽懂何謂「超凡絕俗」，還以為自己被貶成了三流巫師，因為他正覺得自己愚蠢至極，居然沒有變出兔子。這個咒語他練習好幾個星期了，結果卻在朋友面前出錯，實在太丟臉了。儘管這都得怪豆豆，誰叫他一開始提到火鶴紳士。

幸好史黛拉在菲利克斯的調教下，語文造詣很好，趕緊糾正伊森。

「人家是在稱讚你呢！」她說：「『超凡絕俗』的意思就是非常厲害、不同凡響。」

「正是。」曼維拉說：「沒錯，你一定非常厲害，才能如此把我救出來。我親愛的兄弟，我實在無法盡訴感激之情，我與我的同胞，將永遠欠你這份恩德。」

伊森瞪著這隻小火鶴問：「但你究竟是打哪兒來的？」

「噢。」曼維拉面色一沉。「你難道不知道嗎？」

「我從帽子裡變出來的動物，沒有一隻會說話。」伊森表示：「貓鼬會試著挖掉你的眼珠子，然後一溜煙跑掉，一臉詭詐的去找別的東西——任何東西都行——撕成碎片。而毛茸茸的兔子只會到處亂跳，亂咬家具。」

「噢，那確實有點令人失望。」曼維拉說：「請你諒解，我並非不領情。但我們故鄉的島嶼消失不見了，這種情形先是發生在天鵝女士島，前一天島嶼明明還在，接著就不見了。」他用傘尖刺著地板，以示強調。「消失不見！就那樣。我們划著小木獨舟，尋遍附近的海域。我心愛的克萊美婷就在那座島上呀——我心愛的天鵝女士，她是我的生命之光，是我靈魂的真愛。我們找了又找，可是根本找不到任何一絲島嶼的蹤跡，它就這樣……消失了。」

「我有看到天鵝女士島！」豆豆驚呼，又去翻看那本地圖，「就在火鶴紳士嶼的下一頁。」

「可是根本沒有這種地方。」謝伊說著伸手去拿地圖集，「我跟我爸爸一起研究過果凍藍海的地圖，而我從沒聽說過這兩座島嶼，那邊只有海洋而已。」

「現在或許是那樣。」曼維拉說：「可是那些島**以前是存在的**，我原本希望你們會知道島嶼跑哪兒去了。」

「可是……如果你在島上待過，你為何會不知道？」史黛拉不解的問。

火鶴搖著頭說：「有一天我們醒來，從我們莊園的窗子往外看，結果卻發現海洋和天空都不見了。」

「什麼意思？」謝伊瞪著牠問。

「一切都變得白茫茫的，我們知道是**什麼時候**發生的，十一點零三分，因為所有的時鐘都停在這一刻，就連我們家世代相傳、從來不會報錯時、我最心愛的老爺鐘，都停了。我的懷錶也停了，瞧——噢！」

火鶴打住話，從口袋掏出一只漂亮的金懷錶，打開蓋子，垂眼望著後說：「錶又開始走了，一定從是幾分鐘前，我到這裡時開始的。」牠抬頭看著眾人說：「我不知道自己的家在哪裡，只知道它毫無預警的消失，時間也停止了。我們大家跑去布滿小卵石的海灘，卻再也沒有海浪拍打岸邊了，僅剩下一片奇異的白茫，如霧般掩去一切。我哥哥柏洛斯帶著搜尋小組衝入霧裡，想找出路。我們都好害怕再也見不到他們，但還不到五分鐘，他們又從霧裡現身了。如果有人想離開這座島，結果還是會不停回來。所以，請想像今早當我打開自家前門，去採草莓當早餐時，卻發現自己從一頂帽子爬出來，到這裡遇見你們這些好人時，我有多麼訝異。沒有時間了，我們得立即找到我家，拯救我的同胞。」牠懇切且滿懷希望的眨著眼睛看大家說：「還有，當然也得救救天鵝女士島，各位能幫我的忙嗎？」

史黛拉瞄著其他人。「說到救人，只怕我們此刻自顧不暇了。」她歉然的說：「是這樣的，我們正要跨越黑暗冰橋。」

她以為曼維拉會跟大部分人一樣失聲驚叫，可是或許黑暗冰橋的惡名並未傳至果凍藍海，因為曼維拉只是客氣的仰視著她。

「這是一條受到詛咒的橋。」史黛拉解釋：「沒有人能活著越過大橋，傳述他們的故事。我們要去找一道能解救我這位朋友的咒語，完成任務後，還得趕回去救我們的兩位父母。他們跟一頭冰龍，被困在雪之女王城堡下的洞穴裡。」

而她才講了不到一半，就算上述任務全達成了，史黛拉依然被通緝，菲利克斯也還是被俱樂部除名。這一切真的讓她有點吃不消。

火鶴紳士略表驚訝的說：「天啊，你們肩上的擔子還真不輕，是吧？」他看看伊森，然後誠懇的說：「而您竟然還撥冗救我，我真是感恩不盡，先生。」

伊森挺起胸膛回應：「小事。」

「也許你能把其他火鶴紳士也從帽子裡拉出來？」謝伊提議：「至少那樣牠們就自由了，我們可以之後再思索尋找島嶼的事。」

「你們島上有幾隻火鶴紳士？」伊森問。

「最後一次計算有六百七十四隻。」曼維拉說。

「那樣我們會在這裡耗一整晚。」伊森有些喪氣，接著說：「況且，我其實不知道該怎麼做。事實上，我原本想從帽子裡拉出來的，並不是你。我是想變出一隻毛茸茸的兔子。」

「噢。」曼維拉失望的說：「至少試著救我哥哥柏洛斯，行嗎？」牠接著說：

「他是長兄，他會知道該怎麼做，如何才能解救其他人。我只是個沒用的弟弟，不擅長這種事。」

「我相信你絕不是個沒用的人。」史黛拉好心的說。

伊森嘆口氣。「唉，我試試吧。」他拿起遮陽帽說：「但你要知道，我也有失手的時候。」

「不會的，先生！您是一位卓越的巫師。」曼維拉向他保證說：「簡直是不世出的人才！是您這一代人的佼佼者，這點毫無疑慮。」

伊森高興得耳朵發紅，他再一次全神貫注，望著帽子裡，最後他把手探進去，拖出某個東西，但這回不是貓鼬或毛茸茸的兔子，也不是另一位火鶴紳士。

「噢，是一隻可愛的小貓咪！」史黛拉驚呼，伸手要去摸貓。

可惜那也不是可愛的小貓咪，而是野蠻迷你貓，牠直撲史黛拉的臉，若非曼維拉拿雨傘從中一擋，史黛拉的眼睛可能就被挖出來了。

大夥一陣慌亂，全追著迷你貓跑，貓一下就撕破帳牆，鑽到床下，躲進櫥櫃，還凶惡的攻擊任何接近牠的人，在短短幾秒內便將魯貝克的網子撕爛。之後眾人忙著追捕時，精靈只站在椅子上，焦急的搓著雙手哀號。

等每個人都被抓得遍體鱗傷後，他們終於把野蠻迷你貓從其中一片帆布牆趕出去了，貓兒逃入雪地後，大夥全鬆了一口氣。

「我在想，」曼維拉喘著氣說：「你最好別再試著從帽子裡變出火鶴了，好嗎？我們只能想想別的辦法了。當然啦，我們得先完成諸位的各項營救任務。如果有我能夠效勞之處，在下一定樂意幫忙。」

這兩天每個人都累壞了，大家都很高興能好好睡覺，也對溫暖的床和乾淨的床單滿懷感激。魯貝克在寢室裡，幫曼維拉在其他人的床邊設了一張小床，並給牠一頂小小的睡帽，帽子看起來像以前叢林小仙子的。

史黛拉原本擔心自己在黑暗冰橋上會緊張到睡不著，怕萬一有什麼危險的東西，趁大家睡著時把他們吞掉了怎麼辦？不過事實上，史黛拉實在累歪了，她的頭一碰到枕頭，便睡著了。

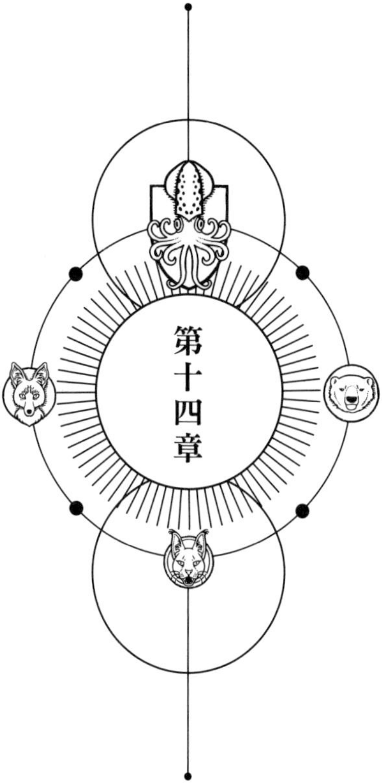

第十四章

柯亞抓狂

史黛拉被嚎叫聲吵醒，急忙坐起身，慌慌張張的下床，以為有什麼危險的野獸趁他們熟睡時溜進帳篷。可是她仔細一看，發現帳篷裡並沒有怪獸，嚎叫聲來自柯亞。

影子狼蜷縮在帳篷的角落裡，史黛拉看到牠仰起頭，再次發出不安的叫聲，令史黛拉不寒而慄。史黛拉難過的發現，影子狼身上的白毛比之前更多了。一開始只是一道白毛，現在卻幾乎占去牠身體的三分之一。無論柯亞正在經歷什麼，情況都在惡化。

叫聲也吵醒了伊森、豆豆和曼維拉，大家都下床了。然而謝伊卻縮在被子裡，抓住自己的頭呻吟。其他人跟著史黛拉馬上趕到他身邊，大夥擔憂的圍在他們的朋友身邊。

「謝伊，」史黛拉抓著他的肩膀問：「你怎麼了？」

「我沒辦法……」狼語者喘著說：「我沒辦法……」

「沒辦法什麼？」伊森問：「快跟我們說。」

他抓住謝伊的手腕，把手從他臉上拿開。其他人倒抽一口氣，謝伊的一隻眼睛已經從原本的棕色變成鬼魅般的銀色了，就跟他們記憶中女巫山上的巫狼眼睛一模一樣。而且他的眼睛不僅變得顏色不同，還凍結了，上方那層霜會將光線折射回去，十分詭異，讓人很難直視他的眼睛。史黛拉發現當她試著與謝伊對視時，會感到頭疼。

「我沒辦法看清楚。」謝伊說：「感覺很不對勁……」

「我試試看能不能幫上忙。」豆豆舉起手靠近謝伊的臉，綠色的治療魔法在他指間嗞嗞作響。

一會兒之後，謝伊眼上的冰霜開始融化，眼睛也恢復了原本的顏色。

「你把我治好了。」狼語者說著，在自己面前揮揮手，「我又能看清楚了，謝謝你。」

「只是暫時性的。」豆豆擔心的說：「就像伊森凍傷時一樣，記得嗎？魔法僅能減緩症狀，但無法根治。」

「不過或許能為我們爭取一些時間。」史黛拉說。

雖然謝伊的眼睛已恢復正常，但史黛拉發現他頭上的白髮稍微變多了，而且柯亞的皮毛也還是白色的。這提醒所有人，時間真的不多了，在黑暗冰橋上實在容不得失誤。

「我們最好繼續趕路。」史黛拉說。

謝伊爬下床，走向柯亞。他在影子狼面前蹲了下來，這動作史黛拉見過他做上百回了，儘管柯亞沒有實質的肉身，但牠通常會熱情的用鼻子磨蹭謝伊。然而這一次，謝伊向柯亞伸出手時，牠竟齜牙低吼。

謝伊當場僵住。「柯亞，」他柔聲說：「沒事的，孩子，嘿，沒事的，是我呀。」

他再次朝柯亞伸出手，結果影子狼以迅雷不及掩耳的速度，反咬他一口。

史黛拉驚駭的看著影子狼，牠根本不該有任何實質的肉身，卻朝謝伊的手咬下去。她看得出來柯亞是真的咬了下去，因為謝伊痛得大叫，一道鮮血從他手腕上流了下來。

伊森率先做出回應，他朝柯亞射出魔法，逼得牠哀鳴一聲，鬆開謝伊。柯亞似乎被巫師的舉動嚇到，恢復了原本模樣，因為下一刻牠便緊挨住謝伊，尾巴夾在腿間，一臉內疚。

「你們剛才瞧見了嗎？」謝伊驚呼。

「看見了，可是怎麼可能？我以為柯亞是影子……？」史黛拉開口。

謝伊打斷她說：「不，我不是指柯亞，而是說我。我覺得……覺得自己剛才消失了一下。我有嗎？」

史黛拉瞪著他回答：「我不覺得，沒那回事，你整段時間都在。」

謝伊伸出顫抖的手，想撫摸柯亞，但牠已變回沒有實體的影子狼了。謝伊的手穿過了如煙的柯亞，下一秒，柯亞便整個消失了。

豆豆走向前，檢視謝伊的手。

「傷口不嚴重。」謝伊對幫他醫治的豆豆說：「可是牠不應該能夠咬到我。」

「我們知道被巫狼咬傷後，柯亞可能會變得不同。」史黛拉努力壓抑難過的心情說。

就他們所知，以前從來沒有影子狼被巫狼咬過，所以他們並不清楚實際上會受到什麼影響。但無論剛才發生的是什麼，都證實了不是什麼好影響。

「看。」豆豆彎身看著柯亞剛才所在的地方說：「狼毫。」他撿起白色的狼毛讓大家看，「好像有一匹真的狼曾在這裡待過。」

「我們該上路了。」謝伊靜靜表示。

伊森點點頭，蒼白的臉看起來異常緊繃。「大家去換衣服吧。」他附和謝伊。眾人回到自己床邊拉起簾子，換上套衫、圍巾與開襟毛衣。史黛拉穿好衣服後走進客廳，謝伊和伊森已經在火坑邊了。

「你現在感覺如何？」伊森正在問謝伊：「我是說，除了你的影子狼一時抓狂、眼睛變得怪怪的之外，你感覺還好嗎？」

謝伊嘆口氣。「唉，我從來沒有如此害怕過。」他勉強擠出笑容說：「不過除此之外，我還好。」

伊森輕輕碰了狼語者的肩膀一下，「你並不孤單。」他說：「只要有解方，我們就一定會找到。」

「沒錯。」史黛拉加入兩人，「我們一定會找到。」

她從未如此迫切希望某件事能夠成真，但同時仍不禁在想，這幾乎是件不可能的任務。

她在腦海中聽到菲利克斯的聲音說：「不能因為要面對阻礙，就逃避問題。」菲利克斯常告訴她：「正是這種時候，才應奮不顧身，傾盡全力。當你不畏艱難，便會發生美妙的事。」

大家匆匆吃過早餐，魯貝克說，等魔帳毯變成毯子時，曼維拉就不可能待在帳子裡了——因為牠不是精靈，一定會被壓個粉碎。既然沒有人希望發生這種慘事，火鶴紳士便得跟隨他們一起行動。

「冰橋上極為寒冷。」史黛拉猶豫的看著火鶴漂亮的小西服說：「也許我們能幫你張羅點穿的。」

大夥在帳子裡搜尋適合的保暖衣物，接著魯貝克靈光一閃，在茶壺保暖套上挖洞。

「不是吧，這看起來也太不稱頭了。」火鶴悶悶不樂的說：「我看起來好可笑。」

「老實說，你戴那頂圓頂禮帽看起來也是有點好笑。」伊森表示：「至少這樣你不至於凍死。」

「看在你是我的救命恩人份上，我就不跟你計較了。」曼維拉哼說：「不過我還是要讓你知道，這可是我高祖父的帽子，非常珍貴。」

牠調整自己桃紅頭上的帽子。

伊森翻著白眼。「隨便啦。」他抱起小火鶴說：「外面的人請小心！」

帳篷立即在四周消失，變回一條破毯子，伊森將毯子塞回自己的袋子裡。四位探險家和火鶴紳士又回到黑暗冰橋上了，大橋一如既往的陰森嚴酷。空氣中滿是旋舞的雪花和冷峭的濃霧，寒意穿透他們的皮膚，刺入骨髓。

「我的天啊！」曼維拉尖聲說：「冷死人了！我可以告訴各位，火鶴紳士嶼上從來沒有這麼冷過，我們島上都是陽光和鳳梨。天啊，這簡直冷到讓人受不了！我的嘴都凍壞了，感覺好像要掉下來！」

這裡**真的**極端酷寒，連史黛拉都覺得冷，通常她並不在意下雪。史黛拉戴上手套，盡可能不去想陽光和鳳梨。伊森把渾身哆嗦的曼維拉塞到自己的套衫裡，然後扣緊披風，只讓小火鶴的頭從頂端探出來。

「石獸們呢？」謝伊突然問。

史黛拉轉身，在寒霧中努力睜大眼尋找。霧氣太濃，他們幾乎只能看見前方幾公尺的地方。史黛拉甚至看不到大橋的欄杆、聳入天際的高塔，或是太陽本身。連聲音似乎也都詭異的變悶了，她不再聽見大橋底下的海浪拍打聲，一切都白茫茫的。史黛拉突然有種奇異的感覺，覺得他們根本不是在一個真實存在的場所裡，而是在某人搖曳的夢境中，或者是一顆已冰冷死去的破碎心臟裡。

然而就在此時，石獸群拖著雪船，噹啷的穿過濃霧奔來了，雪船的冰蠟燭閃著明光。

看到石獸們，史黛拉如釋重負，就在她要走向梯子時，整個人卻僵住了。

「那是什麼聲音？」她問。

「是我在擤鼻子。」伊森說著，把手帕塞回自己口袋，「對不起。」

「不對。」史黛拉停了下來，說：「聽起來像……一拍心跳聲。」

其他人也跟著停下來聆聽，但寒霧掩去了一切，只剩下悶悶的沉默。

「你想多了。」伊森終於開口：「我們知道這座橋會騙人，大家得保持清醒，別讓瘋狂的妄想影響。」

史黛拉皺著眉頭凝視前方的霧，眼睛緊繃得隱隱發疼。人很容易以為自己突然瞥見什麼動靜，史黛拉告訴自己，伊森說得沒錯，他們得保持冷靜。

可是接著，只有一瞬間，史黛拉發誓自己看到一個剪影。

「那邊有東西！」她立即壓低聲對其他人說：「我看到他們了！就在我們前方，在濃霧裡。」

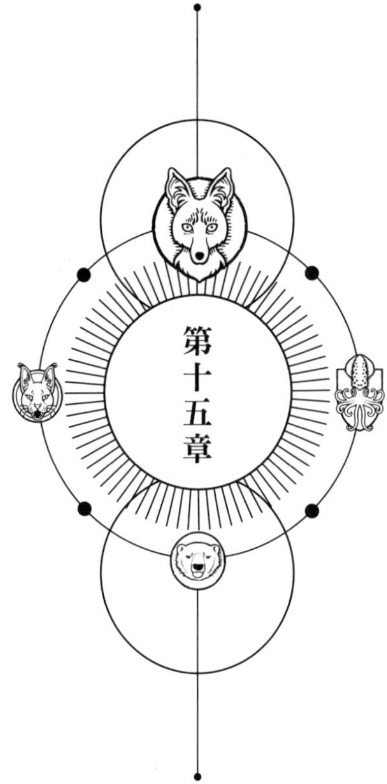

第十五章

船墳場之謎

每個人都緊盯著前方，濃霧像彩帶似的在他們身邊旋繞，當霧氣短暫散開的那瞬間，史黛拉驚恐萬分的瞥見一頂飾有毛邊的帽兜或一件奢華的白鼬外套，一只絲製手套或鑽石的光芒，在她眼前一閃而過。

她滿腦子想著波蒂雅女王，世人最後看到她逃往黑暗冰橋。但那已經是兩百多年前的事了，女王根本不可能還活著吧？雪之女王究竟能活多久？史黛拉突然意識到自己對此根本毫無概念。她一直以為雪之女王的壽命與常人一樣，可是萬一雪之女王能長命百歲，在其他人都去世後仍繼續活著呢？這個念頭讓史黛拉覺得自己非常渺小且孤單。

「我什麼都沒看到。」伊森說。

史黛拉也什麼都看不到了，但此時有關波蒂雅女王的念頭已深植在她心中。

「說不定是柯亞。」謝伊提議：「牠就在橋上某個地方，我能感覺得到。」

果不其然，下一刻柯亞便靜悄悄的從霧中走出來，直接走向謝伊，像以前一樣，撒嬌的舔著謝伊的手指。

「這裡除了我們，沒有別人了。」伊森嘀咕著：「沒有人會像我們這麼蠢。走吧，我們繼續前進。」

大夥爬上雪船甲板，石獸群沿著橋奔馳。

不久後，霧氣散去，至少他們可以稍稍看清前方了。大夥輪番看守，其餘時間則鑽到甲板底下，瀏覽豆豆從波蒂雅女王圖書室取出的書，或是跟曼維拉聊天，以便多了解牠。

「你在讀什麼？」史黛拉發現火鶴帶了自己的書，是一本漂亮的紅色皮裝書。

「這是紳士守則。」曼維拉道：「我們終生奉行不逾的守則，你想看嗎？」

史黛拉已經在搖頭了。「不用了，謝謝。」她說：「我們北極熊探險家俱樂部也有類似的東西，有關該如何修剪鬍子之類的事，我都知道了。」

曼維拉困惑的看著她，問道：「鬍子跟做紳士有何關聯？我記得這整本書裡，一次鬍子都沒提到，就我所知，這本書主要在談寬恕惡人。喏，你看看。」

史黛拉還來不及再次拒絕，曼維拉已經把書塞到她手裡，她不想顯得失禮，便打開書封，快速翻閱。然而，其中有些守則吸引了她的注意力，她慢下來開始仔細讀起內容。曼維拉說得對，書裡沒有半點跟鬍子相關的內容，反而是寫滿了像是菲利克斯教過她的事。

要心懷慈悲。

己所不欲，勿施於人。

珍惜朋友。

對自己真誠。

史黛拉感受到自己嘴角上揚，這裡寫的是**真正的**紳士守則，而不是俱樂部裡那些迂腐而不知變通的規定。在寒門法庭時，她聽到史邁思主席再次出言羞辱：

「**你啊，先生，你可不配當什麼紳士！**」

只是這次回想起來，那些話已不再那麼刺耳了，因為菲利克斯確實是位**貨真價實**的紳士，這點是任何人都無法改變的。

「太棒了。」史黛拉說著把書還給曼維拉，「我覺得每個人都應該那樣生活。」

她忽然想到一件事，問道：「天鵝女士島也有守則嗎？」

「當然。」曼維拉答說：「那是一本美麗的書，封面鑲著許多小珍珠。當然了，基本守則跟我們的一樣，但她們有一些額外規定。我想想……好的，我可以記起一部分。克萊美婷尤其喜歡第六條：**一有機會，便盡可能持續大笑，而且最好笑到流淚**。還有第十二條：**如果要在蕪菁和巧克力歡樂派之間做選擇，一定要選擇巧克力歡樂派**。第九條：**用堅定的言語抵擋霸凌，必要時動用陽傘**。當然，還有第二十二條：**盡力拋開對他人的無謂嫉妒，隨時接納自己獨一無二的特質**。」

「天啊，這實在太棒了！」史黛拉驚呼。

她心想，也許等這一切結束，大家都平安無事後，她會試著撰寫自己的淑女守則，以提醒自己在某些非常時刻，不要忘記自己想成為什麼樣的人。

大夥停下來匆匆吃完午餐，又繼續前進了一個多小時，然後史黛拉要石獸們停下來。

「我們幹麼停下來？」伊森從甲板底下探出頭問，「現在紮營還太早。」

「聽，」史黛拉說：「那個聲音又出現了。」她可以感覺回響的震動穿透她的靴子。這一次史黛拉確定自己並未胡思亂想，她說：「那絕對是心跳聲。」

其他人紛紛爬上甲板來到她身邊，可是下一秒聲音便消失了。

「真的有。」史黛拉堅持，「我聽見了。」

謝伊皺著眉說：「可是如果你聽見的是心跳聲，那麼無論是什麼東西，一定龐大無比。」

「關於這座橋，有另一種推論。」豆豆說：「有人說黑暗冰橋是巨人族建造的，他們就是害探險家失蹤的元凶。根據謠傳，巨人把他們吞掉了。」

「我真的希望不是巨人族。」伊森顫抖著說：「我不希望自己的骨頭被磨成做麵包的粉。」

史黛拉搖頭說：「如果探險家是被巨人吃掉的，不是應該留下更多跡象嗎？可是探險隊的營地看起來維持得很好，像是原封不動被留在原處。巨人族的大手大腳，一定會把營地弄得亂七八糟。」

史黛拉對石獸下達指令，獸群繼續上路。等輪到看守的豆豆大喊要其他人上甲板時，太陽正要下山。

「又是心跳聲嗎？」史黛拉才開口，卻立即得到答案。她要石獸們停下來，四位探險家站著聆聽從橋底下傳來的悲戚鐘聲。

「是船墳場。」豆豆說：「跟我爸爸在日誌裡寫的一樣。」

隨著太陽西沉，海霧又開始聚攏了，但霧氣還沒有那麼濃，因此大夥仍看得到底下的大片桅杆。

「我的天。」曼維拉透過單片眼鏡直勾勾的盯著說：「太驚人了。」

墳場裡不下數百艘船，有些船還飄著旗幟的殘片，有的僅存鏽掉的外殼，遭掏空的殘骸已被大海占據，覆蓋著一條條海草、一片片藤壺和不明究理的海星。墳場裡有各式各樣的船隻：走私船、海盜船和捕鯨船、飛剪式帆船、破冰船、商船與長船。

史黛拉看到一艘賞人魚的船，顯然已經被真正的人魚霸占了，因為甲板成為臨時美容院，上頭散落著珊瑚梳、貝殼比基尼與海葵飾品。事實上，人魚似乎占據了好幾艘船，雖然放眼望去都沒看到人魚的蹤跡。

「他們好像把那艘破冰船變成海馬的美容院了。」謝伊指說：「而隔壁的船則成為日光浴的甲板，再隔壁的則是艘美甲船。」

底下似乎有幾艘古董級的探險船隻。

「你們看那艘。」伊森指著一艘有高長桅杆和一堆破帆的船說：「上面有探險家的徽冠，可是徽冠上那是什麼動物？鳳凰嗎？」他看著其他人問：「從來沒有過鳳凰俱樂部吧？有嗎？」

大夥全看向豆豆，他對探險家和相關歷史懂得最多。

豆豆皺著眉頭說：「我聽說過有天鳳凰探險家俱樂部，但我以為那只是都市傳說。據說，在很多年以前，一度有五個俱樂部，但天鳳凰探險家俱樂部的人有點蠢，老愛去『發掘』並不存在的地方，實在稱不上優秀的探險家。」他搔著頸背，「還有，聽說他們騎乘巨大的鳳凰旅行，但是並沒有證據能證實鳳凰存在過。

聽起來只是誇大版的火鳥而已，而且火鳥現在也絕種了。我想，從來沒有人相信天鳳凰俱樂部是真的，我一直認為那只是其他俱樂部捏造出來，做為替地圖和日誌報告裡的謬誤揹黑鍋的代罪羔羊。」

「如果天鳳凰從不存在，你如何解釋那個？」伊森指著那艘船說。破爛的旗幟殘片上，仍看得出從火焰中竄起的鳳凰。

豆豆搖著頭回應：「我無法解釋。」

「你們知道嗎？我們火鶴紳士嶼有句話是這麼說的，歷史是由勝利者所撰寫。」曼維拉在單片眼鏡後瞇著眼說：「也許你們的俱樂部為了自己的利益，而改寫歷史？」

「這些船隻最初是怎麼來到這裡的？」謝伊問。

「他們是不是想到橋的另一頭？」史黛拉問。

「可能有些是吧。」豆豆說：「但不全是。」他指著附近一艘船說：「那是『水巫號』，我在書上讀過，所以認得。那是康洛・康威・翠思船長的船，他的遠征隊遭受巨大的奎肯海怪攻擊，船沉沒在水晶灣裡，水晶灣離這裡有好幾千公里遠。世界各地的沉船最後都來到這裡，但究竟怎麼辦到的，或為什麼會出現在這裡，卻無人知曉。」

史黛拉發覺，他們似乎被各種神祕事物包圍：消失的島嶼、不知怎麼出現的船骸、失蹤的探險家、巨橋、鬼魅般的雪之女王，當然還有神祕的收藏師本人，也就是那位殺害史黛拉親生父母又偷走《雪之書》的人，而他們甚至連收藏師叫什麼名字都不知道。

看到為數如此龐大的沉船，有種難以形容的悲傷，尤其是其中一些船上的船鐘，穿透籠罩的海霧，向他們發出哀切的悲鳴。探險家們繼續挺進，很高興能把船墳場拋在後方。

就在太陽剛消失在地平線下時，一夥人抵達了豆豆父親所遺留下來的營地。

第十六章

小仙子的相片

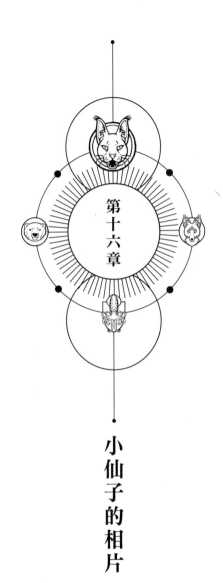

營地籠罩在幽魂似的海霧中，幾乎像是海市蜃樓。當初前來營救愛德恩．亞伯特．史密斯的搜救隊，匆匆帶回了一些探險家們的私人物品，但他們並未逗留太久。沒有人想在黑暗冰橋上測試自己的運氣或賭命。

營地有五頂帳篷，其中兩頂已經塌了，但另外三頂仍立著，彷彿隨時會有個一臉恍惚的探險家，從其中一頂帳篷爬出來。事實上，整座營地瀰漫著一股大家才剛離開的氛圍。一堆堆的物資仍散落在四處，如來福槍、錫杯、細繩，而凍寒的氣溫將一切保存得很好，獨角獸的飼料袋裡，甚至還有結冰。

少年探險家們在其中一頂帳篷中四處翻找，看看有沒有任何能帶走的有用物資。他們找到一整盤連碰都沒碰、被完美凍結起來的食物，以及一張搖搖晃晃的桌子，上面仍放著地圖和放大鏡。外頭有些東西被剛下的雪給蓋住了，但還能看得出輪廓。

史黛拉注意到豆豆的臉色十分蒼白憔悴，她知道他來到這裡一定很難過，這是他父親生前最後所在之處。

「我們是不是該再往前走一點，然後紮營過夜？」她問。

豆豆搖搖頭，「我們離開前，應該先檢查完所有帳篷。」他說：「這裡或許有些東西能派上用場。」

史黛拉覺得可能性並不高，因為連來福槍都鏽到無法修理了。她推測豆豆只是想尋找父親的行跡。然而，大夥檢查完那兩頂塌掉的帳篷後，除了幾個空掉的火腿罐頭外，什麼收穫也沒。

「這裡的帳篷數量不夠。」豆豆皺著眉說：「探險隊的人數比這還要多。」

「也許帳篷塌掉，被雪埋住了？」伊森說：「或者他們還來不及搭好所有的帳篷，就遭……遭遇不測了。」

「也許吧。」豆豆答說，但看起來依然無法釋懷。

大家終於搜完最後一座帳篷了。

「這裡也沒有東西。」豆豆悶悶不樂的說。

「等一等。」史黛拉望著角落問：「那是什麼？」

「只是一顆石頭罷了。」謝伊答道。

「是顆有洞的石頭。」史黛拉說：「代表那是小仙子的石頭，小仙子有時會拿這種石頭當小袋子，我在家裡的花園看過他們那麼做。他們用石頭上的洞來綁線，當成提把。」史黛拉拾起石頭說：「你得知道要按哪裡……」

她拿下手套，摸著石頭，接著石頭輕輕啪的一聲打開了。

「我猜得沒錯！」史黛拉驚呼，其他人也靠過來仔細端詳。石頭裡放了幾件探險家物品，包括一個小望遠鏡、一塊保存得相當完好的薄荷蛋糕，以及一臺跟史黛拉大拇指一樣小的迷你拍立得相機。她拿起來盯著看，「天啊，這東西為什麼會跑到這裡來？」她看著豆豆問：「遠征隊有小仙子嗎？」

豆豆點點頭，「有一位。」他說：「是陪著隊上的小仙子學家，亨利．古力維．羅林一起來的。這些一定是小仙子的東西，我猜搜救隊只把它看成一顆無用的石頭，所以就沒拿了。」

「不知道拍立得照片在哪裡？」史黛拉說：「相片裡或許有線索可以看出當

時這裡遭遇了什麼。」

豆豆還來不及回答，謝伊突然開口：「那是什麼聲音？」

其他人沉默了片刻。

「我什麼都沒聽到。」伊森終於表示：「或許只是風聲。」

謝伊搖搖頭說：「不對，剛才有人在外頭，我看到他們的人影從帆布上掠過。」

史黛拉把小仙子的物品收到自己的衣服口袋，大夥匆匆離開帳篷，檢視整座營地。

「你看？」伊森說：「沒有人啊。」

謝伊轉向巫師，史黛拉訝異的發現，他慘白的臉上滿是懼色。

「你是在開玩笑嗎？」他啞聲說，大家茫然的望著謝伊，只聽他表示：「那裡有個男的，你們應該都看得見吧？他就在那裡。」

謝伊指著營地中央。

「那裡沒有人呀。」史黛拉悄聲說。

她看著謝伊，發現他有隻眼睛再度變成銀白色了。

「你是誰？」謝伊踏向前問。

其他人擔憂的看著彼此，不確定謝伊是不是產生了幻覺。

謝伊回頭望著大家說：「他說他的名字是亨利．古力維．羅林，是小仙子學家。」

「你最好先坐下來。」伊森提議。

謝伊不耐煩的搖搖頭，「我沒有幻覺，你這個白痴。」他厲聲說：「他真的在那裡，他說冰雪女士出現的時候，他躲起來了，但在離這裡不遠的地方凍死了。」

謝伊發現大家仍是一副不相信他的樣子，便再次轉過身問：「為什麼我是這裡唯一能看見你的人？」

短暫的沉默後，接著謝伊告訴大家：「他說他也不知道，我想也許跟被巫狼咬到有關吧？巫狼專門吞噬靈魂，不是嗎？我在看到他之前，就先感覺到了。」

「你有一隻眼睛又變銀了。」史黛拉坦承。

「胡扯！」伊森大喊，豆豆則害怕的扯著毛帽說：「根本沒有鬼魂這種東西。」

「你能做點什麼嗎？」謝伊又再次轉頭，看著眾人面前什麼也沒有的空間問：「向其他人證明你真的在這裡？」他靜默了一會兒，然後回頭對大家說：「他要打開留聲機。」

伊森搖搖頭，曼維拉（還塞在伊森的套衫裡）張著斗大的眼睛瞪著。史黛拉和豆豆緊張的等候，大家全看著凍在其中一座帳篷外的留聲機。

「那玩意兒說不定早就壞了。」伊森說：「你們瞧！都生鏽又……」

他講到一半停住了，因為留聲機的唱針在他們眼前開始移動，接著樂聲從機器裡流洩而出。儘管聲音細微嘈雜，唱片本身顯然也已嚴重刮傷，但確實是在播放音樂。

「看吧。」謝伊開心的說：「這下子你們相信我了吧？」

「問他知不知道，」豆豆立即說：「當初遠征隊究竟出了什麼事？」

謝伊回頭看著留聲機旁的雪地，聆聽片刻，然後皺起眉，轉頭看著其他人說：

「他說他不想談，只是不斷的說趁我們還能回去，應該趕緊離開大橋。」

「我們不能那麼做。」史黛拉堅決的說：「橋的那一頭有我們需要的東西，不只一個人的生命危在旦夕。求求你了，羅林先生，如果你知道前方有什麼，請務必告訴我們。」

大夥等候這位小仙子學家的幽魂會給謝伊什麼回應。

「他說我們應該看看小仙子相機裡的照片……」

謝伊停了下來，因為柯亞突然咆哮著撲向幽魂所在的空間。牠流露出凶殘飢渴的眼神，史黛拉從沒見過牠那樣過，覺得全身血液都涼了。但謝伊伸手一把抓住柯亞的頸背，將牠拉回來。下一秒，一股奇怪的氣流在眾人四周吹起雪花，害每個人都打起哆嗦。

「他走了。」謝伊對柯亞說：「太遲了，他離開了。」

影子狼從喉頭底部發出低吼，然後轉身靜悄悄的沒入霧中，牠聚形的實體，在雪地上留下了足印。

「你還好嗎？」史黛拉朝謝伊伸出手問。

他絕望的看史黛拉一眼，「柯亞想吃掉那個鬼魂。」他說：「牠慢慢變成巫狼了，也將我漸漸變成……我甚至不知道會是什麼。羅林走了，柯亞把他嚇跑了，但至少我們知道，小仙子的拍立得相機裡有照片。」

史黛拉連忙從口袋裡掏出相機，其他人圍過來，看著她撬開相機的背蓋。小仙子學家說得沒錯，相機裡確實整齊的放了一小疊照片，史黛拉輕輕把照片倒在手中，小心保護不讓風吹走。一共約有二十張照片，可是照片太小了，幾乎看不清楚。

「其中一頂帳篷裡有放大鏡。」伊森說。

巫師連忙跑去取來。雖然有放大鏡，照片還是很難看得清楚，但至少約略能看出上面的影像。

他們可以知道照片是按日期排列的，因為一開始是傳統的大合照，所有探險家齊聚在黑暗冰橋入口，一旁是北極熊探險家俱樂部的旗子。接下來的照片記錄了尖叫的紅魔鬼魷樹和船墳場。

接著探險隊來到營地，小仙子似乎從帳篷裡取景，因為有一片帆布遮去了部分視線。史黛拉和其他人全急切的往前貼近，想看得更清楚些。這些一定是遠征途中所照的最後一批照片，也許他們真的就要發現真相，而且終於能解開謎題，為何會有那麼多人不著痕跡的在橋上消失了。

豆豆從史黛拉手中拿過照片，往自己臉上湊近些，「拍這張照片時已經出事了。」他說：「你們看，探險家們並不是四處閒晃，他們看到了什麼，而且一臉驚恐。」

史黛拉發現豆豆說得沒錯，照片中有三位探險家：兩人往自己的帳篷跑回去，第三個人則拿起來福槍，直接瞄向海霧。最後一位探險家正是豆豆的父親，從小小的照片中，根本不可能看清楚他們的表情，但他們的肢體語言說明了一切：面對海霧時，充滿恐懼。

「他們可以看到某種我們看不見的東西。」謝伊說：「要不就是他們聽到了什麼。」

「會不會是尖叫的紅魔鬼魷？」史黛拉提議道：「也許魷魚越過橋來追他們了？」

伊森搖搖頭說：「魷魚不會那樣狩獵，牠們不會越過陸地，魷魚在陸地時最為脆弱。」

「看下一張照片。」史黛拉催促著，「或許能看到一些線索。」

豆豆翻到下一張照片，上頭有三名其他隊員加入豆豆的父親，一夥人肩並肩站著，全拿著來福槍，瞄往同樣的方向。

「那裡！」伊森大喊，指著照片中的一點說：「那邊有東西。」

其他人瞇起眼睛看著照片，伊森說得對，有個形影從霧中浮現，但那不是長了觸鬚的怪物或可怕的巨人。事實上，那是一名女子。

「那邊是她的裙襬。」豆豆說：「那邊是一隻手。」

真的有隻蒼白削瘦的手從霧中伸向探險家們。

豆豆翻往下一張照片，突然間，一切都變樣了。探險家們不見了，他們的來福槍平放在雪地上，仍冒著煙。照片現在被一個人占滿了。

「是波蒂雅女王。」史黛拉呻吟說。

大夥低頭盯著那位雪之女王，看來小仙子剛好拍到她在施咒。她半旋著身，一襲長裙在她四周飛舞，伸出一隻手，美麗的臉龐轉成側面。

「可是……可是這怎麼可能？」伊森說：「她看起來那麼年輕，跟她在城堡裡的肖像一模一樣。如果她八年前出現在這座橋上，那麼她不是應該好幾百歲了嗎？」

「也許雪之女王變老的方式不一樣？」史黛拉說：「沒有人確切知道，不是嗎？」

「她一定對探險家們動了手腳。」豆豆說：「在他們身上施魔法什麼的。」

他很快翻到下一張照片，波蒂雅女王動也不動的站著，弓著身子像在保護某樣她緊抓在胸口的東西，可惜她背對鏡頭，他們無法看到是什麼。

「只剩下一張照片了。」豆豆翻著說。

照片幾乎跟前一張一樣，只有一點差異。在這張照片裡，波蒂雅女王回頭望著肩後，直視鏡頭，感覺像是從照片裡看著少年探險家們，害史黛拉不禁發抖。

「感覺她好像能看見我們。」伊森道出史黛拉的心聲。

「不是的。」豆豆表示：「她看到正在拍照的小仙子，然後她一定是去追他了，因為之後就沒有照片，小仙子也不見了。」

探險家們面面相覷。

「至少現在我們知道了。」伊森說。

謎底揭曉了，可是似乎沒有人因此感到安慰。

第十七章

天鳳凰探險家俱樂部

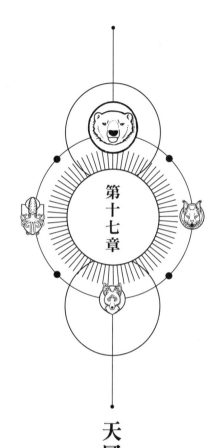

「我們怎麼可能保護自己，不受雪之女王攻擊？」伊森拿著火鉗，心煩意亂的戳著火坑裡的火堆，「我們甚至不清楚她對探險隊做了什麼。」

他們離開棄置的營地一小段距離後，才架起過夜的魔帳毯。魯貝克已捧著擺了四杯馬克杯和給曼維拉的小蛋杯盤子，在帳中恭候他們了，杯子裡是熱騰騰的熱巧克力。史黛拉發現精靈格外用心，因為浮在馬克杯裡的棉花糖，是北極熊形狀，而非蠍子形的。

「也許她把探險隊凍成冰了？」豆豆捧著馬克杯說。

「可是那樣的話，他們應該還在原地。」史黛拉說：「就像黑堡的人一樣，但營地裡根本沒有他們的蹤影。」

「或許有雪怪跑來，把他們當冰棒啃掉了。」伊森提議。

豆豆身子一縮，史黛拉對巫師皺眉，「雪之女王究竟**做了什麼**並不重要。」她說：「我們只須知道她用冰魔法讓探險家消失就夠了。」

「但那就是我要說的啊！我們要如何阻止她——你能不能別再亂動？」伊森對

曼維拉說，火鶴正在巫師的大腿上扭來扭去，拚命想讓自己舒服一些。

「對不起，老弟，只是你的膝蓋實在太瘦了。」曼維拉說。

「那就去坐椅子。」伊森嘀咕。

「我也想啊，可是我想盡量坐得離火近一點，我的嘴還凍著呢，幾乎沒有感覺了。我的嘴巴還在吧？」牠舉起一隻翅膀，試探性的拍拍自己的嘴。

「還在。」史黛拉向牠保證。

「就像我剛才說的，」伊森繼續說道：「我們究竟要如何阻止雪之女王把我們變不見？我們連一把來福槍都沒有。」

「上次來福槍似乎也沒什麼用。」豆豆靜靜的說。

「就我們所知，什麼都沒用，」謝伊指出重點，「前往黑暗冰橋的探險隊，各種武器都帶過。」

「結果一點用也沒有。」伊森呻吟著說：「而且人家還是經驗老到的成年人，我們只是四個孩子，能有什麼勝算？雪之女王隨時會殺過來，到時我們就連影子都不剩了。」

「還沒開始就放棄，並沒有幫助。」史黛拉說，雖然此刻她自己也沒信心，但仍擠出最後一絲樂觀說：「何況，我們確實擁有某樣別人所沒有的，事實上，是兩樣。」

「精靈和火鶴紳士嗎？」伊森冷笑，「他們可有用了！」

伊森的話令史黛拉怒從中來，但她拚命提醒自己，伊森在焦慮或生氣時，嘴巴最毒了。

「不是的。」她開口回應：「我不是那個意……」

「我想，魯貝克可以請雪之女王喝杯可口的熱巧克力。」伊森打斷她說：「或許還朝她扔幾顆蠍子棉花糖。還有你，」伊森對著終於在他膝上坐定的曼維拉說：「如果我們跟雪之女王正面相迎，你能做什麼？」

「伊森！」史黛拉說：「拜託你先聽我講一下！當我說我們有兩樣其他探險隊沒有的東西時，並不是指魯貝克和曼維拉。」史黛拉看了他們一眼，然後補充：

「當然了，能有二位陪同，真的很棒，但我指的是另外兩件事。」

「請不吝指點迷津。」伊森有點鬱悶的說。

「首先，我們有冰雪公主。」史黛拉指的是自己，「沒錯，我知道自己不像波蒂雅女王那樣老練強大，但我確實有自己的雪魔法，還有幸運符手環，因此，我或許能設法保護大家。如果情況危急，我可以試著使用石獸們一直想要我用的銀龍幸運符。」

「然後變出一條可能吞掉我們的冰龍嗎？」伊森說：「我不認為那樣能改善我們的處境，你覺得可以嗎？」

「那一定是最後逼不得已才使出的手段。」史黛拉同意道：「但至少是個辦法。」

伊森嘆口氣說：「那麼我們有、別人都沒有的第二樣美妙事物是什麼？」

「呃，」史黛拉瞄著謝伊說：「我們有一頭好像快變成巫狼的影子狼。」

大家看著謝伊。

「柯亞想吃靈魂，不是嗎？」史黛拉說：「萬一雪之女王出現，柯亞也許會攻擊她？或許你能跟柯亞提一下？」

謝伊揉著自己的頸背，說：「好吧，但柯亞現在似乎不太願意理我。事實上，牠越來越不跟我說話了，就算跟我說話，我也不明白牠在說什麼。」他嘆口氣，繼續說道：「但我可以試試，牠一直處於飢餓狀態，這點我是知道的。牠在尋找可以吞噬的靈魂，就像巫狼一樣。當牠看到那位小仙子學家的鬼魂時，我可以感覺到牠有多麼的餓。不過如果我跟牠說，橋上有牠**可以**獵捕的對象，或許……我也不清楚……能補償牠……讓牠的野性能有個聚焦的目標。」他看看史黛拉，然後表示：「我問問無妨，說不定能一次解決掉兩個問題。」

其他人也覺得這個點子不錯，於是謝伊在腦中默默叫喚柯亞，影子狼幾乎是立即現身，坐到謝伊附近。大家看得出來謝伊正在跟柯亞說話，因為狼語者戴在脖子上的項鍊墜子張開了眼睛，並閃著紅光。

雖然柯亞微微喘氣，但似乎較為恢復平時的狀態了。謝伊跟牠說話時，牠平靜的望著謝伊，並熱情的伸了幾次舌頭舔他。牠的肉身已經不見了，謝伊試著去撫摸牠時，手跟平時一樣直接穿透柯亞，但史黛拉發現牠掉了幾根白色毛髮，即便柯亞消失後，白色毛髮仍留在地面上。

「我想如果我們遇見雪之女王，柯亞會攻擊她。」謝伊對其他人說：「但柯亞的變化很快，很難說到時候會怎麼樣？」

「嗯，至少算是某種計畫。」史黛拉說，她垂眼瞄著自己的幸運符手環，「而且我們還有龍符做為備案。」

大家都累了，便決定睡覺。雖然史黛拉累到眼皮都快睜不開了，卻很難入眠。她好擔心山洞裡的菲利克斯和喬絲，希望小仙子們能提供他們足夠的食物。

而且她腦中不斷浮現波蒂雅女王的照片，史黛拉想起黑堡裡被凍住的人們臉上驚恐的表情。雪之女王並沒有攻擊村莊或橋上探險隊的理由，就好像有一天女王突然變成惡魔似的。史黛拉好怕無論自己多麼努力防範，有一天她還是會經歷同樣情況。

*

第二天，探險家們惴惴不安的出發了。畢竟他們此時已正式進入未知的領域，不能再靠豆豆父親的日誌來警告他們會遇到什麼了。

「有可能是任何東西……」大夥聚在雪船上時，伊森埋怨說：「從大發雷霆的巨人到會玩跳房子的恐龍都有可能。」

史黛拉拍拍伊森的背，「這樣想就對了。前方可能會有想要吃掉我們的危險事物，**或者是**會玩跳房子的恐龍這種美好的驚喜。至少今天天氣晴朗，希望我們能過得愉快。」

霧氣確實散去了，他們能看到前方好長一段橋面。視野相當清楚，但他們只前進了一小段距離，橋的表面就起了變化。之前平坦的橋面現在變成東凸一塊，西凸一塊的雪地了。史黛拉讓石獸放慢速度，最後停住，大夥下船仔細查看。

「你們覺得這些凸起是什麼？」史黛拉問。

「希望不是屍體。」伊森說：「或某種在冬眠的怪物。」

「我們得清開路面船才能行進，所以最好在我們開挖之前，先弄清楚要對付什麼。」史黛拉說，腦中已經浮現大夥吵醒一隻在打盹的龍的畫面了。

探險家們小心翼翼的開始清理雪塊，這時史黛拉發現，伊森的手套少了一隻指頭，伊森露出來的食指，很快凍成了藍色。

「噢，你的手套怎麼了？是不是你跌到大橋外時扯破了？」

伊森垂眼看著自己的手，史黛拉沒想到他竟然臉紅了，「噢，不是。」他頓了一下後說：「是我自己剪掉的。」

史黛拉皺著眉問：「外頭天寒地凍，你為何要那麼做？」

巫師還來不及回應，曼維拉在他們身邊拍著翅膀說：「如果可以的話，我也想幫點忙，或許我能拿我的雨傘來挖雪？」

牠裝腔作勢的聲音聽起來有點悶，史黛拉瞄了一眼，發現牠嘴上套了伊森剪下來的指套。

史黛拉看著伊森，他聳聳肩說：「曼維拉一直抱怨嘴巴冷。」

「你做了件好事啊。」史黛拉對他燦然一笑。

「我只是快被牠煩死而已。」伊森回應。

史黛拉突然覺得自己好愛這位滿腹牢騷的朋友，她說：「你應該早點說的，我口袋裡有多一雙手套。」

她掏出手套交給伊森，伊森感激的看她一眼，戴上新的手套。

大夥繼續挖掘，很快露出了一個物件。

「是一面旗子。」豆豆把旗子拉出來。

「哪個俱樂部的？」伊森問。

豆豆撥開一層霜，露出一個豔紅色的徽飾。他抬頭看著其他人，靜靜的說：「是天鳳凰探險家俱樂部的。」

「我想這應該是熱氣球的殘骸。」謝伊表示：「熱氣球一定是墜毀到這裡了，瞧，這是籃子，而這是氣球本身。」

其他人發現謝伊說的對，他們確實站在墜毀的熱氣球殘骸上。大夥撥開更多的雪，發現確實是天鳳凰探險家俱樂部的船隻。氣球本身有著紅白相間的條紋，並畫上了黃色和橘色的火焰。第二支鳳凰俱樂部的旗子從籃子上垂下來。

他們還在籃子裡找到探險家的袋子，紅色的布袋上繡著鳳凰徽紋，有些袋子還繡有探險家個人的名字。

「波西．里瑞亞．范。」伊森念出其中一個袋子上的名字，然後又念出下一個：「以及西奧多．法蘭克林．郭奇。」

「這個上面寫的是哈肯．皮維．路易斯。」豆豆指著另一個袋子說。

眾人打開找到的背包，發現壞掉的羅盤、摔爛的望遠鏡和古董六分儀，還有一球球的繩線與緊急哨。

「但這表示，以前**真的有**天鳳凰探險家俱樂部。」謝伊看著一只打開的袋子裡說：「袋子上有探險家的真實姓名，這是他們的東西，他們真的來過這裡。天鳳凰探險家俱樂部不是都市傳說。」

四位少年探險家發現以前曾經有過第五個俱樂部，感覺非常奇怪，就眾人記憶所及，一直都只有四個俱樂部。

「太不可思議了。」史黛拉說：「菲利克斯要是知道，一定會非常興奮。我們應該把旗子帶回去當證據。」

他們仔細卸下籃子上的旗幟，摺妥後收到史黛拉的袋子中。

「都沒看到屍體。」伊森說，四人繼續在熱氣球的殘骸中清出一條路，石獸拖著雪船跟著他們。

「呃，我猜經過那麼久後，大概也不會有了。」謝伊說：「這顆熱氣球一定是幾百年前墜毀在此的。」

「不過還是應該要有骷髏吧。」伊森說：「也許雪之女王拿走了？」

事實上，橋上還有好幾顆墜毀的熱氣球，全屬於天鳳凰探險家俱樂部。他們發現不少袋子和物資，還有更多的旗子，可是完全沒有探險家的行蹤。

更糟的是，當他們經過熱氣球後，竟然看到一個可怕的標示：

請折返！前有邊境巨人！

標示旁邊還有其他幾個牌子，全寫著危險！或小心！或閒人莫入！之類的話。

史黛拉看到另一個標示寫著：擅自闖入者會被巨人吃掉！

另一個寫道：切勿在任何情況下，干擾、搔癢或激怒邊境巨人，這類行為可能導致星球毀滅的大災難。

另一個寫：巨人是愚蠢的動物，很容易因許多事物分心，包括：

探險家與冒險家

影子與低語

躡手躡腳的腳步聲與咀嚼聲

呼吸與眨眼

這些標示加起來至少有五十個跑不掉，而且基本上全傳達著同樣的訊息：他們前方有邊境巨人，若是巨人感知到他們的出現，就非常可能分心，導致掉落手裡的世界之角，造成整座星球毀滅。

「我的天呀。」謝伊低聲說，他憂心忡忡的轉向其他人，「你們真的認為橋的另一端是那種狀況嗎？」

「瞧我們站在什麼裡頭！」豆豆驚叫道：「一開始我都沒發現，可是你們看！」

其他人往下一瞥，原來最初他們以為是積雪較淺的地方，其實是個腳印，一個大到令人難以相信的腳印。

「只有巨人能踩出這種腳印！」豆豆大喊：「至少有一百八十公分長！」

「說不定是雪怪的腳印？」史黛拉表示，但連她自己都覺得不太可能，因為雪怪總是光著腳，而這個腳印卻很明顯的穿了鞋子。

「若真是那樣，我們應該折回去。」謝伊說：「我們不能冒險毀去整個世界，任何理由都不值得。」

「但那不可能是真的。」史黛拉說：「潔西貝拉說，收藏師住在大橋的另一端。」

「你別不高興啊，史黛拉，但潔西貝拉腦筋很糊塗不是嗎？」伊森說：「我的意思是，就我們所知，說不定收藏師根本不存在。何況，就算他多年前確實來自大橋的另一端，但誰能保證他現在還在。」

「這些我都知道。」史黛拉回應，雙手緊握成拳，「我們都知道這趟遠征的成功機率不高。但任何人都有可能擺設那些標示，弄出這個足印，搞不好是收藏師為了趕走別人，自己搞出來的。」

「也許。」謝伊承認說：「但還是太冒險了。」

「萬一我們看到邊境巨人，就保持謹慎與極度安靜，別干擾他，然後掉頭回去。」史黛拉說：「可是現在沒有證據能證實大橋另一端到底有什麼。」

「除了那只腳印。」豆豆說：「那就是證明，不是嗎？」

史黛拉皺眉低頭看著腳印，「是嗎？」她說：「這也弄得太明顯了。」

「怎麼說？」豆豆問。

「首先，腳印非常清晰。」史黛拉說：「輪廓邊緣毫無模糊之類的，幾乎像是有人故意弄出來的。再說，為什麼只有一個腳印？其他的印子呢？我的意思是，我是不知道巨人怎麼過來這裡的啦，但就算他只有一隻腳，一路跳來橋上，也應該有更多腳印吧，可是卻沒有。」

「你說得對。」伊森望著大橋說：「其餘的橋段上只有潔淨的白雪。」

「沒錯。」史黛拉說：「我不認為有巨人，我覺得那些標示都是騙人的。」

大夥決定繼續前進，但改成步行，這樣才能仔細留意是否有巨人的行跡。

第十八章

幻影地圖集學會

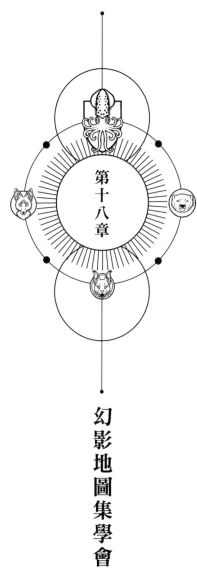

一群人才前進沒多久，豆豆便開口了：「前面那些是什麼？」

大夥眯起眼，在開始飄回來的海霧裡仔細看，結果發現前方的道路被笨重的圓形物體擋住了。

「但願與巨人無關。」謝伊說：「它們有可能是巨人的彈力球或其他類似的東西。」

「我只希望不是尖叫紅魔鬼魷的巢就好了。」伊森渾身一抖。

「不是的。」史黛拉說：「它們太大了，不是卵。」

她停下來從袋子裡掏出望遠鏡，瞄準那些神祕物體。

「我的天啊！」她驚呼。

伊森嘆口氣，「說吧，是什麼東西。」他表示：「該不會是有毒的石頭或有尖刺的卵，還是帶刺的……」

「不是。」史黛拉答道：「都不是，它們看起來像小小的潛水艇。」

「太扯了。」伊森輕蔑的說：「哪有那麼小的潛水艇。」

「可是我能看見玻璃大圓頂。」史黛拉說：「還有後面的螺旋槳和⋯⋯」

「我就跟你說不可能啦！」伊森表示：「世界上最小的潛水艇，也比那些玩意兒大十倍。」

不過等大家靠近後，發現史黛拉說得好像沒錯。石獸留在雪船邊，探險家們則靠近觀看。

「這些一定是潛水艇沒錯。」謝伊垂眼看著最近的一艘說：「這艘的側邊甚至漆上了『潛水艇』的字樣。」

「呃，這船沒法用。」伊森指著說：「裡頭有個大洞。」

橋上大概散落著二十艘小潛艇，每艘都非常小，勉強可以擠進一個大人。看起來這些潛水艇以前全是綠色的，但現在已掉漆生鏽。而且史黛拉還注意到，每一艘潛水艇的設計都有些微的差異。有些是圓的，泡泡形狀，有的又長又細，像劍魚的鼻子。

「這些一定是以前海魷魚探險家俱樂部遠征隊的。」史黛拉說。

「我告訴你，我們俱樂部從來沒有這種潛水艇。」伊森答道：「首先，我們的潛艇都大到足以裝下整個探險隊；再說，船側全印有海魷魚探險家俱樂部的徽冠，也都會有一面防水的旗子。而這些船的設計，看起來都像是只能載一個人，別的都載不了。」他譏諷的輕哼一聲，「搭這種船根本跑不遠，潛水艇必須有儲存食物的空間、盥洗設備，還有驅逐奎肯海怪的魚叉砲。這些船毫無用處，難怪全有一定程度的損毀。」

史黛拉不得不承認伊森說得有道理，這些潛艇看起來真的不適合長途使用，大多只有能容下一個駕駛員的座位。

「不過這裡寫了**一些字**。」謝伊邊擦掉最近一艘潛艇側邊的結霜邊說。

「說不定是天鳳凰探險家俱樂部的其他資訊？」豆豆猜測，大家都圍了過去。但潛水艇上的圖像並非俱樂部徽冠，而是整個世界的圖像，周圍刻了一圈字。

「幻影地圖集學會。」史黛拉念了出來，她皺著眉看看其他人問：「有人聽說過嗎？」

其他人全搖著頭。

「沒有幻影地圖集這種玩意兒。」伊森聳聳肩說：「也許那屬於某位特立獨行的半瘋癲探險家，他顯然不是任何俱樂部的成員，否則應該會有徽冠和旗子。也許他被雪之女王抓走了。」

「嗯。」史黛拉望著那批潛水艇皺眉，「可是為何會有這麼多小潛艇？」

沒有人能回答這個問題。

然而，在其他人進一步表示任何意見前，附近一艘潛艇內部，傳出一聲又長又響，而且超級臭的打嗝聲。

少年探險家們全部立即轉身，及時看見一隻約莫大貓體型的動物，從潛艇的殘骸裡爬出來。全身淡藍，腳和手都長著蹼、蝙蝠形狀的耳朵、頭上凸著高爾夫球大的眼睛，皮革質地般的皮膚凹凸成塊，尖長的牙露出來蓋在唇上。

史黛拉從未見過這種生物，但伊森立即認出那是什麼。「我的媽呀，是海妖精！」他大喊。伊森敏捷的抓住海妖精細瘦的腳踝，將牠牢牢拎在臂長的距離外。

AS SOCIETY
HE PHANTOM ATLAS SOCIETY

海妖精很不高興，在伊森手裡翻扭掙扎，可惜骨瘦如柴的小妖精沒什麼肌肉，似乎無法掙脫開。

「別傷害牠！」史黛拉立即為那小生物感到憂心，她不禁覺得這小傢伙呆呆的，挺可愛。

伊森翻著白眼說：「史黛拉，我知道你大概覺得牠很可愛，想抱抱牠或幫牠織頂帽子之類的，可是海妖精超級危險，牠們會溜進潛艇裡頭搗毀機械，切斷導線、咬穿纜線、把東西戳進螺旋槳裡，天知道牠們還會幹出什麼好事。每年都有幾十位海魷魚探險家因為牠們而送命。」

「你們知道嗎？伊森說得對。」豆豆表示：「據估計，有兩百三十九位海魷魚俱樂部探險家的死，肇因於海妖精破壞潛水艇內部，牠們甚至比小霜子更危險。」

「通常牠們動作極為迅捷。」伊森說：「這隻一定是年紀大了，否則我根本無法如此輕易逮住牠。」

此時史黛拉湊近一看，發現海妖精的耳上確實冒出了幾綹白毛，而且臉和身體的皺紋頗多，彷彿皮膚有點太多了。海妖精緊握拳頭，憤怒的朝伊森揮去。

巫師不予理會，繼續說：「我敢打賭，所有這些損毀的潛艇，一定是海妖精幹的好事。」

「牠們會說話嗎？」史黛拉問。

「必要時會說。」伊森答道：「但通常都只是在罵人。」

史黛拉稍稍往海妖精湊近，但伊森把牠拎開了，「小心，」他警告：「牠們會攻擊眼睛，相信我，你真的不會想讓牠們用骯髒的指甲戳進你的眼珠。有一次朱利安想弄走一隻在潛艇引擎上的海妖精，結果一隻眼睛嚴重感染。」

史黛拉實在不希望眼睛發炎，因此她小心的保持安全距離，然後對海妖精說：「哈囉，我是史黛拉．星芒．玻爾，請問你叫什麼名字？」

史黛拉禮貌的語氣，聽得伊森猛翻白眼。海妖精朝史黛拉眨眨眼，接著張開嘴，史黛拉以為牠要答話，海妖精卻打了個大呵欠，然後將骨瘦的手指直接插進自己鼻孔裡，挖出一坨藍色的鼻屎，靈巧的捏成一球，彈向史黛拉。

黏呼呼的鼻屎直直朝史黛拉的臉上飛去，但謝伊迅雷不及掩耳的伸出手，鼻屎啪的落到他掌心裡。

「接得漂亮，老兄！」曼維拉出聲稱讚。牠抬頭看著史黛拉說：「你知道吧？是真朋友才會幫你擋住海妖精的鼻屎。也許那是測試純正友誼最有效的辦法。」

史黛拉忍不住覺得火鶴紳士說得對，她感激的看了謝伊一眼。狼語者對她咧嘴一笑，然後聳聳肩說：「我照顧狼群時碰過更髒的東西。」說完謝伊彎身把鼻屎抹到雪地上。

石獸群顯然認為自己也在鼻屎發射範圍內，便拖著雪船往後拉開一點距離。

「別那麼噁心！」伊森一邊對海妖精說，一邊搖晃了牠一下。

「放開我！」海妖精首度開口，用沙啞的聲音說：「否則就讓你們臉上全黏滿鼻屎！」

「伊森，放開牠吧。」史黛拉說：「反正我們沒有潛艇或任何機器，牠對我們不會構成威脅。」

「別用『牠』來稱呼我！」海妖精破口大罵：「你想知道我的名字是吧？我叫達芙妮！」

「噢，對不起。」史黛拉說：「但這真的只能怪你自己，如果你一開始好好自我介紹，而不是朝我丟鼻屎，我就不會犯那種錯了。」

「說得太好了。」伊森說，他看看史黛拉，然後表示：「幸好我對海妖精略懂一二，像是你若抓住牠們的腳踝懸著，牠們就得老實回答你的提問。」他低頭看著海妖精問：「好了，你是打哪兒來的？」

海妖精一臉不悅的看著他說：「如果你非知道不可的話，我是跟哈肯．皮維．路易斯一起來的。」

史黛拉皺眉，想起她在墜毀的熱氣球中看到的袋上名字，問道：「是天鳳凰探險家俱樂部的人嗎？」

「啊不然咧！」倒著懸在空中的海妖精將雙臂交疊在削瘦的胸口上說：「我

可不認識這裡有別的哈肯．皮維．路易斯。你呢？」

「可是已經很多很多年都沒有人跟那個俱樂部有聯繫了。」謝伊說：「**你幾歲？**」

「問女士這種問題，實在太沒禮貌了！」達芙妮噴張著大鼻孔罵道：「不過昨天是本姑娘的兩百零四歲生日。」

「祝你昨天生日快樂。」豆豆立即說。

「兩百零四歲！」伊森驚呼：「我的媽呀，難怪你皺得跟梅乾菜一樣！」

「伊森。」史黛拉出聲警告他。

「怎樣啦？」巫師說：「牠本來就是呀。」他垂眼瞄著小妖精問：「我還以為海妖精只搭潛水艇旅行呢？」

「哈肯．皮維．路易斯從他家搭潛水艇出發，並在引擎室裡設陷阱抓我們。他打算把我們帶回天鳳凰探險家俱樂部，把我們當成珍品做成標本。可是後來我哥哥鮑比逃掉了，他先是在這個可惡的探險家褲子上咬個洞，就在屁股上！然後在氣球上咬洞。」

「結果害他們墜毀在這裡？」

「是啊。」

「你知道這座橋的另一端有什麼嗎？」伊森問。

海妖精咧嘴一笑，露出牙齒，「知道。」牠說：「可是你不會有機會問我這個問題。」

伊森對著牠皺眉問：「為什麼？」

海妖精對著他咆哮說：「因為在你喋喋不休時，我的朋友已經將你們包圍住了！」

伊森瞇起眼睛，「什麼朋友？」

大家還來不及說一個字，便有約莫五十隻的海妖精從雪地底下蹦出來了。

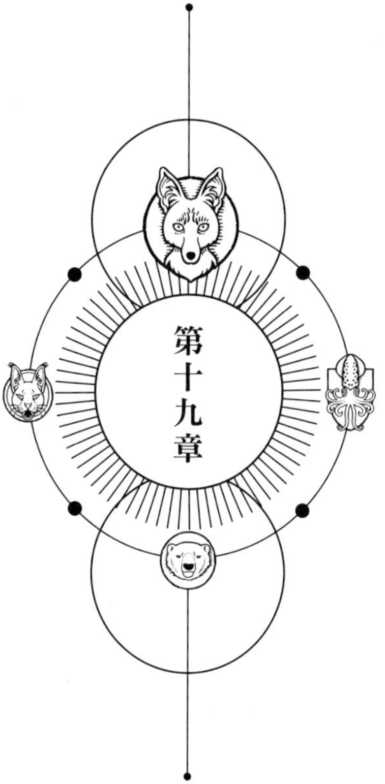

第十九章

海妖精危機

正如伊森所言，海妖精的動作異常敏捷，牠們將雪花撒得到處都是，同時飛向探險家，停在他們的頭上、背部和腿上。其中一隻甚至把曼維拉夾到腋下，企圖帶著牠跑走，不過伊森撲過去揪住火鶴的背，將牠塞回自己的披風下。此舉逼得伊森只好放開達芙妮，牠飛奔到安全距離外，坐在其中一艘毀壞的潛艇上端。海妖精瘦巴巴的屁股重重坐到船頂上，蹼腳在邊緣外晃啊晃，然後開始對眾人連珠砲的破口大罵。

「喂，那是我的帽子！」豆豆大喊，有隻海妖精搶走他的毛帽，嘻嘻哈哈的跑掉了。

同時間，史黛拉必須擊退兩隻死命想扯下她手腕上幸運符手環的海妖精，謝伊的狼語者狼墜子也遇到同樣的問題，伊森則是得拚命保住曼維拉。

「牠們什麼都吃！」巫師邊大喊邊擊退另一隻海妖精：「看好你們的口袋，否則會被牠們掃光！」

海妖精似乎也執意想拿他們的衣服，豆豆的披風已經有一半落到牠們手裡了。

對方數量實在太多了，到處鑽動。

「我們要怎麼阻止牠們？」史黛拉高聲說，又有三隻海妖精爬到她的衣服背上了。

「我不知道！」伊森哀號著說：「牠們不喜歡亮光，誰有手電筒嗎？如果用光照射牠們，牠們就會跑走。」

可惜沒有半個人帶手電筒。

「哈肯．皮維．路易斯到底抓了你們幾個人？」伊森大聲問道。

「只有我和鮑比。」達芙妮指著另一隻年老的海妖精說，鮑比正將細瘦的手臂探入謝伊的靴子裡，「其他人是到這兒上學的。」

「上學？」

達芙妮一彈指，所有其他的海妖精立刻從探險家們身上跳下來轉向牠，等著看牠要做什麼。

「你們沒看到標示嗎？」達芙妮生氣的看著探險家們質問。

牠揮著枯瘦的手臂，指著後面的一個牌子。他們直接走過去，以為又是一面前有邊境巨人的警告標示，這會兒史黛拉才發現上面寫的是：**達芙妮小妖精學校**。

「小妖精們來這裡學習如何當海妖精。」牠邪惡的咧嘴一笑，「我利用這些舊潛艇來教育牠們。」

「可是這些潛水艇最初究竟是怎麼來的？」史黛拉問：「還有你們為什麼要破壞我們？探險家究竟惹到你們什麼了？」

「探險家根本沒有權利到處亂打探，又偏要亂管閒事。」達芙妮說：「我們若是放任他們，他們會毀掉這個世界。」

「你究竟在說什麼？」史黛拉說。

「好管閒事的探險家管太多了！」達芙妮回答：「就像現在這樣，你們根本不被准許上這座橋，你們難道不識字嗎？沒看見那些巨人的警示標誌？你們必須回頭。」

「我們不能回頭。」史黛拉答說：「我們在找一個住在大橋另一邊的人，人們稱他為收藏師，你知道他嗎？」

達芙妮沉默片刻後說：「收藏師不想見你們，收藏師不想見任何人。」

「所以**的確**是有這個人囉？」史黛拉興奮的問。

「你們回去啦。」達芙妮堅持，牠指著他們身後的長長的黑暗冰橋說：「否則這些小妖精會把牠們削瘦的手指頭戳進你們眼球裡，讓你們每個人都眼睛發炎，再拿更多鼻屎彈你們。」

「我們絕不回去。」史黛拉說：「所以拜託別再擋我們路了。」

達芙妮轉過身，搖著頭，牠往空中舉起一隻手彈彈手指，海妖精們再次發動攻擊，對探險家們的衣服又撕又抓，還用長長的手指戳向他們的眼睛。場面實在太喧鬧混亂了，一行人寡不敵眾，很難阻止海妖精靠近。其中一隻妖精成功的爬到史黛拉肩上，用指甲用力抓她的臉，劃出血痕，差點就抓到她的眼睛了。

史黛拉知道伊森朝海妖精射魔法箭，但這些小東西動作太快了，牠們直接在空中接住飛箭，再把箭扔回給巫師。謝伊才扔出回力鏢，就被一名海妖精抓住，然後帶著回力鏢跑走。當豆豆追著那隻奪走他帽子的海妖精，卻遭到另外七隻海妖精突襲，瞬間撲到他身上。

史黛拉在情急之下，伸手去摸雪橇幸運符，希望能再次召喚成功，讓兩頭不馴的北極熊嚇走海妖精。可是有隻海妖精在最後一刻用力扯了她的手環，害史黛拉的手指握到了另一個幸運符——獨角獸。

幸運符立即發出閃閃亮光，讓纏在史黛拉手腕上的海妖精發出痛苦哀號，鬆手遮住自己的大眼睛，好擋住突如其來的強光。其他海妖精也停下手裡的動作，跟著後退，牠們全害怕的左顧右盼，尋找橋上銀色強光的來源。

一頭噴著鼻息、重重跺蹄的獨角獸，出現在眾人面前，至少史黛拉一開始覺得牠是獨角獸，直到牠展開翅膀，史黛拉才驚覺那其實是一頭長了角的飛馬。幸運符上其實也刻著翅膀，只是她忽略了。此時活生生的飛馬正朝著空中伸展寬廣的翅膀，每根羽毛都射出明光。

飛馬似乎完全以星光打造而成，每個舉動都散射出鑽石般的光芒。牠看起來狂放不馴，鬃毛凌亂，眼睛炯炯有神。飛馬揚起頭，鼻子噴張，頭角頂尖射出一道連人類都無法直視的強烈白光。

海妖精們遍地慘叫，遮著眼睛和臉，踉蹌的互踩，想要離開這裡，不久牠們全轉身衝往大橋邊，越過橋側，抱起充滿疙瘩的膝蓋碰到下巴，縮成砲彈狀，砰砰砰的跳進水裡了。

當星光獨角獸朝達芙妮慢慢跑過去時，連牠也跟著逃了。海妖精尖聲叫著跳到欄杆上，回頭望著探險家們高聲大喊：「沒有人可以上這座橋！我要去告發你們！」

「可是這裡又沒有別人。」伊森指出這點問：「你要去跟誰告發？」

海妖精咧嘴一笑，說道：「大老闆。」

接著達芙妮不再多說，從橋側一躍，丟下探險家們，像顆炮彈似的撲通一聲掉入水裡了。

飛馬焦躁的繞圈小跑，於是史黛拉踏向前，伸出手。飛馬停了下來，在空中噴出一團團的霜氣，史黛拉用手指輕撫牠的脖子。史黛拉原以為，也許飛馬並無實質的肉身，她的手會穿過去，就像柯亞那樣。然而事實上，史黛拉能觸摸到這匹飛馬，摸起來冰涼平滑得有如玻璃。

「沒事了。」史黛拉靜靜的說：「海妖精都走了，你把牠們嚇跑了，幹得好。」

「哇。」伊森說：「那個手環還挺好用的，不是嗎？」

他撿起豆豆的毛帽，海妖精匆匆逃入海裡時，把帽子扔下了。豆豆立即把帽子戴回頭上，以便在驚慌失措時有東西可以拉扯。

「太棒了。」謝伊說著，跟史黛拉一起站到飛馬旁邊。

這匹飛馬是如此俊美又魔幻，史黛拉好想將牠留下，尤其牠能發射明光驅走海霧，讓他們看清楚前方。可是她感覺雙眼後邊些微的發癢，史黛拉想起北極熊雪橇如何令她筋疲力竭。海妖精們已經走了，把法力保留給真正需要時，似乎才是合理的做法。

於是史黛拉跟飛馬道別，不再施咒，讓這匹神奇的生物在海霧中逐漸消失。

「海妖精會跑回來嗎？」豆豆問，一臉擔心的四下張望。

但伊森搖搖頭，「不會那麼快。」他說：「牠們不會飛，所以得先做條海帶繩或什麼的才能——噢！」

他邊說邊傾身到橋外查看，這會兒卻急忙把身子抽回來。

「牠們全坐在下頭。」他悄聲指著橋邊說：「那裡有一小片浮臺，連著一道繩梯。我想是給達芙妮的學生從海裡爬到橋上的。所以牠們要的話，海妖精隨時能爬回這裡，我猜牠們還不曉得飛馬已經走了。」

「呃，我們快搶先牠們行動吧。」史黛拉說：「橋的前方看起來相當平坦，我們只要搬動一些潛艇，清出一條路，就能回到雪船上，拉開彼此的距離了。」

一行人集結起來，把一些潛艇從橋面上推開，然後史黛拉向仍躲得遠遠的石獸招手。石獸直直奔來，探險家回到船上，不久他們便再次沿著大橋趕路了。一開始，他們派人小心監看是否有海妖精跟在後頭。

「有任何跡象嗎？」約莫半個小時後，謝伊走向船尾的史黛拉問。

她放下望遠鏡搖搖頭說：「沒有，牠們一定是留下來了，我們回船裡吧。」

「你覺得海妖精說要去告訴大老闆，是什麼意思？」謝伊問，兩人往甲板底下走。豆豆正在廚房角落埋首看書，伊森跟曼維拉坐在桌邊玩多明諾骨牌。

史黛拉聳聳肩說：「牠指的也許是雪之女王？或收藏師？達芙妮好像認識他。」

「史黛拉，這說不通啊。」豆豆從書上抬起頭，皺著眉說：「這是我從波蒂雅女王圖書室裡拿來的其中一本書，裡面有很多關於雪之女王的資訊，你看。」

他起身將攤開的書遞給史黛拉，一頁上有幅雪之女王的畫像，另一頁寫著關於雪之女王的事。史黛拉邊往下讀邊打起寒顫，此刻她實在不願多想心臟凍結和邪惡咒語的事。

「這些我們都知道了。」她想把書還給豆豆。

但豆豆搖頭說：「你看那邊。」他指著書頁上方角落的表格，「這裡是一些與雪之女王相關的特點和數據。」豆豆說：「包括她們的壽命多長。」

「七十年。」史黛拉讀道。

「那又如何？」正在玩多明諾骨牌的伊森抬頭問：「聽起來挺正常啊。」

「可是我們在小仙子照片中看到的波蒂雅女王，看起來跟她在肖像畫中一模一樣。」豆豆表示：「再說，即使是在八年前，她也應該好幾百歲了。」

「你說的對。」史黛拉表示：「我也很納悶。」

「書上一定寫錯了。」謝伊皺著眉說：「我的意思是，我們都看到她的照片了，還能有別的解釋嗎？書本有時也是會錯的。」

「我想應該就是寫錯了。」史黛拉把書還給豆豆，「不過感覺有點奇怪。」

「哈！」曼維拉大叫一聲，放下一面骨牌，「我贏啦！」牠朝伊森伸出一隻翅膀，伊森握了握，儘管臉色有些不悅。

「下回運氣會好一點的，老弟。」曼維拉說。

「要比三局嗎？」伊森說。

「等一下。」謝伊向他們走過去，「那些多明諾骨牌是從哪兒來的？」

「曼維拉找到的。」伊森說著瞥了火鶴一眼問：「骨牌是從哪兒弄來的？」

「從其中一艘小潛艇拿來的。」曼維拉回答，然後一臉驚恐的抬起頭說：「天啊，應該不會有人介意吧？因為好像都沒有人在用，但我是在發現海妖精之前找到的，是不是這樣才惹牠們生氣了。」

「誰在乎海妖精啊。」伊森答道，將骨牌推倒洗牌。

史黛拉發現骨牌背面有些標示，便彎身拿起一個來看。

「又是幻影地圖集學會。」她皺著眉說。這是一副相當漂亮的骨牌，所有的牌都是油亮的木塊製成，上面的點數看起來像珍珠母鑲的。她把骨牌交還給伊森，說：「真奇怪，竟然都沒有人聽說過這個學會。」

「或許那是幾百年前的學會，現在已經不在了。」謝伊說。

「說不定是地下祕密學會。」豆豆表示：「那是另一個跟黑暗冰橋相關的理論，說它通往某個古老的祕密學會。」

「那這個學會是幹麼的？」史黛拉問。

「沒有人知道。」豆豆說：「那是個祕密。」

大夥在遠離海妖精後，停下來架起魔帳毯，在橋上吃了頓遲來的午餐，然後才繼續趕路。整個下午，他們都沒遇到任何其他有趣的事，只見到幾面警告前有邊境巨人的標示。史黛拉的羅盤還是無用的四處亂轉，反正也無所謂了，因為他們知道只能繼續跨越大橋。

石獸群似乎非常急著想抵達另一端。海妖精事件後的第二天早晨，探險家們還在吃魯貝克幫大夥準備的早餐時，其中一隻石獸居然掀開帆布，把腦袋探進帳子裡，用粗啞的聲音嘟嘟嚷嚷的對他們發牢騷。當史黛拉走過去查看牠想要什麼時，石獸群已又繫上套具，指著雪船，急著想走了。

「牠們到底在急什麼？」伊森納悶著。

「天曉得？」謝伊答道：「也許牠們跟狼群有點像，有時純粹想快跑一番。」

他們又趕了兩天路，什麼都沒瞧見，只看見另一個啟人疑竇的巨大腳印。第二天，橋下的海霧中傳來某種看不見的海怪所攪起的水濺聲，還有一隻巨大的不知名黑鳥飛過他們頭頂，牠展翅時搧起一股強風，將他們頭上的帽兒往後吹開。

後來，下午沒過多久，史黛拉在雪船甲板上拿望遠鏡看著大橋前方時，卻見到令她差點呼吸停止的景象。「停船！」她對石獸大聲喊道。

「怎麼了？」謝伊問，努力望穿海霧。

史黛拉看著她的朋友，「我不確定，因為現在又起霧了。」她說：「可是大橋前面好像沒了。」

「沒了？」謝伊重複說：「你的意思是，沒有另一頭？」

他看起來很沮喪，史黛拉真的不怪他。在經歷過這一切，他們克服種種困難來到這兒後，竟然發現大橋並沒有所謂的「另一端」，實在太可怕了，沒有收藏師；沒有《雪之書》。他們歷經千辛萬苦的跑來，結果全是一場空，根本沒有辦法解救謝伊和柯亞，或是救出困在冰穴裡的菲利克斯和喬絲。

「剩下的路，我們步行走過去瞧瞧吧。」史黛拉說：「萬一橋真的沒了，我可不想掉到橋外去。」

石獸放緩速度停了下來，探險家們來到雪地上。海霧快速湧來，沒多久他們幾乎只能看得到前面幾公尺而已。大橋一片死寂，底下沒有攪浪的海怪，天上也沒有揮翅的怪鳥，就只有他們四個人，像是那裡唯一活著的生物。

大夥慢慢往前走，石獸在他們身後拖著雪船，涉過雪地，每個人極盡目力，想望穿飛旋的濃霧。

「大家要記得，」謝伊悄聲說：「萬一我們遇見撐住世界角落的其中一位邊境巨人，就要盡量靜悄悄的往後退開，誰都不許打噴嚏，否則可能造成災難性的後果，如果我們……」

他打住話，因為柯亞突然出現在他身邊，開始低吼。柯亞身上的毛，現在幾乎一半都變白了，牠蹭著謝伊的腿，史黛拉看得出來牠又有實質的身體了。牠的耳朵緊貼在頭上，凝望逼近的濃霧，喉頭深處發出隆隆吼響。通常雪地會吸音，但大橋似乎對著他們，把回聲傳回來。

「噓，柯亞！」

謝伊試圖要牠安靜，柯亞卻吼得更急，接著牠往前衝出去。謝伊想抓住牠，伸手揪住牠的頸背，可是柯亞掙脫了，狂吠著竄入濃霧之中。

「一切都毀了。」伊森大喊：「為了大家好，我們最好希望那邊沒有邊境巨人，如果連蝌蚪打嗝都能讓巨人分心，那麼影子狼和巫狼的混合體，絕對會打擾到他們，不是嗎？巨人會放掉手裡的世界之角，而我們就全滾到太空裡了，到時都怪我們毀了整個世界……」

「那不是邊境巨人。」謝伊說。狼語者喉頭的狼墜子張開了眼睛，在昏暗中閃著紅光，表示狼語者正在腦中跟影子狼對話。「柯亞說是雪之女王。」

「史黛拉，你再用一次飛馬幸運符。」豆豆催促說：「至少我們就能看得清楚了。」

史黛拉覺得這主意不錯，正打算摸手環時，柯亞的吠叫突然被硬生生切斷了。那聲音終止得十分詭異、不自然，而且突如其來，彷彿影子狼忽然間就不存在了。

而且史黛拉也感知到別的東西，大霧中，顯然有個東西非常靠近他們。史黛拉握住冰冷的銀飛馬幸運符，神奇的飛馬立即在閃亮的星光中現身，飛馬角上發出的明光射穿濃霧，照亮前方的橋面。

那裡，波蒂雅女王本人，就在他們的面前。

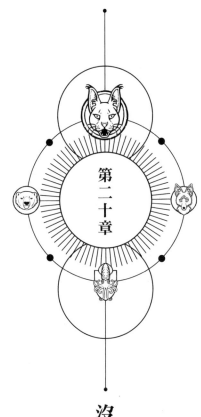

第二十章

沒有心的雪之女王

濃霧如彩帶似的散開，露出站在橋中央、僅離他們幾步遠的雪之女王。大橋確實在此戛然而止，就這麼……沒了，橋再過去，只剩下濃霧與萬丈深淵。

雪之女王看起來就與城堡裡的畫像，以及小仙子的照片一模一樣。她身穿深紫色的天鵝絨禮服，有著柔軟的白色皮毛滾邊，一頭黑髮往後編成複雜的髮辮，皮膚在襯映下顯得更加蒼白。

放眼望去，完全不見柯亞的蹤影，但史黛拉一眼就看到雪之女王戴著手套的雙手中，拿了一顆雪球。雪球有漂亮的銀底，上頭裝飾著雪花和淡藍色的旋冰。有隻狼困在雪球裡頭，但那不是玻璃狼——像史黛拉先前在寒門看到的雪球內部，而是一頭迷你版的活狼，正在球裡四處走動，來來回回的試圖找到出路。即使隔著一段距離，史黛拉也能一眼看出那是頭半白半黑的狼。

「是柯亞！」謝伊驚呼：「她抓住柯亞了！」他憤怒的看著雪之女王問：「你對我的狼做了什麼好事？」

「算是在救牠的命吧。」波蒂雅用平淡冷靜的聲音說：「牠隨時會變成巫狼，但雪球裡的時間是停止的，別擔心，這不會傷害到牠。」

雪之女王伸手從披風口袋掏出另一顆雪球，這顆裡面是空的，史黛拉知道，雪之女王打算把他們關進裡頭。她一定也是這樣帶走橋上其他探險家的，所以這麼多年來才會有那麼多探險家音訊全無。他們原本冀望柯亞能阻止雪之女王，但現在行不通了，史黛拉知道自己必須立即採取行動，否則他們可能會全軍覆沒。回力鏢、魔法箭和果凍豆顯然都無法對付雪之女王，這下全看她了。

菲利克斯和潔西貝拉兩人都警告過她別使用銀龍幸運符，說那太危險了，她很可能會召喚出一條立即將她吞噬的龍，可是史黛拉還能有什麼選擇？如果她不現在行動，雪之女王一定會制伏他們。

史黛拉伸手去摸幸運符手環，此時石獸群穿過探險家，聚集到雪之女王面前。正在把雪球的玻璃圓蓋從基座上旋開的波蒂雅女王，因此停下動作。石獸群全跳上跳下的揮著手臂，彷彿想告訴史黛拉什麼。史黛拉覺得石獸並不希望她攻擊波蒂雅女王，但她有選擇嗎？不對付女王他們就會被攻擊，史黛拉下定決心要盡全力保護朋友。

因此史黛拉深深的吸口氣，握住銀龍幸運符，傾力專注思緒。她滿心期待會出現一條活靈活現的冰龍，就像飛馬一樣，一條巨大壯觀，如同他們在波蒂雅女王的城堡底下洞穴中所見的那條冰龍，未料只有銀光一閃，然後就……什麼都沒有了。

史黛拉一開始還以為是咒語失靈，或許她法力不夠強大，沒能召喚出銀龍，還是她一次只能使用一個幸運符，得先把飛馬送走才行。可是接著有個東西搔著她的手腕，史黛拉垂眼一瞧，發現一條世界上最小的龍攀在她手上。這條龍全身皆為銀色，不比她的小指頭長，銀龍啪嗒啪嗒的在她手上來回扭動，細小的鱗片在飛馬射出的光中閃閃發亮。這是一條有血有肉，而非寒冰製成的龍，但牠小小的身體摸上去仍涼涼的。

銀龍突然抬頭看著史黛拉，臉上一對眼眸明亮如珠。接著龍展開細瘦的翅翼，飛入空中，噴出小團的寒氣。這是史黛拉這輩子見過最可愛的迷你龍，以前她見了一定會很高興，可是現在只覺得沮喪。難怪石獸們在鼓掌，因為這條小龍根本幫不上忙。

史黛拉以為小龍就要飛入濃霧裡了，但她訝異的發現小龍飛到她肩頭，再往右直接飛到她左耳，像絕美的耳骨夾似的扣在她耳朵上。小龍細小的腳輕輕纏住史黛拉的耳垂，瘦削的尾巴垂至她頸上，小小的嘴鼻則靠著她耳朵，用奇特且輕柔如煙的聲音對她低語。

「陛下，為您服務是我的榮幸。」小龍說：「您希望我對誰翻譯？」

「翻譯？」史黛拉皺眉重覆道：「什麼意思？」

「我是傳譯師，陛下。」小龍說，細小的舌頭搔著史黛拉的皮膚。史黛拉的耳朵有些刺痛，因為寒冷，加上嘶嘶作響的法力。「請告訴我，您想使用哪種語言，那麼等對方說話時，您就能透過我來了解對方。」

「噢，我……不好意思，只是我以為你會是一條作戰型的巨龍。」

「不，我絕對不是戰鬥龍。」小龍答道：「我只負責翻譯。」

「怎麼回事？」伊森問道：「你在跟誰說話？」

史黛拉發現其他人根本聽不見小龍說話，她腦子動得飛快，試著釐清眼下的狀況。波蒂雅女王看來也一樣困惑，她拿著雪球，仍僵著不動。事實上，她不再看著史黛拉和其他人了，而是看著石獸群，牠們依然拚命對著史黛拉嘰哩呱啦。雪之女王祖母綠的眼眸中，透露了詭異的神色——並非史黛拉所預料的憤怒殺意，而是悲傷哀愁的眼神。

「石獸似乎很想與您溝通。」小龍暗示說：「也許您想了解一下牠們想說什麼？」

「好的。」史黛拉答道，主要也是因為她實在不知道還能做什麼，「好，麻煩為我翻譯牠們的話。」

她話才出口，左耳就更加刺痛發癢，突然間，她好像能聽到石獸群兩種不同版本的語言了。在她的右耳，牠們的聲音還是跟以前一樣粗啞難解，可是有小龍攀附的左耳，卻突然能聽懂牠們的語言。史黛拉必須專心聆聽，尤其右耳聽到的仍然是先前的雜音，可是現在她能聽到確切的字了。可惜的是，這下子更難聽懂了，因為七隻石獸同時搶著說話，全纏在一起，史黛拉僅能從牠們的字句裡抓到幾個字。

「……波蒂雅女王不是你想的那種人。」

「四處瀰漫著魔法……」

「收藏師拿走了……」

「……不是她的錯。」

「好了，好了！」史黛拉對牠們揮手說：「我現在聽得懂各位的話。」

「你聽得懂？」謝伊瞪著她問。

「是啊，差不多了。」她看著石獸們說：「但你們不能七嘴八舌一起講，一次一個講吧。」

石獸們安靜下來，其中一隻踏向前，重重嘆口氣。「也該是時候了。」牠嘟囔說，聲音像一堆石子攪在一起，「我們一直要你使用那個銀龍幸運符。」

「我以為會變出一隻狂野危險的怪物。」史黛拉說：「我根本不知道那是翻譯功能的幸運符。」

「你怎麼不研讀你的《雪之書》？」石獸不耐煩的說。

「說來話長……」史黛拉才開口。

「算了，」石獸打斷她的話，「聽好了，你之前可能都無法聽懂我們說的，但我們能了解你，你對波蒂雅女王的誤解太深了。她不是壞人，也沒有凍結村子，或者說至少她不是有意的。是你們所謂的收藏師杰爾德幹的。《雪之書》受到魔法保護，但他破解了咒語，把書偷走，造成魔法崩解，從城堡裡滲流出來，所以村子才會凍結。」

史黛拉望著波蒂雅女王，她已跪在雪地上，將雪球放到一旁，以便將幾隻石獸攬進懷中，像是她失聯許久的寵物。雪之女王的眼中閃著淚光。

「我不明白。」史黛拉說。

石獸走到波蒂雅女王身邊，悄聲對她說了些話。雪之女王點點頭，伸手到頸子後解開她的龍形吊墜，交給石獸，石獸走回史黛拉身邊。

「杰爾德．阿里海利是位巫師。」石獸邊遞上項鍊墜子邊解釋。墜子與史黛拉在畫上看到的一樣——一條銀龍盤在金色圓盤邊緣，龍的一隻爪子揪著一片閃閃發亮的星芒。此時近距離細看，史黛拉發現圓盤中央刻了字：**對你的愛，高如星斗**。

「他是僅存的幾名巫師之一。」石獸接著說：「即使那已是兩百年前的事了。」石獸小心翼翼的打開吊墜，朝史黛拉舉高，讓她看到藏在裡頭的小油畫。上面畫著一位蓄著尖鬍、有頭金髮和一對迷人雙眼的俊美男子。

原來這就是收藏師——那個謀殺史黛拉親生父母，偷走她《雪之書》的男子。看著他冷峻的黑眼，史黛拉忍不住發顫。

「可是……可是如果他是個邪惡的巫師，波蒂雅女王為何要把他的畫像放進吊墜裡？」史黛拉問。她望著仍跪在前方雪地上的雪之女王，她絲毫沒有要加入談話的意思，看起來甚至不像在聽。雪之女王眼中有種恍惚的神情，一滴淚珠緩緩滑下她的面頰。

「因為他是雪之女王的靈魂伴侶，雪之女王深愛著他。」石獸簡略的交代：「他一開始人並不壞，也讓她很快樂，這是他送她的吊墜，他愛過她。」

「後來發生什麼事？」史黛拉問。

「呃，他們開始為各自珍視的東西起爭執。」石獸說：「兩人的歧見越來越大，直到愛情終於崩裂。」

史黛拉皺眉問：「他們對什麼看法不同？」

石獸嘆口氣，回頭瞄著雪之女王，「說來話長，」牠說：「我以後會解釋的，但現在你只需要知道，杰爾德偷走了波蒂雅的《雪之書》，為了偷書，他對黑堡施以危險的法術。鄰近村莊以為波蒂雅是凶手，便舉著火炬，帶著草叉，跑來敲城堡的門。當時一片混亂，波蒂雅叫我們到石穴中等她，可是她一直都沒有回來。」

「根據古老的傳說，暴民將她趕到黑暗冰橋上。」史黛拉說。

「他們並沒有把她追到這裡！」石獸嗤之以鼻，「也許村民以為是因為他們，但波蒂雅一直都打算到黑暗冰橋與杰爾德對質，取回屬於她的東西。我們見她沒回來，便知道一定出事了，杰爾德贏了，而不是波蒂雅。但我們什麼都做不了，只能待在我們的洞穴裡發愁。我們甚至無法試著去追她，因為她為了我們的安全而將我們封在洞裡。唯有冰雪公主能啟開大門，喚醒城堡。」

「所以**究竟**出了什麼事？」史黛拉邊看著雪之女王邊問：「她發生什麼事了？為何在這麼久之後還能活著？而且她看起來跟離開時一樣年經，但那是兩百多年前的事了。」史黛拉想起豆豆父親的遠征隊，便繼續說：「而且我們知道她一直在攻擊來到橋上的探險遠征隊，如果她真的不是壞人，為什麼要那麼做？」

「我還沒有機會問她，因為我一直站在這裡跟你東拉西扯！」石獸有點生氣的說：「不過既然現在你沒有一心要攻擊雪之女王，也許我們可以好好的談話了。」牠頓一下，對史黛拉瞇起眼睛，「我希望你**真的**改變心意，不攻擊女王了？」

「我們從來就不想攻擊任何人。」史黛拉反駁說：「那不是我們到這裡的目的，我們只是想跨到橋的另一端，找到收藏師罷了。」史黛拉望著女王身後，浩瀚的空無，嘆口氣說：「不過看來，大橋並沒有另一端，那裡似乎什麼都沒有。」

少年探險家們實在失望透頂了，但石獸的注意力都在波蒂雅女王身上，牠轉身離開史黛拉身邊，向牠的女主人彎身行禮，然後遞上女王的吊墜。波蒂雅將項鍊戴回脖子上。

「我的女王，」有翅膀的石獸柔聲說：「我們一直在等您，但您一直沒回來。請問出了什麼事？」

雪之女王抬起頭看著牠，最後終於開口：「很久很久以前，我們曾經是朋友。」她皺著眉，彷彿在努力回想，「那是真的嗎？」

「噢，是的，陛下。」石獸說著伸手拉起她的手，握在自己手裡，「非常親近的朋友。」

飛馬仍站在史黛拉身邊，在牠的角所射出的強光中，雪之女王的手腕上有個東西閃爍著。那是她的幸運符手環，看起來就跟肖像畫裡的一樣，唯一的差別是金心幸運符鏽得很厲害。不過手環旁邊還有其他東西在閃爍，史黛拉發現那是一只手銬。珍珠白的手銬美得詭異，但確實仍是手銬。史黛拉能清楚看出，雪之女王上手銬的地方，皮膚又紅又粗。

史黛拉指著手銬問：「你是俘虜嗎？」

雪之女王鬆開石獸的手，緩緩站起身，注視自己的手銬良久，然後才說：「俘虜，是的，他奪走了我的心。我追上他，好像就是在這座橋上。我們起了爭執……」她再度皺眉，「我想不太起來了。」她低頭再次看著手銬，「但我想，一定是他贏了，他的法力畢竟比我強大殘酷，所以這些年來我都待在這裡，被迫執行他的命令。」

「所以你攻擊來到橋上的人？」史黛拉問：「讓他們消失嗎？用那些雪球？」

史黛拉看著雪之女王放在地上的空雪球，眼後隱隱發疼，因為要費力同時維持兩個幸運符的法力，於是她讓飛馬消失。

「收藏師不希望受打擾。」波蒂雅回答：「他有重要的工作，連我都好些年沒見過他了。邊境巨人的警告標示並不足以嚇阻人們，因此我被下了詛咒，要在這橋上徘徊尋找侵入者。已經很久沒有人來了，我也就沒有按照規定在橋上巡邏，但也是因為我非常疲倦了。」她看著史黛拉，然後說：「關於探險家的事，我很抱歉，真的。」她用另一隻自由的手撥弄著白手銬，「但他對我下的咒語極其強大，我若在橋上見到侵入者，便必須逮捕他們……」

她聲音漸漸變微弱，緊盯著史黛拉，像是眼中僅看得到她。雪之女王的兩隻手開始顫抖，臉色似乎變得更蒼白了。

「噢！」她倒抽一口氣，「你……你是一位冰雪公主！」

「我叫史黛拉．星芒．玻爾。」史黛拉小心翼翼的回答，雪之女王突然一臉嚴肅的瞪著她看。

波蒂雅女王忽然移動時，探險家們全嚇一大跳，但她只是跪到史黛拉前方雪地上，抓住她的裙子大喊：「拜託讓我恢復自由！」

「什麼？」史黛拉盯著她問：「什麼意思？我根本不知道如何讓你恢復自由。」

「他是用我的《雪之書》中的咒語來做出這個手銬。」雪之女王回答：「唯有冰魔法才能解開。」

「那你為何不自己解開？」史黛拉問。

「他奪走我的心後，我就失去法力了。」雪之女王答道：「只有另一位具備法力的人，能將我從詛咒中釋放出來。」她抬頭望著史黛拉說：「幫助我也是為了你們自己好，隨著時間過去，我就越來越難抗拒想把你們全關到雪球裡的衝動。」

「我不是不想救你。」史黛拉說：「而是不知道該如何救。」

波蒂雅女王對她露出不可置信的表情說：「可是那個幸運符明明就在我眼前。」

史黛拉低頭看著自己的手環問：「你是指哪一個幸運符？我從小並不知道自己是冰雪公主，所以我對這手環的所知非常有限，你得解釋給我聽。」

「鑰匙。」波蒂雅指著銀製的幸運符說：「用它製造一把能解開任何鎖的冰鑰匙。」

「噢。所以跟使用其他幸運符的方法一樣嗎？我只要摸它，想著自己希望它做什麼就好嗎？」

「是的，集中心力去想，就會出現。」

「那樣好嗎？」謝伊悄聲對史黛拉說：「剛才五分鐘內，你已經使用過兩個幸運符了。」

雪之女王呻吟著抓起地上的雪球，似乎受到逼迫。「快點！」她喘著說：「否則你們全部都會被關到這顆球裡。」

「我有什麼選擇嗎？」史黛拉望著她的朋友說：「我們都知道如果我不這麼做，會發生什麼事。何況，這本來就是該做的，沒有人應該被人奴役。」

於是她握住鑰匙幸運符，全神貫注，即使費力到頭都開始脹痛了。一會兒後，一把小小的冰鑰匙在她手心中閃動，史黛拉不敢耽擱，連忙伸手將鑰匙插入波蒂雅女王的手銬裡。

鑰匙一插即入，但史黛拉沒想到竟然轉不動。

「怎麼回事？」她低頭看著女王問。

波蒂雅難過的瞪著手銬，「一定是因為他奪走了我的心。」她說：「他就是在這座大橋上奪走的。」她抬頭看著令人生畏的黑暗冰橋，「他在攻擊我時，有些邪惡的魔法滲入大理石中了，讓這座橋變得有些詭異。可是他帶走了我的心，鎖在他其中一顆雪球裡。這把鑰匙無法讓我恢復自由，是因為我身上有一部分不在這裡。」她看著史黛拉說：「你得去跟收藏師要回我的心，而且事不宜遲，我會盡可能留在這裡，但遲早我會去追你們，而且還得通知收藏師你們的到來。」

「可是……」史黛拉腦子都昏了，「可是收藏師人在哪裡？大橋到這裡就終止了，這裡什麼都沒有。」

他們長途跋涉，經歷重重阻難才來到這裡，一路上史黛拉一直相信，大橋另一端會有**某些東西**。她以為他們最終會贏得勝利，解救謝伊、菲利克斯和喬絲，根本不敢想還有別的可能，那太可怕了。或許事實就是這麼簡單，並非所有故事都會有幸福快樂的結局……

「收藏師在這裡。」波蒂雅答道：「但不在橋的另一端，而是在橋底下。」

「**橋底下**，這話是什麼意思？」

史黛拉頭痛欲裂，似乎無法好好思考。她可以感覺到法力快速從身上流失，鑰匙在她手中融化，迷你銀龍在她耳邊低聲道別。史黛拉整個人微微搖晃起來，謝伊立即扶住她的手臂。

「沒有時間了！」波蒂雅女王喘道，她從口袋裡掏出困住柯亞的雪球，扔給謝伊說：「你們必須立刻離開！」

「可是……」史黛拉才開口。

「我再也無法抗拒咒語了！」雪之女王大喊：「你們得**立刻**走，否則就太遲……」

可是已經太遲了，波蒂雅一邊說話，一邊扭開雪球的頂蓋，球中噴出一陣巨大的冰颶風，朝眾人襲來。

探險家們試圖逃跑，但冰魔法緊追不放，最後眾人被困在大橋邊緣。史黛拉忍不住往底下望，發現海水似乎也流乾了，大橋彷彿懸吊在一片漆黑無涯的空無之上。感覺他們好像真的身處世界的邊緣，四周除了太空，什麼也沒有。史黛拉甚至覺得自己在底下看到遠方微弱的星光……

女王的冰魔法扯著她的衣服，史黛拉知道法力會將眾人吸走，捲入雪球中，將他們永遠困在裡頭。這回根本不可能有救援隊來幫他們了，也無法寄望菲利克斯會不計代價的冒險來救他們，一切都將結束。史黛拉若是有頭冠，便能試著抗衡這陣颶風，可是少了頭冠，她根本不知該如何拯救大家。

幸好伊森跳到暴風前舉高雙手，變出一大面魔法盾，擋在眾人前方。那是一面華麗閃亮的黑色盾牌，上面印有海魷魚探險家俱樂部的徽飾。可惜盾牌不夠強大，無法抵禦波蒂雅女王的冰魔法太久，盾面上已冒出許多裂痕了。

下一刻，盾牌被擊碎了，但已給石獸們足夠的時間衝向探險家，用全身力氣撞上他們，輕易的將探險家們撞到黑暗冰橋外，墜入底下浩瀚無邊的空無裡。

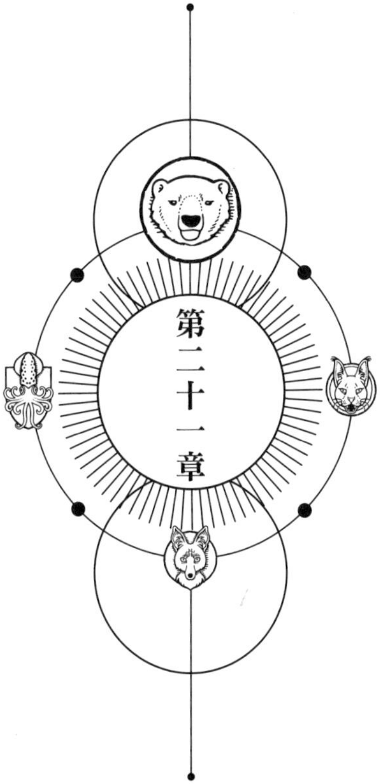

第二十一章

亞馬東懸吊花園

史黛拉從橋邊跌翻出去時，心想石獸是否突然轉向攻擊他們，否則還能有其他解釋嗎？其中一隻石獸喊著話，但史黛拉的銀龍幸運符已經消失，不再能夠聽懂了。

一群人往下跌落，墜落於虛無之中，四周是疾速劃過的冰冷空氣，猛拉著他們的衣服和頭髮，速度快且駭人，史黛拉連尖叫的力氣都沒有，被迫恐懼沉默的墜落，感覺更加糟糕。其他人一定也是同樣的情況。就連豆豆都不像平常那樣背誦探險家的死亡數據了。

前方除了一片漆黑，史黛拉什麼都看不到，她覺得大家也許會飛到群星之外，很可能凍死或窒息而亡。沒有人知道，人在太空中會發生什麼事，因為從來沒有人到過太空，但大家都認為人類不可能存活下來。

史黛拉想到菲利克斯，想到自己多麼愛他，便好希望能在準備迎向遼闊又寒冷的可怕太空前，再擁抱他最後一次……

不過接著史黛拉撞到了樹梢，從枝子間跌跌撞撞的往下墜，樹葉和果子被她撞得滿天亂飛，最後重重跌在地上。她體內所有的氣體呼的一聲全給擠跑了。

她隱約感覺到朋友和其他石獸跌在她附近的地面上，紛紛呻吟哀號，大口喘著氣，更多的樹葉嘩嘩落在眾人四周。史黛拉發現那些葉子是桃紅色的，懷疑自己起了幻覺。

接著有隻手搭在她肩上，「小火花，你還好嗎？」謝伊說。

謝伊扶史黛拉坐起身，還昏頭昏腦的她努力想搞清楚到底發生了什麼事。

「我想……應該還好。」她問：「其他人怎麼樣？」

她看看四周鬆了一口氣，發現伊森和豆豆在一旁自行坐起身，除了幾處瘀腫和擦傷，他們似乎並無大礙。不過大家的披風看起來都破到不太能穿了，不僅被戳破撕裂了，還沾著桃紅色的髒污。

豆豆臉色死白，但仍點著頭說：「有六百三十三位探險家墜橋而亡。」

「我還差強人意。」伊森嘟囔著弄掉領口上的小樹枝，還有一隻綿綿蛙：「但我會活下來的。」

「你怎麼會有綿綿蛙？」謝伊瞪著問。

「什麼？噢，是曼維拉啦。」伊森說：「以防萬一，我在墜落途中把牠變成綿綿蛙。」他捧起青蛙讓其他人看清楚，伊森跌在牠身上時，青蛙完全被壓扁了。幸好他們從之前的遠征經驗得知，綿綿蛙可以丟摔壓擠，甚至拿去火烤，都不會受到任何傷害。

伊森很快把青蛙拉復成原形，放到地上，然後施咒讓青蛙變回曼維拉。火鶴紳士步伐蹣跚，長腿搖搖晃晃的走了一會兒，一對大眼還凹陷在頭裡。

「你沒事吧？」伊森彎身戳著牠問。

「我的天啊，這經驗太嚇人了！」曼維拉回答，牠拍打自己全身，然後表示：「可是我的四肢好像都還健在，謝謝你啊，好心的先生。」

「柯亞似乎也沒事。」謝伊望著雪球裡，影子狼仍在球中四處走動。謝伊把雪球塞入自己的口袋說：「小蝦子，剛才那面盾牌變得真好。」

「最好有用啦。」伊森簡短回答。「一下子就像薄紙一樣讓雪之女王給弄裂了！我苦練了好幾個星期呢！」

「嗯，至少給了我們足夠的時間逃走。」謝伊說：「所以你的努力值回票價。」

「可是我們究竟逃到哪裡了？」伊森說。

「我跟你一樣不知道。」

謝伊對史黛拉伸出手，史黛拉費勁站起來，終於看到四周的情況。她震驚的張大了嘴，而且發現其他人包括石獸群，也跟她一樣吃驚。

他們似乎掉落在一片有著高大銀樹的果園裡，陽光從桃紅色的樹葉間灑落，一叢叢大如柳橙的紫色果實，垂掛在樹枝間。眾人腳下踩在肥沃的土壤上，地上有條白色大理石小徑，蜿蜒穿過果林。眼下看不到積雪，也不再那般寒冷，事實上，陽光照得十分溫和宜人。

史黛拉抬頭看到黑暗冰橋雄踞在他們上方，細細的銀鍊將這片果園連接到上方的大橋。

「我想我們撞穿了某種天篷。」伊森抬頭望著說：「看到天篷的破片了沒？瞧！」

他指著，史黛拉發現伊森說得對，一大張帆布的破片垂掛在連接大橋的繩子上。

「也許那是一幅用魔法偽裝的畫布。」伊森說：「畫得像太空，把所有底下這些東西掩蓋住，不讓人瞧見。」

樹林令他們難以看清楚外圍的東西，但史黛拉聽到附近有隆隆的瀑布聲，還有最動聽的鳥鳴。

「我們離開這片果園吧。」她提議：「也許那樣能把周圍看得更清楚。」

「好主意。」謝伊說，他仔細端詳史黛拉，「你知道嗎？你的臉色非常蒼白，剛才你用了很多法力。感覺還好嗎？」

事實上，史黛拉覺得快累垮了，彷彿剛跑完馬拉松似的。她現在最想做的，就是爬到床上好好睡一頓長覺，可惜現在沒空睡覺，波蒂雅女王說她無法堅持太久，遲早會告知收藏師他們的去向。所以史黛拉雖然恨不得能架起魔帳毯，休息一會兒，還是咬牙搖頭說：「我沒事，我們繼續走吧。」

雪船留在橋上了，他們只能步行。伊森撈起曼維拉，將牠塞回自己的披風前。一群人踏上白色的小徑，他們才起步，美妙的事便發生了，果園裡每顆紫色果實開始唱起悅耳動聽的歌曲，每棵樹都跟著顫動起來，葉子從桃紅色轉成了天空藍。

「我的天啊！」伊森驚呼說：「到底發生什麼事？我們受到攻擊了嗎？」

大夥在小徑上停下來，果子立即恢復安靜。

「我的媽呀！」豆豆悄聲說，眼中閃著不可置信的光芒，「這該不會是……可是不對啊，應該不是吧……？」

「你在嘀咕什麼？」伊森問。

豆豆搖搖頭說：「我有個推測，我們再繼續走吧。」

大家聽他的話開始走，果子立即對他們再次唱起歌。史黛拉聽不懂它們的語言，根本不知道它們在唱些**什麼**，但曲子依舊動聽得令她心花怒放。

「這些是歌唱藍樹！」豆豆大聲說。

就在此時，一隻鳥停在附近的樹枝上，往這邊歪著頭，彷彿用好奇的表情看著他們。鳥兒看起來有點像孔雀，但體型更小，羽毛是美豔的紅、黃與橘。接下來的瞬間，鳥兒在一小團火焰中消失了，然後再次出現在史黛拉腳邊的地面上。

「天啊！」史黛拉驚喘著說：「那是不是火鳥？」

「火鳥不是絕種了嗎？」伊森皺著眉頭問。

「歌唱藍樹果園和火鳥的鳥舍。」豆豆喃喃說著抬頭看看其他人，「我想我知道我們在哪裡了！這些可能就是亞馬東懸吊花園！」

大夥瞅著豆豆片刻。

「不可能！」伊森終於開口：「懸吊花園只是神話，從來不曾存在過。」

「可是這跟古探險家們描述的一模一樣。」豆豆說。

謝伊皺著眉說：「我還以為亞馬東位於奇異南海的另一側？也就是我們此刻位置的世界另一端，如果這真的是懸吊花園，我們究竟是怎麼大老遠跑來這裡的？」

沒有人有答案，於是大家繼續穿越花園，果子一路以小夜曲伴唱，直到從另一側走出來。大夥驚詫的站著，因為豆豆說得沒錯，這裡果真是亞馬東懸吊花園，只見一座座的島嶼，各自以銀鍊懸吊在黑暗冰橋下方。有些花園看起來很小（不比史黛拉家裡的臥室大）有些則又大又廣，足以容下整片森林。

搖晃的繩橋將一座座島嶼連結成一個圈，史黛拉看到他們的右手邊，就是豆豆剛才提到的火鳥鳥舍。這座島嶼的上空，被來回飛過的火鳥映成了橘與黃的焰光。火鳥在空中盤旋俯衝，在後方留下跳動的火焰。左手邊有一座大島，上面是層層疊疊的瀑布。寶藍色的瀑布邊緣水花輕濺，清涼的水氣掠過溝渠，向史黛拉和其他人拂來。

史黛拉看得出來，其他幾座島上似乎長著獨特的奇花異草。她瞥見其中有斑馬紋的樹，還有金色的鸚鵡在另一座島上竄飛，以及另一座水流似乎流錯方向的島嶼，島上噴泉的涓流是往上流入空中，而非落下地面。

然而比花園本身更精彩的是，這裡顯然住了人。圓圈中央有另一座島，島上有棟正面有著白色柱子的美麗華宅，一顆奇異無比的超級大球裝飾在宅子前方的花園裡。

豆豆用手肘頂了一下史黛拉，指著車道邊的鑄鐵大門。史黛拉也注意到門上刻了一顆球形，四周用捲曲的鑄鐵打造出一圈字：**幻影地圖集學會**。

探險家們面面相覷。

「收藏師一定就住在那裡。」謝伊說。

史黛拉眉頭一緊，「這跟我想像的不一樣。」她說：「我還以為邪惡的巫師會住在地牢之類的地方。」

她回頭望向他們剛走來的路，沒有波蒂雅女王追上來的徵兆。她四處張望，尋找其他從黑暗冰橋來到花園的方式，但是看不到別條路。或許雪之女王用其他方式與收藏師溝通？總之，如果他們想攻其不備，就得立即行動。

大夥千辛萬苦，為的就是這一刻，然而現在終於來到這裡，史黛拉卻發現自己猶豫了起來。她非常懼怕收藏師（或杰爾德．阿里海利，現在她知道他的名字了）這個人殺死她的親生父母，永遠改變了她的一生。想到要面對收藏師，就令她惶恐無比。史黛拉突然覺得這是她全世界最不想待的地方，但收藏師奪走了她的《雪之書》，她必須把書拿回來。

史黛拉挺起肩，轉身面對其他人，「好的。」她說：「那座中央島嶼一定就是我們要去的地方，各位認為我們該怎麼過去？」

「那裡太遠了，沒辦法跳過去。」伊森說：「可惜飛毯不在我們手邊，否則就能飛過去，再迅速逃走了。天知道我們之後要如何回到大橋上。」

「逃走的事我們稍後再煩惱吧。」史黛拉連忙說：「一定會有辦法的，否則收藏師自己也會被困在這裡。」

「繩橋似乎將外圍的花園一個個連結在一起。」豆豆說：「而且某些外圍花園看起來跟中央花園相通，那邊那一座應該離我們最近。」

他指著瀑布島另一側的花園說，大家只看得到邊緣，並不清楚花園裡有什麼。

「好吧。」謝伊背起他的袋子說：「就往那兒走。」

眾人繞過果園外圍，來到通往瀑布島花園的繩橋。橋身極窄且延伸得極長，但看來頗為結實穩固，探險家們排成一縱列，開始過橋。石獸群跟著他們，史黛拉猜想牠們急著想找回波蒂雅女王被偷走的心。她考慮召喚銀龍再次跟牠們說話，但史黛拉的頭還在脹痛，不敢那麼快就再次使用魔法幸運符。

「好了，說出來聽聽吧。」大夥過橋過到一半時，伊森對豆豆說。

精靈男孩一頭霧水的回頭看著伊森問：「說什麼來聽？」

「你不是很愛報告死亡數據嗎？你不打算告訴我們，懸吊花園裡有多少可怕危險的事物能害死人嗎？你一定巴不得想告訴我們，有多少人被毒死、燒死、碎屍萬段……」

「一個都沒有。」豆豆立即回應：「就我們所知，從來沒有人死在這裡。亞馬東皇帝設計懸吊花園時，想仿造天堂送給皇后當成生日禮物。花園裡滿是自然奇觀、無價的藝術品和美麗的事物。」

「噢。」伊森吃驚的說：「呃，我必須說，那倒是個驚喜。我們也該走點好運了。」

「花園本身或許並不危險。」謝伊靜靜表示：「但我們知道收藏師很危險。」

大夥繼續過橋，底下是一片藍色汪洋，上面點綴著閃亮的白色浮冰。他們很快抵達另一端，開始順著蜿蜒的小路，沿層層瀑布往上攀行。每道瀑布都注入一汪水潭，水潭再通往另一道瀑布。史黛拉在爬升的過程中，望著其中一池水潭，發現裡面滿是長著紅鰭的橘色小魚。

「是先知魚。」豆豆說：「牠們可以看見未來。」

「天啊。」史黛拉端詳著魚兒。

氣溫舒爽宜人，探險家們攀登瀑布時，只得脫去披風。

「這裡怎麼會這麼溫暖？」史黛拉問。跟其他人相比，暑氣最讓她感到不適，

「畢竟我們還是在這世界的極寒地區，那邊的海甚至還漂著浮冰。」

「花園也許被施了魔法氣候的咒語。」豆豆說：「所以才會擁有自己的天氣。」

探險家和石獸群終於來到金字塔型的瀑布頂端，開始從另一面往下走了。這邊的池子養的不是先知魚，而是水精靈——生著閃亮蜻蜓翅膀的藍色小仙子。史黛拉看到他們在水面四處飛竄，或坐在池邊，把細瘦的腳懸放入池中。他們對探險家們揮手，但並未移動，或與他們有任何互動。

史黛拉很想跟他們說說話，以及仔細探索所有的懸吊花園，豆豆顯然心有同感，因為他嘆口氣說：「如果可以去找放在這裡某處的歌唱豎琴、糖果甕和車輪玫瑰，該有多好。」

可惜他們沒有時間。一群人繼續踏上通往另一座花園的繩橋，剛來到島上時，他們只覺得這是一片修整得很漂亮的地方，但接著豆豆倒抽一口氣說：「看！那是裝飾梨！」

他指著前面排成一排的五個基座，每個基座上都擺了一顆結實飽滿的綠色梨子。

「那是什麼做的？」史黛拉仔細望著梨子問：「是玉石、祖母綠或什麼之類的嗎？」

「噢，不是的。」豆豆說：「比那些還要珍稀，這些梨子是用食人魔的鼻屎做成的。」

「噁心死了！」伊森大聲嚷嚷：「誰會把食人魔的鼻屎擺在花園展示啊？更別說把它們塑成梨子的形狀了。」

「太詭異了。」曼維拉同意說。

「呃，它們可是絕佳的晴雨表。」豆豆解釋。

「它們是什麼？」伊森厲聲問道。

「晴雨表就是類似天氣預測計的東西。」史黛拉解釋說：「能測量大氣壓力的變化。」

「沒錯。」豆豆說：「如果會有好天氣，裝飾梨就是綠色的；但如果有暴風雨要來，梨子就會變黑；若是要下雨的話，會變成藍色。颶風是紫色，颱風為紅色，龍捲風是銀色……」

「這玩意兒聽起來對出海很有幫助！」伊森大聲說：「也許我該帶一顆回海魷魚探險家俱樂部。」

「我不確定你能不能拿走花園裡的任何東西。」史黛拉遲疑的說。

「為什麼不行？」伊森答道：「它們是亞馬東皇帝的東西，而他老人家早就死了，這裡又沒有人能善用它們，也許收藏師除外吧。」

眾人還來不及反對，伊森已拿起一顆裝飾梨了。史黛拉以為會有某種機關從他們四周彈起來，可是什麼事都沒發生。伊森把梨子塞進自己的袋子裡，史黛拉看著空掉的基座，皺皺眉，沒再多說什麼。大家繼續穿越花園，從另一側出來，結果發現他們站在另一座繩橋的起點，而繩橋似乎直接通往幻影地圖集學會的總部。

第二十二章

收藏師的雪球

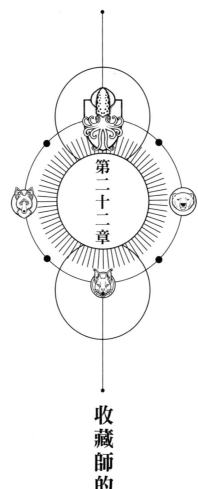

此時他們抵達中央島嶼的另一側，已經能見到先前被擋住的東西了。他們似乎來到這棟華宅的背後，屋後有寬大的環式門廊，上面固定間隔的擺了幾張舒適的搖椅。一道繩梯垂到底下的海洋，梯底有一小片浮臺，旁邊停著一艘迷你潛水艇，跟黑暗冰橋上那些遭到破壞的潛艇十分相似。只是這艘潛艇又亮又新，還能清楚看到船側繪有幻影地圖集學會的黑色標誌。

然而，這宅子的有趣交通工具，不只有潛艇而已，一顆熱氣球輕輕飄在島嶼一側。灰白條紋相間的漂亮氣球，有只大大的木籃子。

但最令人難以置信的，是那架放在屋後草地斜坡上的怪異機器。機身很長，後邊有個尾巴，巨大的翅膀從兩邊伸出去。機身前方還有閃亮的螺旋槳，中央的駕駛艙看起來僅夠坐一兩個人。

「那到底是什麼？」伊森瞪著機器問。

「我想可能是某種飛行器吧。」史黛拉說：「我有天在菲利克斯的期刊上讀過相關的文章，世上有很多人拚命想發明會飛的機器，希望能飛得比熱氣球和飛船更快、更容易操縱，也更省燃料。」

「不過還沒有人能做到完美。」豆豆說：「但在試驗過程中已經有十三個人喪命，二十四個人受傷了。」

「瞧！」史黛拉突然注意到某樣東西，「屋外露臺有扇門開著。」

大夥互看一眼。

「就我們所知，收藏師很有可能就在裡面。」伊森指明這點，「如果我們四個就這麼大剌剌的晃過去，他搞不好會把我們變成蜥蜴，或任何巫師會變出來的東西。」

史黛拉隱約記得，多年前收藏師去她家時，雪地上有血痕，史黛拉忍著不要顫抖。

「我們能有什麼選擇？」她問，「如果《雪之書》還在他手上，很可能就放在這裡某處，所以我們得進去找書，如果可以的話，**還要**找一下波蒂雅女王的心。」

她看著她的朋友說：「也許你們大家都應該待在這裡？我自己去找書，讓所有人冒險，沒有意義。」

可是史黛拉話還沒說完，其他人全對她搖起頭。

「你休想。」謝伊說。

「我們一起去。」伊森同意道。

豆豆也點著頭。

「好吧。」史黛拉慶幸自己終究不必獨自前往，她看著石獸群，然後表示：「我們何不分頭行動？我們四個去找《雪之書》，石獸去找波蒂雅女王的心？」

其中一隻長角的石獸點頭表示同意，一行人越過繩橋，一會兒後，大夥匆匆穿越草地。途中毫無掩蔽，史黛拉知道隨時可能有人從華宅窗口瞧見他們，因此他們加緊速度，最後終於來到稍有掩護的門廊區。眾人避開窗口，背部緊貼著牆壁。

史黛拉離打開的門最近，她躡手躡腳的走過去，停下來聆聽片刻。她可以聽見屋裡傳來留聲機播放弦樂唱片的刮擦聲，可是當她朝門口窺視，卻發現屋裡空無一人。那是一間鑲著深色木板的圖書室，牆上是一排排的書架，擺在其中一個角落的核桃木桌上放著留聲機，旁邊立著一座深綠色的地球儀。

史黛拉向其他人招手，大夥心臟砰砰狂跳的溜入屋中，匆匆搜尋書架，希望《雪之書》就在某處。可是圖書室裡所有的書籍都與旅遊相關，他們看到地圖集、年鑑和探險日誌，但沒有像《雪之書》這樣神奇的東西。

幸好也沒有收藏師的行蹤，他們鬆了一口氣，然後才小心翼翼的移往另一側的門邊。史黛拉將門拉開，大夥全跌入一道漆黑的走廊裡。走廊上有其他間隔相等的門，盡頭是一道通往樓上的大樓梯，石獸群立即奔了過去，牠們的石腳出奇安靜的跑著，而探險家們則往走廊的反方向前進。地板上的瓷磚每片都畫著一種交通工具，如熱氣球、火車，或某個異國景點，如一座島嶼、火山或叢林，看起來像是屬於某個探險家俱樂部。牆上掛著許多裱框地圖，但都是史黛拉從未聽過的地方。

「看。」豆豆悄聲對史黛拉說：「那些門上都有名字。」

豆豆說得對，每扇門上都有一面黃銅牌子。由於沒人知道《雪之書》可能會放在哪裡，尤其是現在搜過圖書室了，他們只好輕手輕腳的走到最近的一扇門。門上的牌子寫著：**島嶼室**。

少年探險家們眉頭深鎖的互相對望。

「裡頭不可能真的有島嶼吧？」謝伊悄聲說。

「看了就知道了。」史黛拉回答，她把耳朵貼到門上，聆聽是否有收藏師的動靜。她沒聽到聲音，便小心翼翼的推開門。

門沒鎖，在她手下輕易的往前推開。大夥走進去，一開始史黛拉還以為他們來到另一間圖書室，房間也有打亮的木地板和牆上一排排的架子，但這個房間更大更高，而且架子上擺的不是書，而是滿滿的一顆顆雪球。一排又一排的雪球，擱在飾有銀色雪花的華麗銀製底座上，就和波蒂雅女王拿來囚禁柯亞的雪球一樣。架子疊架極高，甚至有一道能爬到頂端的梯子。

史黛拉走到最近的架子。

「爆花生島。」她讀著仔細貼在雪球基座上的標籤說。同層架子的旁邊擺著大象島、舞花島和跳房子島，這幾顆雪球跟囚住柯亞的雪球一樣，似乎也關著真實的活生物。史黛拉湊近細看，看到跳房子島海岸邊的海浪，以及大象島上微風輕拂的棕櫚葉。她還能勉強看出爆花生島上，有隻看起來百無聊賴的猴子，正坐在海灘上，陰鬱的朝水裡扔花生殼。

她皺眉俯視著這些雪球，心思飛快轉動。她想起曼維拉曾告訴他們，天鵝女士島如何在一夕間消失於無形，以及不久後火鶴紳士嶼上的所有火鶴如何在醒來後，發現海洋消失不見，大家被一團詭異的白霧環繞，無法找到出路。

史黛拉想起菲利克斯在他們搭乘北極熊雪橇逃離寒門後，談到金字塔之鄉，菲利克斯說他曾經親眼見過。還有失落的島嶼姆嘎姆嘎，已經有好幾個世紀沒人見過了，以及神祕消失的天鳳凰探險家俱樂部。史黛拉還想起他們闖入北極熊探險家俱樂部取回頭冠時，無意間聽到兩位探險家為了蛙腳島的消失而拌起嘴來。

當然了，還有這個學會本身的名字——幻影地圖集學會。

「你們覺得，收藏師該不會就是在收藏這些？」史黛拉轉身問其他人：「收集島嶼和遠方的土地，以及像亞馬東懸吊花園這樣的奇境？所以那些我們認為可能只是神話或地圖謬誤，還是探險家為了在俱樂部留名而編造出來的故事，也許**原本都真的存在**？只是後來被收藏師捕捉進這些雪球裡了？」

話才剛說完，房間另一邊的曼維拉，便震驚的呱呱大叫——顯然忘記得保持安靜了。其他人連忙趕過去要牠小聲一點，但牠卻依然跳上跳下的大喊。

「就在那裡，天啊！」牠高喊道：「就在那裡！」

「**什麼**在那裡？」伊森嘶聲問：「安靜點，你這個笨蛋，否則我們全會被抓起來，搞不好還會被殺了！」

曼維拉用牠的條紋雨傘指著附近一個架子，大家全看到了那顆令牠反應如此激烈的雪球。困在裡頭的島嶼似乎花團錦簇，湛藍的池子裡有戴著大遮陽帽的優雅天鵝，婀娜多姿的來回游動。

「是天鵝女士島！」史黛拉喘著氣，念出基座上的標籤。

「噢，克萊美婷！」曼維拉呻吟著把臉貼到玻璃上，「噢，我親愛的她一定在裡頭某個地方！克萊美婷，你能聽到我的聲音嗎？」

「別那樣！」伊森把小火鶴拉回來，「要是天鵝女士從空中看見你的大嘴，牠們說不定全會心臟病發作。」

「我不確定牠們**能否**看到外頭。」史黛拉說著，朝雪球湊得更近，「牠們似乎對我們毫無反應……」

史黛拉把話打住，因為屋中某處傳來砰砰的重擊聲。探險家們彼此相視，不知究竟會是什麼。

「《雪之書》不在這裡。」伊森瞄著門口說：「我們繼續吧。」

「但我們不能就這樣把牠們**丟**在這裡！」曼維拉哀號著：「我們家的島說不定也在房裡某個地方。」

少年探險家們火速搜尋架子，但沒有人看見火鶴紳士的島嶼。

「很抱歉，曼維拉，可是我們不能再耽擱了，這樣太危險。」史黛拉說：「但我們會帶走這個，看以後能否想出辦法釋放牠們。」

她抓起囚禁天鵝女士島的雪球，塞進自己袋子。其他人也都隨機抓了幾顆雪球，塞到各自的袋子中，然後才匆匆回到門邊。

「你們覺得剛才那是什麼聲音？」豆豆低聲問，一行人溜到依舊空無一人的走廊上。

「希望是石獸群在偷襲收藏師。」伊森答道。

他們沿著走廊繼續前進，一路探頭檢視各個房間。門上的黃銅牌都有名稱，如**火山屋**、**叢林屋**、**瀑布屋**或**珍稀物種屋**。屋裡全擺著一排排的雪球。

「太可怕了！」眾人溜出**山巒屋**時，史黛拉忍不住說：「真不知收藏師到底偷了世上多少地方？還有，究竟為什麼一開始有人會做這種事？」

「我比較擔心他現在人在何處。」伊森一邊回應，一邊回頭瞄著肩後，「這裡是他的老巢，不是嗎？」

「說不定他現在年紀老邁，動作遲緩？」豆豆提議：「畢竟他應該超過兩百歲了。」

「我們動作還是得快點。」伊森說。

眾人打開走廊盡頭最後一個房間的門，房間名稱很奇怪，叫**探險家屋**。大夥走進去，發現這裡的雪球不像其他房間那麼多，房間不比儲藏櫃大多少，而且只有一個擺放雪球的架子。

史黛拉的眼神立即盯住架子尾端的那顆雪球。「我的天！」她驚喊：「你們看看那顆雪球？那是天鳳凰探險家俱樂部！」每個人都盯著困在雪球裡的白色建築，像鳥巢似的盤踞在斷崖邊陲，旁邊飄著幾顆熱氣球，全跟他們在橋上看到的墜毀熱氣球一樣，有著紅白相間條紋，而且旁邊清晰的飾有天鳳凰探險家俱樂部的徽冠。

「果然是真的！」史黛拉說：「一定是被收藏師偷走了，所以才會這麼多年都沒有人聽過他們。」她拿起這顆雪球，「我們最好也把這顆帶回去，搞不好還有探險家仍困在裡頭。」

「經過這麼久了，他們還活著嗎？」伊森問。

「波蒂雅女王說過，雪球裡的時間是凍結的。」史黛拉說：「所以他們很可能還活著，我們只須……」

她停下來，因為豆豆突然大喊一聲，衝到更遠處的架子上拿起一顆雪球。

「怎麼了？」史黛拉問，把天鳳凰雪球收進袋中，然後趕到朋友身旁。

豆豆不發一語的顫抖著手，舉起雪球，讓大家看清楚底座上的標示，上面只寫著：**探險家遠征隊**。底下加上了一個八年前的日期。

「我爸爸的探險隊就是在這一天失蹤的。」豆豆說：「至少，跟他們認定的失蹤日期相符，而且地點就在黑暗冰橋，瞧。」

雪球裡的場景，確實是探險家的營地——甚至有兩三座帳篷和幾樣散落的探險家物品。

「可是看不到任何探險家。」伊森指說。

「人們可以在球內四處走動，不是嗎？」豆豆說：「也許他們在帳篷裡，我爸爸有可能就在裡頭。」

他抓著雪球底座，作勢扭開，但遭到史黛拉出手攔阻。「別開。」她說：「我們並不清楚究竟會發生什麼事，而且我們現在也沒有時間。我們得找到《雪之書》和波蒂雅女王的心，然後離開這裡，免得被收藏師抓到。」

豆豆先是一愣，抓著雪球底座的手揪得更緊了，然後才嘆口氣說：「你說得對，但我們應該把這些球全帶走。」他指著架子上剩下的雪球，「一共有七顆，裡頭可能都囚著探險家，我們得騰出空間帶走這些球。」

「沒錯。」伊森立即表示：「探險家不會丟下其他探險家不管。」

四人收齊雪球，分別裝進自己的袋子，袋子現在全滿到不能再滿了。

史黛拉正要關上袋子，帶大家朝門口走時，屋內突然傳出震天價響的警鈴聲。

第二十三章

孤軍奮戰

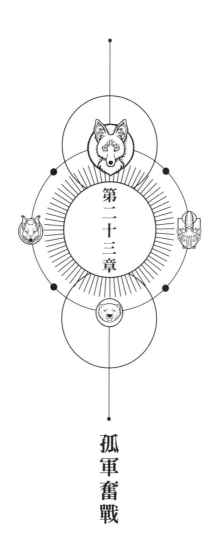

在震耳欲聾的警鈴聲中，寂靜像玻璃似的在他們四周碎裂開來。史黛拉猜想，一定是某隻石獸幹了觸動警鈴的事，總之，他們被發現了。眾人衝向門口，史黛拉率先跌到走廊上，但天花板瞬間落下一道鐵柵欄，將其他三個人困在裡面。

「噢，慘了！」史黛拉發出哀號，難過的回頭看著朋友們。

「真該死！」伊森大叫，抓著鐵柵欄徒勞的用力扯著，「我就知道不該帶那些石獸來！」

「你能試試鑰匙幸運符嗎？」豆豆問史黛拉。

想到這麼快又要施展魔法，史黛拉心一沉，這一定很費勁，可是她絕不會丟下被困住的朋友。史黛拉正要去摸幸運符手環時，謝伊指著柵欄門說：「上面沒有鑰匙孔。」

謝伊說的沒錯，即使她創造出另一把鑰匙，也無鎖可解。

「這門是從天花板上落下來的。」豆豆瞇起眼看著門說：「某個地方一定有控制柵欄門的中央機制。」

此時史黛拉最不想做的，就是丟下朋友，讓他們困在那兒，可是她若留下來，根本無法釋放他們。唯一的機會，就是她獨自冒險進屋子裡，找到能拉起鐵柵欄的辦法。

她雙手抓著自己的頭髮，「實在進行得很不順利對吧？」其他人用同樣擔心的表情回望著她。

可是愣愣站著，什麼都做不了，於是史黛拉盡可能擠出自信說：「如果有辦法拉起鐵門，我一定會找到的。」

「小心啊。」謝伊在她身後喊道。

「祝你成功。」曼維拉補上一句。

史黛拉點點頭，火速沿著走廊離開。她看到所有房間門口都有相似的鐵柵欄，圖書室外的牆上還有一片數字面板。她在面板旁邊駐足，不知道這是不是某種鎖，可是她根本無從得知密碼，所以絲毫幫不上忙。

史黛拉剛抵達走廊另一頭，便聽到巨大的噹啷聲，這表示有東西要從樓梯上下來了。她急忙躲進角落，以免下來的人就是收藏師，不過幾秒鐘後，石獸群出現了，牠們一個疊一個的滾落最後幾級階梯，其中一隻緊抓著一顆雪球，史黛拉知道一定是因為拿走這顆球，才觸動警鈴的。

她走出來攔住牠們，石獸群一見人來，便衝她咆哮，等看清楚是她後，才放鬆下來。牠們找到雪之女王的心了，她的心占據了雪球內的大半空間，看起來就像一般心臟，只是凍結住了，表面結著碎亮的細冰。

「太好了。」史黛拉嘆口氣說：「但你們觸動警鈴了，而且現在其他人都被困在下面其中一間房間裡。」

她揮手指向自己過來的方向，但獸群似乎不在乎，史黛拉心想這也沒什麼好訝異的，畢竟牠們來這裡的唯一目的，就是尋找波蒂雅女王的心，現在既然找到了，獸群已無心逗留。一隻石獸甚至抓住史黛拉的手，拉著她往圖書室門口走。

「絕對不行！」她大喊著抽出自己的手，「我一定得帶著我的朋友。」

石獸聳聳肩，牠們扔下史黛拉，繼續前行。

「那邊穿不過去的。」史黛拉喊道：「門全上了鐵柵。噢！」她打住話，因為其中一隻石獸直接走到鐵柵欄邊，徒手掰開，弄出一個牠們能穿過去的空隙。

史黛拉大喊要牠們停下來，回來解救她的朋友，但石獸已消失在圖書室裡了。史黛拉追上去，只看到牠們闖過擋在陽臺門口的鐵柵欄，再次消失在花園裡。史黛拉搖搖頭，折回樓梯邊。想來石獸最初會來到黑暗冰橋，就是為了波蒂雅女王。波蒂雅才是牠們效忠的對象，因此牠們現在不會多做停留。

樓梯旁還有一道走廊，但石獸群是從樓上下來的，史黛拉覺得，她比較有可能在樓上找到她要找的東西。於是史黛拉搭住樓梯扶手，小心翼翼的爬到房子二樓，同時留意收藏師的動靜。

史黛拉以為會有個凶殘的老人，在樓梯口的陰影裡等著她。當她來到圓形的樓梯平臺時，果然有個高大的人影雄踞在那兒，還有幾張臉孔，從牆上對她俯望，害她嚇了一大跳。

但那只是一套盔甲和一些畫作罷了。全是不同男子的肖像，史黛拉立即認出長相英俊卻瀟灑無情的杰爾德．阿里海利，其他還有幾名男子，從他們的服飾看來，似乎來自過去兩百年的不同時期，尤其其中一名有美人尖的黑髮男子，看起來像是大約二十年前才畫的。畫像下的名牌寫著：埃里．蘇維奇。男人眼中流露冷酷死灰，令史黛拉不寒而慄。

她對著畫像皺眉，想釐清這些畫的含意。但她還來不及細想，便瞥見樓梯平臺後的走廊閃過什麼動靜。幾秒鐘後，又有個東西在陰影中移動了，史黛拉發現那是一隻海妖精，牠匆匆穿越走廊，鑽入最近的房間。

房間門口透出燈光，裡邊傳來窸窸窣窣的碎腳步聲，或許收藏師跟海妖精就在裡頭？史黛拉看到走廊上還有幾個房間，但不像樓下的房間有標示牌，她只能隨機亂找，而且非得經過打開的門口不可。萬一收藏師就在那裡，一定會注意到她，除非他年邁到眼花耳背。

史黛拉的眼神落到樓梯平臺上那一具靠牆而立的盔甲。盔甲的手套裡有一把漂亮的劍，即使在昏暗中仍閃閃發光。史黛拉靈機一動，走過去把劍取下來。劍身極沉，史黛拉只能用扛的。她當然不打算拿劍來刺任何人，即使是收藏師本人。就算他謀殺了史黛拉的親生父母，但無論別人怎麼說，反正她不是殺人的料。不過能帶著武器走進房中，裝出自衛的模樣，或許能起一些作用。

還有，萬一收藏師朝她衝過來，或許她能用劍柄敲他的頭之類的。史黛拉的雪魔法大多不利於攻擊，雖然有幸運符手環，但史黛拉覺得自己要是再施一次咒語就會喪命。她覺得自己需要補眠一個星期才夠，而且當她悄悄溜向打開的門口時，雙腿還有點發軟。

如果收藏師就在裡頭，而她運氣不壞，收藏師正好在扶手椅上打盹或什麼的，她就能躡手躡腳的從他身邊走過了。史黛拉心想，搞不好他已經死了，所以警鈴響後，收藏師才沒有衝過來。樓下的警鈴此時還在響著，收藏師應該離世了吧？就算是巫師，也無法永生不死。

屋內不再傳出聲響，但史黛拉莫名覺得，她可以聞到淡淡的顏料味……

她冒險從門框邊偷窺，結果眼前的景象讓她震驚到差點掉落手裡的劍。門後的房間有點像起居室，牆上都是成排的櫃子。裡面有好幾隻海妖精，大多圍在角落中一個架好的畫架旁。海妖精們拿著畫筆，不斷彼此推擠，想在畫架上的畫布上塗一筆。牠們搔著藍色的頭，拿著畫筆皺眉望著房間另一頭，一位坐在優雅躺椅上的人。

只是那並非史黛拉預期中的老先生，而是一名年輕女子。她有一頭烏黑的長髮垂及腰際，身穿男裝，筆直的棕色長褲塞在高筒靴裡，配上一件過大的黑色皮夾克。女子膝上放著一頂羊皮帽，帽子上有一副防風鏡，有點像史黛拉見過的，熱氣球駕駛員在空中戴的那種眼鏡。

女子看著海妖精的方向，但她一定知道史黛拉的到來，因為她連頭都沒轉，便用低沉且略帶沙啞的聲音說：

「玻爾小姐，你打算一直站在那兒，還是要進來？」

第二十四章

收藏師的真相

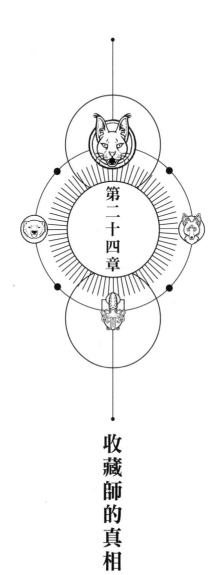

史黛拉緩緩走進房間，手裡依舊緊握著劍。

黑髮女子轉頭看著她，史黛拉訝異的發現，女子比她最初所想的還要年輕，也許不超過十八歲。她有迷人的綠色眼眸、豐挺的鼻子和濃密的黑眉，有種懾人且嚴肅的氣質。她的膚色病態蒼白，而且有美人尖，令史黛拉想到剛才在樓梯平臺上看到的肖像。

「你是誰？」史黛拉衝口而出：「你怎麼會知道我是誰？」

女子挑起一邊眉毛說：「**我**才應該是問**你**問題的人吧，因為闖入我家，還偷我東西的人是你。」

史黛拉正想否認自己偷東西，卻聽到她的袋子裡傳來雪球互撞的叮咚聲。

「如果我有拿任何東西，那是因為那些東西並不屬於這裡。」她答道：「我在找收藏師。」

「你已經找到了。」女人從口袋裡掏出一根雪茄點上，並在尾端吸了一口，雪茄頭泛出紅光。「史嘉莉．蘇維奇。」女子說著吐了口煙，「敬候賜教。」

海妖精們開始嘀咕，「蘇維奇小姐，您要是一直亂動，我們沒辦法畫。」其中一隻妖精說。

「唉，你們現在應該要畫完那幅煩人的畫了吧！」史嘉莉回道：「我都在這兒坐了好幾個小時，你們只要發揮想像力把空白處填滿就成了。」她瞄著史黛拉說：「我覺得這個傳統好蠢，可是每位幻影地圖集學會的成員都把自己的肖像掛在這棟房子牆上，而海妖精們又很愛他們的傳統，所以我們只好在這兒了。」她揮了揮雪茄，在空中留下一道泛著菸草香的煙跡。

「可是我……我不明白。」史黛拉說，試圖用發疼的腦袋釐清狀況。

「你何不坐下來，讓我為你解釋清楚？」史嘉莉提議，一邊朝角落中一張下午茶的桌子揮揮手。「我們兩個都是女生。」史嘉莉接著說：「所以我想我們可以用文明的方式來談。對了，你的朋友呢？達芙妮跟我說，你們有四個人。」

「他們被關在樓下的房間了。」史黛拉說：「警鈴響了……」

「噢，是的，石獸取走了裝心臟的雪球，那是少數幾個加設警鈴的雪球。我自己是不在乎啦，不過有一兩位前輩非常在意那位雪之女王。我想，早期確實需要她去阻攔那些擅自跨橋而來、胡亂打探的探險家。但現在人們似乎知道不該來黑暗冰橋了，而那些莫名還掛念著波蒂雅女王的人，則會遇到海妖精或跟巨人相關的警告標示。」她仔細打量史黛拉後說：「你們是我們許多年來的首批造訪者，別擔心警鈴，我在幾分鐘前輸入解除密碼了，警鈴隨時會停。」

果然，她話還沒說完，警鈴就不再響了。

「好了。」史嘉莉說：「大約十五分鐘後，鐵柵欄就會自動打開了。」

她走到桌邊拉出一張椅子坐了下來。史黛拉不知道還能做什麼，便跟著坐下。史嘉莉看來**似乎**沒有惡意，但史黛拉不是很喜歡她的眼神，她的神色雖不像埃里·蘇維奇的肖像裡的那般死灰無魂，但仍感覺極為寡情，讓人覺得她容不下任何阻礙她的事。

「如果你是要來殺我父親的，恐怕你來遲了。」史嘉莉接著說：「但我可以請你喝茶和吃蛋糕。喝茶可以嗎？我不確定小孩子一般都喝什麼，我是沒辦法請你喝烈酒的。」

她邊說邊伸手去拿手肘邊的酒瓶，在自己的茶杯中斟滿。菲利克斯也會在家中酒櫃擺一瓶烈酒，他自己從來不喝，但有時其他探險家來訪，想為下次的遠征舉杯祈福時，便會拿出來喝。有一次史黛拉趁大人沒注意，試喝了一小口，琥珀色的烈酒差點沒把她腦袋轟掉。然而史嘉莉竟然灌了一大口，彷彿那烈酒跟小仙子水一樣清淡。

史嘉莉舉著茶杯，兩道濃眉在茶杯後對史黛拉挑著。茶杯很美，深綠配黑色，上面畫了幻影地圖集學會的冠微。「怎麼樣？」她說。

「對不起，我忘了您剛才問什麼。」史黛拉答道。

「天啊，你快不行了吧？」史嘉莉說：「坦白說，我覺得殊死之戰絕對不利於你。我剛才問你，要不要喝茶？」

「噢，好的，麻煩了。」史黛拉說：「還有，我真的不想跟任何人做殊死戰，我只是來這裡想取回一個本來屬於我的東西。」

「我猜是《雪之書》吧？」史嘉莉問，伸手去拿一個高高的綠茶壺，然後往史黛拉的茶杯裡倒茶。茶沒有冒著熱氣，史黛拉聽到茶壺裡的冰塊叮叮咚咚的響。

「我猜你比較喜歡冰的。」史嘉莉說：「因為你是冰雪公主。」

史黛拉皺著眉問：「你怎麼會知道我要來？而且還知道我的身分？」

「達芙妮跟我說了你會過來。」史嘉莉答道：「你們在橋上遇見牠了是吧？而且聽起來還令牠留下深刻的印象。至於我怎麼會知道你的身分──呃，所有人都知道，不是嗎？」她眼睛微微發亮，「史上第一位女探險家，你知道嗎？我是首位女收藏師，所以我們其實有共通點。三明治請自便吧，還是你比較喜歡蛋糕？」

蛋糕看起來**確實**很可口，但史黛拉一直等看到史嘉莉咬一口後，才自己取了一塊。混合鮮奶油、果醬和糖的蛋糕實在美味極了，史黛拉才吃了幾口，便覺得力氣恢復了些。

然後她看著史嘉莉問：「你為何會認為我是來傷害你父親的？」

「噢，呃，是這樣的，他是個徹頭徹尾的壞人。」史嘉莉說：「而你又是位冰雪公主，所以我猜想他大概殺了你的父母或阿姨還是奶奶之類的。他在偷走所有的《雪之書》時，殺了不少你們的同類。」

史黛拉皺眉問：「可是他最初究竟想從他們身上獲得什麼？」

「他在尋找一道特定的咒語。」史嘉莉說：「他從來都沒有找到，不過他在尋找的過程中傷害了許多人。」

「你父親是埃里．蘇維奇，對嗎？」史黛拉問，「我在樓梯口看見他的肖像了。」

「沒錯。」

「可是我還以為杰爾德．阿里海利住在這裡？我以為**他**才是收藏師。」

「他確實是收藏師。」史嘉莉回應：「約莫兩百年前吧。他是第一位收藏師，可是他很早就過世了，沒有人能活上兩百年，連巫師都不行。他得找人傳承他的法術，某個能理解他理想的人，結果就這麼一路傳下來了。」

「所以……意思是，**你**也是位巫師囉？」史黛拉問。

史嘉莉皺起眉頭表示：「就技術上而言，我的確有魔杖。」

史嘉莉慵懶的朝附近凸窗邊的一根手杖翻翻手，那手杖以扭曲的白木製成，頂端有顆發光的紅寶石，散發出某種神奇而強大的氣勢。史黛拉不禁留意到，史嘉莉儘管擺出一副輕鬆文明的態勢，但她還是把魔杖放在能輕易拿到的地方。

「但我也是位發明家。」史嘉莉繼續說：「事實上，我歷經多次失敗後，終於成功研發出可用的單人潛水艇了。我還是位飛行家及科學家，我們可以身兼數職，不是嗎？我想這點你應該很清楚。」

她仔細端詳史黛拉，有那麼一刻，史黛拉覺得這個人也許真的能夠理解，只被當成冰雪公主的心情——那種被誤認為壞人，而不是一個完整，有各種優缺點、夢想與天賦、缺失與特質、渴望、希望與恐懼的人的委屈。

「噢，是的。」史嘉莉也許從史黛拉臉上讀出她的心思，便說：「我明白那是什麼感覺，所以我在想，也許你會想成為合夥人？」

「合夥人？」

「你對收藏師和幻影地圖集學會了解多少？」

「幾乎完全不了解。」

「果然如我所料。學會刻意隱匿不為人知，那樣比較容易執行工作。」

「你們究竟是做什麼的？」史黛拉問。

史嘉莉把兩隻手肘靠到桌上，交疊著纖長的手指說：「我們是保存主義者。」

「什麼是保存主義者？」

「就是致力於保護這座星球的人。」史嘉莉答道：「是心懷偉大理想的人。杰爾德．阿里海利和波蒂雅女王是發起人，最初好像因為想保護瀕危物種。波蒂雅女王發現嗅嗅熊的數量低得危險，因此創造出魔法雪球，收藏少數幾隻熊，維護牠們的安全。然後偶爾有島嶼會出現即將爆發的火山──可能將破壞一切的天災與災難之類的，為了拯救那些地方，他們將之納入雪球裡保護，直至能找到解決辦法。是這樣的，動物和人類在雪球裡能繼續存活，但時間會靜止，所以他們不會變老。杰爾德和波蒂雅兩人和睦的合作了一段時間。」

「後來他們意見不同了嗎？」史黛拉問，想起石獸的話。

「沒錯。」史嘉莉答道：「波蒂雅認為，他們的行動應該維持在最小範圍，但杰爾德卻覺得他們對世界的責任應不僅限於此。他開始收藏那些未獲得妥善照顧的地方，例如亞馬東懸吊花園，人們不懂得尊重，亂丟垃圾，還污染瀑布，並且因為貪婪而去打擾許願魚，想要所有自私的願望獲得應允。杰爾德認為，如果人們無法好好照顧一個地方，就不配擁有它。」

「所以……他就奪過來了？」史黛拉問，「可是他沒有權利那麼做，世界奇景是屬於每個人的。」

「是嗎？」史嘉莉回應：「即使沒有人去維護它們？人們又懶又自私，而且十分愚蠢，遲早會破壞一切。」

「才不是這樣。」史黛拉抗議說：「有些人也許是那樣，但並不多，而且更不是每個人。」

「當然了，有些人確實不蠢。」史嘉莉說：「但他們很聰明，而且相當殘暴，那種人更糟糕。」她與史黛拉四目對視，「我想，那正是我親愛的先父教給我們倆的教訓。不過他倒是說對了一件事，那就是人們不配擁有這個世界，我們有責任趁世界尚未崩壞前，盡可能的予以收藏。所以我們才會繼續對那些尚未受到破壞的地方下手，例如火鶴紳士嶼。」

「即使那裡沒有受到破壞，你們也收藏嗎？」史黛拉想到曼維拉。

「那裡只是**還沒有**受到破壞。」史嘉莉答道：「可是為什麼要花時間去等破壞發生？如果我們想努力保存這個世界，在它終不可免遭受破壞或污染之前，便先動手收藏，豈不是更為合理。去搶救一個壞掉的東西，就比較沒有價值了。所以，是的，多年來，收藏師們一直努力收集我們最珍貴的地方與自然奇景，可是有一個問題：雪球的數量有限，因為自從波蒂雅女王跟杰爾德撕破臉後，她就拒絕再製作任何雪球了，而原有的雪球在很久之前便都裝滿了。如果我們想收藏新的地方，就得把別的地方擺回去。這麼多年來，我們一直在努力研究如何製造新的雪球。」

「收藏師不能直接逼波蒂雅女王製造雪球就好嗎？」史黛拉問，想起女王如何被迫守護黑暗冰橋。

「除非把她的心還給她，恢復她的法力。」史嘉莉答道：「那樣他們一定又會回到先前的狀態，在橋上彼此廝殺。不行，杰爾德認為還是自己找出咒語，親自施法，較為安全。」

「所以他才會奪走《雪之書》。」史黛拉恍然大悟。

「沒錯。」

「他找到咒語了嗎？」

史嘉莉搖搖頭，「可惜沒有，所有的書中都沒有那道咒語，雖說所有的《雪之書》彼此有些差異，但對我們來說都毫無價值。你請自便，取回你的那本書吧，順便附上本人真心誠意的道歉。」

她起身走到其中一個上漆的櫃子，拉開櫃子門，史黛拉看到裡頭裝滿十幾本不同的《雪之書》，冰寒的書脊朝著她們擺放。史嘉莉拿起放在附近架子上的厚手套，然後看著那些書冊。

「我看看是哪一本？」她喃喃說：「啊，是的，就是這本，茉莉女王的。」

她把書挑出來走向史黛拉，書本大到她必須用雙手捧著。

「這書摸起來冰寒刺骨。」她一邊解釋，一邊把書放到史黛拉面前，「普通人碰著了，會嚴重凍傷。」

史黛拉垂眼看著面前的書，非常華麗壯觀，封面飾以複雜的冰旋紋和精細繁複的雪花。整本書冊覆著一層閃亮的冰霜，摸起來確實寒冷無比，不過史黛拉用手指觸摸時，並未將她凍傷。

史黛拉翻開書封，發現內側刻了她親生母親的名字。

「很遺憾家父奪走了你父母的性命。」史嘉莉靜靜表示：「他是個邪徒，我只能那樣說了。」

史黛拉抬頭問道：「你……你知道他是如何殺害我親生父母的嗎？」

這個問題存在她心中已久，她對雪王所知甚少，因此根本不知道她的生父是否擁有自己的法力，但茉莉女王當然是能用冰魔法防護自己的。

「巫師的法力取源於火。」史嘉莉答道：「就像雪之女王利用冰一樣。」她微微的聳了聳肩，「而火會融化冰。」

「你……你的意思是，他把他們燒死了嗎？」

「我並不在場，所以無法確知。」史嘉莉答說：「不過我曾多次見過他拿著那根魔杖，以火魔法殺人，那場景不怎麼好看，我也不建議你多想。」

「現在都無所謂了。」史黛拉說：「他已經死了，我父母都走了，而我的人生反而因此過得比較好。我的親生父母生性殘酷，我從不認識他們，也不為他們哀悼。」

「那麼，」史嘉莉回應：「這是我們的另一個共通點了。」

史黛拉低頭繼續看書，她翻開厚重平滑的紙頁，裡頭有數十至上百道的咒語，描述如何施展各類型的法術，從製作有毒的雪餅乾，到凍結或解凍別人的心臟，不一而足。史黛拉發現，這就是她大老遠跑來尋找的咒語，或許能解救謝伊的那道咒語。書上明確的描述她必須做什麼，史黛拉興奮到快要無法呼吸了。她讓其他探險家冒了天大的風險，跋山涉水的來取回這本書，而此時，書本就在她眼前，她簡直難以置信。

「我會很樂意歸還其他書籍。」史嘉莉瞄著櫃子說：「但那些書大多是許多年前偷來的，我根本不知道要還給誰。沒有一本對我們有用，唯一包含雪球咒語的，是波蒂雅女王的那本。」

「可是杰爾德不是偷走她的書了嗎？」史黛拉想起石獸們說的話。

「噢，他是偷了。」史嘉莉答道：「就放在那邊的箱子裡，可是我猜，波蒂雅女王一定事先料想到杰爾德會偷她的書，所以把寫著雪球咒語的那一頁撕下來毀掉了。」收藏師看著史黛拉，然後表示：「之前我提議要找你當合夥人，我是認真的，有了冰雪公主的加入，我們可以真的幹大事。如果你能設法重新創造出雪球咒語，我們就可以拯救全世界了。」

「但那樣並不是拯救世界！」史黛拉驚呼說：「而是等同於從每個人手裡偷

走世界，那是不對的！世界屬於我們所有人。」

史嘉莉微微挑起一邊眉毛，「你若真的那麼想，」她冷冷的說：「又何必無視邊境巨人的警告標示，直接闖來？」

史黛拉覺得自己好像走入了陷阱，「呃，我……我當時並不確定是否**真的有**邊境巨人……」她才開口。

「但你也不知道**其實沒有**啊。」史嘉莉指出這點：「我們總是希望是非能黑白分明，但世事並不那樣運作，對吧？」

史黛拉想不出如何反駁，她急著想救菲利克斯和謝伊，讓她變得十分魯莽，但她並不後悔，尤其寫著所需咒語的《雪之書》，此刻就放在她面前。

「我想，當一名探險家，實在限制了你的想像。」史嘉莉接著說：「你知道嗎？探險家向來是幻影地圖集學會最可怕的阻礙，他們會把世人的注意力引到不需要被發現的地方，那些不該受干擾的區域。所以我們向來與探險家為敵，即使你們並不知道我們的存在。但似乎沒有任何事能攔阻你們，所以我們只得把所有船隻殘骸集中起來，盡可能的阻斷橋底下的通路，並希望藉此打斷任何探險家繼續前行的念頭。海妖精也挺方便的，牠們擅於破壞機器，因此能阻擋任何蠢到想冒險越過殘骸的人。」

「是你下令那麼做的嗎？」史黛拉無法掩飾心中的恐慌，「那太危險了！結果害死了好多人，還有更多人因此受傷。」

「那又如何，」史嘉莉冷漠的說：「為了更大的福祉，有時必須做點犧牲，但願你能了解，等有一天你老了，等你的心凍結後，或許能想到我說的話，並重新考慮。」

「我絕對不會與你同夥。」史黛拉起身說：「我認為你的做法是錯的，就算我知道如何施用雪球咒語，我也永遠不會幫你。那種想法……牴觸探險家俱樂部所有的原則。」

「太可惜了。」史嘉莉嘆道：「我原本希望，身為冰雪公主的你會更理智的看待事物，不過你若無法理解我們的理念，當然也就能明白，我是不可能讓你離開的吧？幻影地圖集學會必須保持隱匿，而你現在知道的太多了。」

史黛拉連忙拿起《雪之書》，往後退開幾步，「你到底想說什麼？你要拘禁我們嗎？」

史嘉莉緩緩搖頭，「這裡又不是監獄。」她說：「我也不是典獄長，囚犯需要花時間照顧，我可沒那個閒功夫。我會為你通融，因為日後你對我或許還有點用處。人類聽不懂石獸的話，所以牠們就算了，但你的朋友恐怕必須得死。」

史黛拉可以從對方的眼神，看出她是認真的；更糟糕的是，這名女子對於傷害少年探險家，毫不覺得遲疑或罪惡。

史黛拉想起走廊上，埃里．蘇維奇那幅毫無靈魂的肖像畫，覺得史嘉莉的成長過程必然十分奇特，在這棟美麗的房子裡，僅與她那生性凶殘的父親獨處。難怪她看待世界的方式如此畸形。

史黛拉縱身朝著魔杖撲過去，但史嘉莉的動作更快，瞬間收藏師已將魔杖握在纖長的手裡，直指著史黛拉。魔杖頂端的寶石發出血一般殷紅的光。

第二十五章

暖心之卷

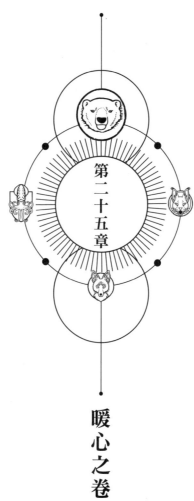

「也許你還不明白，這一刻將決定你的一生。」史嘉莉依然冷靜、鎮定的用魔杖指著史黛拉說：「這也將是你犯過最嚴重的錯誤，有一天你回顧此事，必定會希望在我給你機會時，答應與我合夥。」

史黛拉抓緊手上的書，抬起下巴說：「你根本搞錯了！威脅我的朋友才是**你**這輩子犯過最嚴重的錯誤。」

「朋友！」史嘉莉嘲弄道，嘴唇一撇，滿是不屑。「你不會以為他們是你真心的朋友？相信他們真的在乎你吧？像你我這種人，是故事裡的壞蛋，我們沒有朋友，所以才必須自己照顧自己。樓下的鐵柵欄現在應該已經打開了，我看他們早逃掉了。」

史黛拉搖搖頭，曾經有一次，她擔憂他們並非真正的朋友，她誤以為謝伊、伊森和豆豆把她丟在雪之城堡裡，獨自忍受石頭巨怪和魔鏡的囚禁。但事實上，他們一直在設法營救她。自從那次之後，四人便一起攜手冒險犯難——先是在冰凍群島，然後是女巫山，以及現在的黑暗冰橋。史黛拉對這三位少年探險家的友愛與情誼，深信不疑。她知道史嘉莉錯了，一想到這點，她的心便感覺到前所未有的溫暖。

她緊抓著《雪之書》，「你錯了。」史黛拉說：「他們絕對不會拋下我。」

史嘉莉瞇起眼睛問：「你是怎麼辦到的？」

史黛拉順著她的眼光，低頭望向手中的《雪之書》，看到細小的金色彩帶，從她的手指延伸到書封，在冰層旁發出灼亮的明光。

史嘉莉不耐煩的搖著頭，「無所謂啦。」她伸手到她的飛行夾克口袋裡，掏出一顆雪球。史黛拉發現雪球是空的，突然意識到收藏師的意圖。

史黛拉往後轉身，朝打開的門口奔去，一切似乎都變慢下來，門口彷彿遙不可及。同時間，史黛拉重重吸了一口氣，用最大的嗓門高喊救命，希望在一樓的男孩們能夠聽見。史嘉莉說過，他們的柵欄很快就會打開了，史黛拉知道他們一被釋放，便會衝過來幫她。

可惜她只來得及喊出一聲救命，然後史嘉莉．蘇維奇便用清晰冷靜的聲音喊出她的全名。

接著史黛拉面前的門口消失了，房間本身也不見了。

史黛拉一個踉蹌，試圖在突然出現於腳下的蒼白地板上踩穩，那已不是收藏師家的瓷磚地了。史黛拉轉身發現史嘉莉已經不見，一切都消失了，僅剩下房間大小的白色空間，之後是一片象牙色的濃霧。史黛拉想起曼維拉說過，有片濃霧包圍牠們的島嶼，島民根本無法穿過濃霧或看見任何東西，只能偶爾瞥見另一端有模糊的動靜。史黛拉驚恐的恍然大悟，原來她被關進雪球中了。

史黛拉覺得心臟在胸口越跳越快，她在空盪盪的白色空間四處繞行，想尋找一個根本不存在的逃生口。想到像曼維拉一樣，以後要面對淒涼孤寂的歲月，年復一年的被困在魔法雪球裡頭，她就呼吸急促到喘不過來。不過火鶴紳士**逃出來了**，伊森的魔法不知怎的將牠從雪牢裡釋放出來，那就表示一定是有可能出去的。

史黛拉閉上眼睛，緊緊拿著《雪之書》，專心放緩呼吸。她慌亂時無法思考，而她此時**真的**需要好好思索。

「我不要被囚禁在這顆雪球裡。」她低聲告訴自己：「**我不要！**」

史黛拉張開眼睛，試著看穿旋繞在房間邊緣的濃霧，卻看不透。當她伸手接觸到霧氣，感覺竟如此寒冷。史黛拉後退一步，低頭看著《雪之書》，裡頭或許有道咒語能釋放她自己？她跪下來，把書放在地上攤開，拚命翻閱書頁，可是沒發現任何可能有助於脫離這魔法監獄的資訊。史黛拉忍不住想，史嘉莉很聰明，如果《雪之書》裡有能夠幫助逃脫雪球的咒語，史嘉莉一定不會把書給她。

史黛拉闔上書，喪氣的坐回去，接著她的眼神落在書封上，她剛才注意到的金色彩帶還在。事實上，彩帶不停扭轉著，直至最後凍結成一個跟她小拇指指甲一般大的形狀。

史黛拉往前傾身，凝視那個在《雪之書》書封上聚形的金色物件。那顯然是一顆心——在閃閃發光的冰層中散放光亮，就像史黛拉在波蒂雅女王城堡裡的肖像中，看到的那顆金心幸運符一樣。

她才想到這點，便感覺有個東西擦過她的手腕，史黛拉垂眼看向自己的手環。

銀製的小仙子幸運符在移動，它輕輕拍動翅膀，用纖細的銀指，從衣服口袋裡抽出一個掛在細銀鍊上的金色小物。那物件如此迷你，史黛拉還以為是一顆小球，但接著小仙子很快把那金色小物扣到她的手環上，它逐漸擴大，直至最後與所有其他幸運符大小一樣。這下子史黛拉看出那是一顆金心了，跟《雪之書》上的那顆一模一樣。

銀仙子再次動也不動地凍結住，很難相信它曾經移動過。然而，史黛拉的手腕上，確實多出了一顆金心，與波蒂雅女王肖像畫中戴的手環一模一樣。史黛拉摸著那個幸運符，發現它竟然是暖的，不像其他幸運符那樣冰涼，就跟《雪之書》上的心一樣。

她把書拉到自己腿上，突然發現書變重了。史黛拉看到書底多出了原本並沒有的頁面，而且邊緣並非冰霜，而是金色的。史黛拉打開書，翻到第一頁金色書頁，發現上面寫著標題：

暖心之卷

標題底下有一段文字：

此為暖心之卷，僅展現給擁有溫暖心腸的雪之女王。當本書感受到那股暖意，便會釋出本卷。然而女王之心一旦凍結，本卷將隨時再度消失。

史黛拉急切的翻閱這些金色書頁，看到卷中有更多魔咒，而且確實與其他咒語不同——更柔和可愛。有一個是治療凍傷的，另一個能創造冰淇淋森林，還有一個能創造霜煙火。她繼續翻閱，眼神突然落在一顆雪球的圖上。

她盯著那頁看，雪球看起來與囚禁她的一模一樣，底下有裝飾用的凍結基座。唯一不同的是，書上的雪球裡放的是一枝藍玫瑰，而非人類囚犯。圖畫下方的文字描述如何製造雪球，看來雪球最初的目的，是當成某種儲存花朵的花瓶。

那優雅的字體說明了，只要旋開底座的玻璃，便能隨時改變雪球裡的花朵，**可是最後還有一小段後記：**

「若有人不小心被困在雪球中，其實十分容易脫困。只須觸摸手環上的金心，然後數到三，便能啟動安全機制了。」

史黛拉再次俯視她的手環，感覺希望如氣球般在她胸口膨脹起來。她可以讓自己脫離困境了！她還沒有輸。

史黛拉絲毫不敢耽擱的匆匆站起來。

「一，」她說，將書冊緊抱在懷裡。

「二，」史黛拉確定自己雙腳穩穩的站在地上，準備逃跑或戰鬥。

她心中閃過一絲勝利的光芒，叢林貓探險家俱樂部的主席、各家報紙、吉迪恩．格拉海．史邁思，以及所有其他人全料錯了，她的心並沒有凍結，這就是證明。

她閉起眼睛一會兒，然後喃喃說出最後一個數字。

「三。」

只聽見**啪**的輕輕一響，碎玻璃嘩嘩落下，雪球內的白色空間消失了。史黛拉再次回到收藏師的房子裡，只是並不在先前的房間中。現在光線比較暗，史黛拉聽見喊叫聲，而且地板感覺並不平坦。她踉踉蹌蹌的極力站穩，並聽到史嘉莉在近處叫喊，接著史黛拉就摔倒了。

她往後摔了又摔，這時才發現自己站在樓梯上。她被囚禁在雪球裡的期間，史嘉莉一定是開始往樓下走了，幸好她已經快抵達樓梯底部，史黛拉僅跌下最後兩級階梯，然後便重重的撞在木頭地板上了，差點喘不過氣。

「**搞什麼？**」史嘉莉驚呼。

史黛拉用手肘撐起身體，看到站在上邊幾級階梯的收藏師，她腳邊盡是碎玻璃，空出的手上流下鮮血。史黛拉發現她一定是原本手拿著雪球，在史黛拉脫逃時，被雪球割傷了。不過收藏師的另一隻手仍緊握著魔杖，她低頭瞪著史黛拉。

「你不可能逃出來的！」史嘉莉嘶聲說，首度露出惶惑的表情，「你**究竟**是何方神聖？」

史黛拉的眼神轉向魔杖豔紅的頂端，她知道自己的麻煩還沒結束；雖然還有許多危險關卡，而且不知道該怎麼逃脫，但史黛拉仍不禁感到一絲驕傲，她從自己趴躺的地上抬頭看著收藏師說：「我是個有溫暖之心的冰雪公主。」

她聽見朋友們在樓下走廊喊她，顯然還困在「探險家屋」裡。她聽不清楚他們在說什麼，因為大家同時高喊，但史黛拉從喧鬧中明確聽到謝伊喊著柯亞的名字。接下來的瞬間，影子狼便出現在史嘉莉後方的樓梯頂端了。

史黛拉知道謝伊一定是把柯亞從雪球裡放出來了，希望柯亞能幫得上忙。畢竟牠仍有部分是影子狼，即使正快速的轉變成巫狼。果不其然，柯亞此時身上的白毛似乎多過於黑毛了，史黛拉心驚膽顫的擔憂起謝伊的情況。

不過影子狼此刻在這裡，朝史嘉莉露出利齒，看了教人害怕。

「溫暖之心？」史嘉莉重複道，撇著唇，一臉輕蔑。「那你還能有什用處？」

她舉起魔杖，史黛拉掙扎著站起來，納悶對方究竟想做什麼。畢竟，史嘉莉沒說錯，火能融化冰，而史黛拉連頭冠都沒帶。她拿起《雪之書》，希望能當成盾牌。說時遲，那時快，柯亞從樓梯頂端一躍而下，優雅的身姿飛掠空中，往收藏師直撲而去。

影子狼的動作悄然無聲，不過史嘉莉一定感知到了，只見她在最後一刻轉過身，舉起魔杖。她雖然來不及瞄準柯亞，但仍舊成功護住了自己，因為影子狼咬中的是魔杖，而非史嘉莉本人。

史黛拉聽到木頭碎裂聲，史嘉莉發出慘叫，與影子狼連人帶杖的雙雙從樓梯上摔下來，跌在史黛拉腳邊的地板上。魔杖的紅色頂端射出一道火焰，在對面牆上燒出一個大洞。

柯亞怪叫一聲，鬆開魔杖，接著史嘉莉掙扎著站起來，她的頭髮纏在一起，目露凶光，拿著魔杖直指柯亞。

「你是哪裡來的妖怪？」她驚喘道：「這是……影子狼還是巫狼？」

「以目前來說，牠算是兩者的混合。」謝伊大喊。

史黛拉看著史嘉莉身後，發現鐵柵欄一定是終於上升了，因為謝伊、伊森和豆豆從走廊朝著她奔過來。

「你受傷了嗎？」豆豆停在她身邊，氣喘吁吁的問。

史黛拉搖搖頭，如釋重負，自己不必再獨自面對收藏師了。

「夠了！」史嘉莉說：「你們根本就不該來這裡，怪只能怪你們自己。」

她舉起魔杖，再次從杖頂射出火焰，可是柯亞剛才那一咬，顯然將魔杖咬壞了，因為射出的火焰並非筆直俐落，而是零星四散，先朝一個方向，然後射向另一個方向，亂七八糟的灼燒了地板、地圖，甚至是天花板。顯然史嘉莉根本無法控制魔杖。

「快退後！」伊森大喊一聲，一團火焰朝他們噴來。

其他三人往旁一閃，巫師伸出雙手，重現之前在黑暗冰橋施展過的防護盾牌。盾牌浮在他們前方空中，上面傲然的展示海魷魚探險家俱樂部的徽冠，而且盾牌對火焰的防護效果，似乎比對冰霜更強。儘管史嘉莉的火力直攻盾牌，但盾牌不為所動，幾乎沒有焦痕。

下一刻，史嘉莉發出痛苦的尖叫，史黛拉從盾牌邊緣往外窺視，發現收藏師的袖子著起火來，魔杖掉落在地上，史嘉莉慌亂的脫掉夾克，整件扔到地上，夾克便自行消失了。史嘉莉的手應該受傷了，因為她一邊弓起背護著手，一邊拾起地上的魔杖，然後衝進打開的圖書室門口。

伊森收起盾牌，環視眾人問：「我們要追過去嗎？」

大夥還來不及回答，謝伊便踉蹌的後退，雙手緊抓住自己的頭，史黛拉發現謝伊的雙眼都變成銀色了。

「讓她走吧。」史黛拉說：「我們現在有更重要的事要煩惱。」

剛才火焰亂射時，柯亞縮在後方，此刻踱步朝他們過來，而且看起來不怎麼友善。事實上，牠仍露出利齒，而且史黛拉覺得柯亞已不認得他們這些朋友了。謝伊一定也感受到柯亞的心情，因為他試圖安撫柯亞，可是影子狼似乎並未感知他的存在，並在下一秒撲向離牠最近的豆豆。柯亞擺明了要咬豆豆，但謝伊跳到牠前方，影子狼一頭撞在他身上，一人一狼倒在地。

「柯亞，**不行！**」他驚呼，但影子狼的毛髮在那一瞬間變得更白了，謝伊被迫用雙手扣住柯亞的嘴，以免自己被牠咬中。

史黛拉跪下來，把《雪之書》重重的放到地上，她瘋狂的翻著書頁，拚命想找到之前讀到的解凍心臟的咒語。

「快呀，快點。」她喃喃自語。

柯亞被謝伊的箝制弄得勃然大怒，史黛拉好怕牠隨時會掙脫，她知道柯亞越趨近巫狼，施咒的難度就越大。事實上，甚至可能根本施咒也沒有用了，他們快沒時間了。

史黛拉終於翻到要找的卷頁，內容主要針對如何凍結心臟，但其中還有個短咒，萬一施法者改變心意，或失誤凍錯人時，可以用來化解。頁面上還建議應該摸著星星幸運符施咒，以增強法力。於是史黛拉握緊那顆冰冷尖刺的幸運符，朗聲讀出書中的咒語。

「**碎冰不復存在，**

回復其原本樣貌。」

一股冰涼碎裂的力量從她的臂膀竄到指上，有股像是千針萬刺經過般的刺痛感。史黛拉張開手，一道銀光從她的指尖射出，直擊柯亞的兩肩中央。

謝伊懷裡的影子狼立即停止掙扎，謝伊鬆開柯亞，狼兒後退幾步，甩甩身子，似乎不太確定剛才發生了什麼事。

「看！」豆豆大喊一聲，指著柯亞的背。大夥瞧見史黛拉的法力擊中處，此時已變回影子狼平時的黑色了，而且四周的毛色也逐漸轉黑。不僅如此，狼身的輪廓因為失去實質的肉身，而變得更加柔和，最後，柯亞終於從頭到腳全恢復成黑色，除了胸口還留有幾根白毛。當謝伊伸出手時，手又如同以往的直接穿透牠的形影了。

影子狼嗅著謝伊的手指，一會兒後朝他熱情的伸出舌頭。柯亞的黑眼已不再有凶光，又恢復平靜穩定了。

「生效了！」謝伊鬆口氣，看著史黛拉說：「你辦到了。」

史黛拉喜出望外的看著她的朋友，心頭如釋重負。她看到謝伊的眼睛不再是銀色的，而且頭髮也幾乎全變回原本的顏色，僅殘餘一小綹白髮。

史黛拉張嘴想說點什麼，可是沉重的倦意隨即壓頂而來，重得她幾乎無法思考，遑論說話了。

她知道伊森跪到她旁邊說：「沒事了。」史黛拉覺得他的聲音像是來自隧道的盡頭。「你辦到了。」

伊森用令人寬慰的溫暖手臂攬住她，史黛拉知道自己無法再勉強撐開眼睛了，她心頭一鬆，任伊森承受她的重量，頭往他肩上一靠，接著世界便逐漸消失了。

第二十六章

絕美火羽

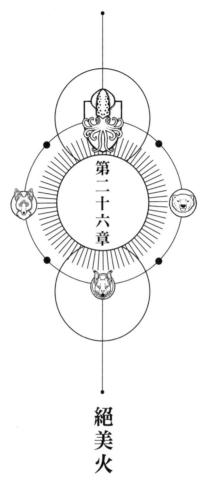

幾分鐘後，史黛拉張開眼睛，發現自己來到戶外的陽光下。她倚著大理石涼亭的底座，一時想不起自己身在何處。接著忽然有隻火島飛過，史黛拉才想起自己是在亞馬東懸吊花園，而豆豆就在她身邊。

「感覺好點了嗎？」豆豆問，手指仍閃著綠色的火花。史黛拉發現他一定是在自己身上施用治療魔法。

「是的，好一點了。」她訝異的說。史黛拉仍覺得極度疲倦，但至少她醒了。

謝伊和伊森站在附近，兩人都一邊用手遮在眼睛上擋住太陽，一邊望著天空。史黛拉讓豆豆拉她起來，然後加入他們兩個。

「你們在看什麼？」她問。

「史嘉莉．蘇維奇在上面。」伊森指說：「她跟海妖精搭乘那架飛行機飛走了。」

「哦。」史黛拉真的很想看看那架機器是怎麼飛的，可惜錯失了機會。

「小火花，你還好嗎？」謝伊轉身看著她問。

「比較好了。」史黛拉答道：「只是有點累。」

謝伊摸摸她的臂膀，「非常謝謝你做的一切。」他說：「我永遠都不會忘記的。」

「超英勇的。」曼維拉附和著，同時用雨傘尖敲著地面，以示強調。

史黛拉搖搖頭：「這只是我所能做的，不足掛齒。」

「我們正在想，應該回屋子裡，」豆豆說：「拿更多的雪球，雖然我們無法全部帶走，但把它們留在那邊也不太妥當。」

「可以的話，我們也應該把熱氣球帶走。」史黛拉看著繫在屋子邊的灰白條紋熱氣球說。

「她出現了。」伊森突然大叫指著說：「她朝這邊飛回來了！」

史黛拉順著他的目光，很快就看到那架飛機。看見這麼大的機器那樣懸在空中，實在非常驚人，飛機衝過雲層的樣子，真是優雅得妙不可言。

「我的天！」史黛拉喊道：「太美了吧？看來它的速度比飛船快多了。」

「快很多。」伊森同意，接著他眉頭一蹙，說道：「她本來好像要飛走，但這會兒似乎又折回來了。」他看著其他人問：「她該不會有來福槍之類的吧，你們覺得呢？說不定她打算轟炸我們！」

「但願不是。」謝伊答說：「但我覺得，一邊駕駛那個玩意兒，一邊同時射擊，而且還是用受傷的手，應該沒那麼容易。」

「不過還是有可能的。」豆豆說：「洋西．特肯托．多特隊長曾單手划著橡皮艇越過一道瀑布，同時用另一隻手拿手槍射擊獵物。」

「他後來怎麼樣了？」伊森問。

「再也沒有人見過或聽說他了。」豆豆回道：「大家認為他應該死了。」

「不管收藏師在做什麼，反正她越來越近了。」史黛拉擔心的看著飛機說。

史嘉莉駕駛著飛機直直朝他們衝來，而且飛得極低，他們都能看見她戴著羊皮帽和防風鏡了，一頭烏黑的長髮在身後翻飛。

「我覺得我們應該找地方掩護。」史黛拉說：「以防萬一。」

眾人擠進涼亭，貼牆蹲伏，飛機朝他們俯衝過來。

「你最好準備再亮出那面盾牌。」豆豆對伊森說：「以防她真的有槍。」

「你要知道，那個法術很累人的。」伊森有些焦躁的說：「我不確定我**能夠**這麼快再施一次法。」

「**我**來保護大家。」曼維拉邊說邊跳到牆上，打開牠的條紋傘。

伊森翻著白眼說：「那把小傘一點幫助也沒有。」

「親愛的孩子，幫助可大了。」曼維拉回應：「這是防彈的，所有火鶴紳士隨時都帶著防彈雨傘，因為有的時候我們喜歡……」

牠就此打住，因為飛機低空掠過，大家都能感受到螺旋槳吹來的強風，但史嘉莉並不打算用來福槍射他們。她飛過時，整棟有柱子的白色華宅突然消失在他們眼前，連繫在宅邸邊的熱氣球也跟著不見了。一切就這樣憑空消失，不留一絲痕跡，僅剩下一大圈乾涸的土地。

所有人倒抽口氣，史嘉莉緊接著將機首一轉，飛入高空，遠離他們，然後便沒入雲層裡了。

「我的老天啊！」伊森驚呼說：「她究竟是怎麼辦到的？」

「我敢打賭，她一定把華宅收進雪球裡了。」史黛拉說：「她身上一定帶了雪球，她只要說出想收藏的地點名稱就可以了。」

「她把所有在華宅裡的雪球都帶走了。」豆豆沮喪的說：「我們失去雪球了。」

「嗯，至少我們救下了一部分。」史黛拉說著，給她的朋友一個同情的微笑，「而且我們現在知道她的事了，便能向世人揭發她的行為。」

豆豆點點頭，「是的。」他說：「而且我們還拿到了幻影地圖集。」

「拿到什麼？」

所有人圍到豆豆身邊，看他從自己的袋子裡掏出一大本漂亮的皮裝書。

「這本書擺在圖書室的箱子裡。」豆豆看著史黛拉說：「謝伊和伊森將你抬到外頭時，我順手帶走的。」

他打開書封，大夥看到書裡有份紀錄，寫下各收藏師歷年來竊走的所有地點，從「失落之城」穆加－穆加，到亞馬東懸吊花園，皆列在其中。

「至少現在我們知道缺少什麼了。」豆豆表示。

「好多地方啊！」伊森順著書往下看，搖頭直說：「他們竟能進行如此多年，而不被任何人發現，實在太不可思議了。」

「呃，**確實**有人發現了，當人們再次造訪那些曾被記錄報導過的地方，卻發現什麼也沒有。」謝伊指說：「但我猜大家覺得很可能最初發現那些地方的探險家只是誤認罷了，或者是為了沽名釣譽、籌募資金而編造出來的。」

「至少現在我們知道真相了。」史黛拉說：「這是個開始，可是我們若無法返回黑暗冰橋上也沒有用。現在沒有熱氣球了，我們該怎麼辦？」

「我們只能設法穿過花園。」謝伊似乎頗為擔憂，「希望能找到有用的東西，我們現在能做的就只有這樣了。」

*

史嘉莉．蘇維奇走了，似乎不可能回來了，四位探險家決定在花園裡架起魔帳毯。大家都已累得人仰馬翻，需要飽餐一頓，睡個好覺，喝杯熱巧克力。史黛拉把她從史嘉莉．蘇維奇身上得知的一切、《雪之書》，以及石獸群已將偷走的心送回給波蒂雅女王的事告訴其他人，接著她便一頭倒在床上，直至隔天豆豆帶著歉意來用手肘推她時，才醒過來。

「不好意思，史黛拉，」豆豆說：「我們很不想吵醒你，可是已經下午了，我們也許該設法找路，回去黑暗冰橋了。」

史黛拉坐起來，飽睡一頓後，感覺好多了。她準備起身，跟大家一起找回家的路。一行人出發穿過花園。

「你要不要現在就試著打開有你父親的雪球？」大家越過繩橋時，史黛拉問豆豆。

豆豆搖搖頭，「我覺得我們應該等返回文明世界後再開。」他表示：「我們還得跋山涉水的回去，而且過程十分險惡。」

他們走過繩橋，經過裝飾梨，然後開始沿著層層疊疊的瀑布攀爬。他們發現其中一道瀑布的淺灘裡有藍色的魚。

「天啊！」豆豆驚呼說：「這些看起來像許願魚。」

「許願魚？」伊森興致勃勃的說：「那我們是不是該許個願？」

「若想許願，就得送給魚兒一份自己的不愉快記憶。」豆豆說。

「聽起來滿不賴的嘛。」伊森說：「我不介意失去一兩個爛回憶，很歡迎送給魚兒。」

但豆豆搖搖頭，「我要保留所有的回憶。」他靜靜表示：「它們形塑了現在的我。要是少了什麼不好的回憶，我會變得更加懦弱和膽怯。」

史黛拉忍不住覺得豆豆說的有道理。無論他們每個人有什麼長處，都是辛苦得來的，如果必須重新經歷那些教訓，也太糟了。於是大夥決定不去打擾許願魚，繼續穿越花園。

當他們來到先前跨越的繩橋時，注意到一座早先因他們面向另一方而未能細看的花園。大夥注意到的第一件事，就是那面旗幟。

旗桿就立在島嶼邊緣，一面豔紅和橘色的旗子在微風中輕輕飄動。上面的徽冠，就跟他們在黑暗冰橋經過的墜毀熱氣球上看到的一樣，那是天鳳凰探險家俱樂部的徽冠。

少年探險家看到旗子，都忍不住想向前一探。

「也許我們很快看一眼就好？」史黛拉說。

其他人立即表示同意，於是四人繞過瀑布花園，來到通往天鳳凰懸吊花園的繩橋。相較於其他大多數島嶼，這座島顯得非常大，而且他們很快就發現，這座島本身也是一個籠子。他們一過橋，便在花園邊緣找到一扇鎖住的門，就嵌在一面厚厚的鐵網上，網子朝空中形成一個圓頂……很像一座鳥舍。

史黛拉望著其他人，同時試著抑制心中的興奮。「你們覺得這裡會不會真的有鳳凰？」

「鳳凰只是一種神話。」伊森表示，但語氣略帶猶豫。「不是嗎？幾乎所有人都認為鳳凰從來不存在。」

「我們以前也以為天鳳凰探險家俱樂部不曾存在。」史黛拉指出這點說：「現在我們知道那不是事實了，因為俱樂部就在我的袋子裡。」

「那倒是真的，不過如果收藏師在那麼久之前就把俱樂部收藏起來，鳳凰現在不是該都死光了嗎？」伊森問。

豆豆搖頭說：「鳳凰可以活好幾百年，而且即便死了，也能浴火重生。」

「所以，如果鳥舍裡有鳳凰，有可能是以前天鳳凰探險家俱樂部所擁有的同一批鳳凰囉？」謝伊說。

「確實有可能。」

他們努力隔著鐵網查看，可是樹上的大片葉子貼在籠子邊，根本無法看穿。

「如果裡頭有鳳凰，我們不能任牠們像這樣鎖在籠子裡。」史黛拉說。

「可是大門鎖住了。」豆豆說。

「我可以變出鑰匙，記得吧？」史黛拉一邊答道，一邊伸手去摸手環上的鑰匙幸運符了。

史黛拉專心想著咒語，片刻後變出一把冰製的小鑰匙。只不過史黛拉卻因此覺得天旋地轉，要不是謝伊抓住她的臂膀，只怕她會向前跪倒在地。有那麼一瞬間，史黛拉以為自己會吐出來。

「你實在應該休息一陣子，別再變魔法了。」伊森從她手中取過鑰匙，免得掉了。「一晚的好覺，還不足以恢復正常，加上你又還不習慣。」

「我知道。」史黛拉答道：「但我絕不能把鳳凰關在這裡不管。」

伊森嘆口氣，不再多說，他把鑰匙插入鎖裡轉動，門鎖一彈，大門開了。伊森抱起曼維拉，把牠塞回自己的套衫裡，以免小小的火鶴紳士變成大鳳凰的活點心。接著四個人穿門而入。

一條曲徑伸入花園，大夥循路經過各式樹林與樹叢。這裡靜悄無聲，史黛拉正想著也許裡頭根本什麼都沒有。

「這裡以前一定是天鳳凰探險家俱樂部的一部分。」豆豆說：「小徑的瓷磚上不斷出現他們的徽冠，而且石椅都做成鳳凰的形狀，還有掛在樹上的燈籠也是鳳凰的樣子，瞧。」

史黛拉發現豆豆說的沒錯，華麗的黃銅燈籠以等距間隔掛在樹上，每一盞都做成鳳凰的造型，鳳凰的巨大爪子攀附在燈籠上。

「那邊的樹是火熱辣椒樹，樹上結出來的辣椒應該是鳳凰最愛的食物，而且空氣中飄著營火的氣味。」

「還有，你們知道嗎？以前俱樂部的土地上，有座聞名的巨型天鳳凰鳥舍。」豆豆接著說：「不過我想，當時應該沒有鳥籠。那個故事可就更異想天開了，因為傳說鳥舍的形狀像是……」

一行人繞過小徑轉角，豆豆突然閉上嘴，大夥全驚詫的瞪著。

「你剛才該不會是要說，像一根巨大的羽毛吧？」伊森問。

豆豆默默點頭，事實上，看到這片奇景，大夥全說不出話了。他們前方聳立著一棟橘色與紅色的羽毛狀巨大鳥舍，聳入雲霄數百公尺之高。每根羽絲都形成一根長長的棲枝，上面棲息著鳳凰，總共約有五十隻，全部身形巨大，渾身長著絕美的火羽。即使隔著一段距離，探險家們依舊看得一清二楚，但接著有隻鳳凰注意到他們了，便飛下來直接停在他們面前。

這隻鳳凰甚至比女巫山的禿鷹更大，至少有三公尺高，甚至更高。鳳凰用銳利聰慧的眼神俯視他們片刻，然後忽然展開一對華麗的巨大翅膀，在陽光下如餘火般發出混合著美麗的橘色、紅寶石色，甚至偶爾閃著藍光的光芒。

豆豆被這突如其來的動作嚇得跳開，但史黛拉不覺得大鳥有意傷害他們。果不其然，鳳凰接著垂下頭和肩膀，然後跪到地上，狀似期待他們騎上去。史黛拉凝視大鳥閃閃發光的黃色眼睛，感覺牠的神情帶著某種懇求，彷彿催促他們騎牠遠飛。一會兒之後，其他鳳凰也注意到他們了，一團團火色繽紛的鳥羽，紛紛飛降而下，一時間空中瀰漫著濃厚的煙灰味。

「牠們希望我們騎牠們高飛。」謝伊說。

史黛拉抬頭看著天空，發現上頭覆著一片籠網。

「可是要怎麼辦到？」她有些絕望的說：「牠們身形太巨大了，沒法穿越我們進來的那扇門。」

大夥無助的面面相覷。

接著豆豆瞇起眼睛，繼續審視上方的鐵網，然後說道：「看起來，上面好像有個開啟的機關，我看到鉸鏈了。」

「呃，但我們要怎麼打開籠頂？」伊森問。

「控制桿一定就在這裡某處。」豆豆答道：「說不定在鳥舍裡？我們過去看看。」

四位探險家走到刻著天鳳凰探險家俱樂部徽冠的華麗木門邊。木門設在羽毛根部，形成圓形的塔樓。他們發現鳥舍的一樓擺滿各種照顧、餵養及訓練鳳凰的詳解書籍，許多書上都有探險家的署名。

「你們看這一本。」謝伊拿起其中一本書說：「上面有手寫的註記，『**天鳳凰探險家俱樂部財產，若有遺失，請歸還俱樂部圖書館。**』」

這下子就毫無疑慮了，以前確實有第五個探險家俱樂部，四名孩子繼續爬上二樓，並在二樓發現皮製的騎具，包括各種鞍座與韁繩。

三樓有個類似酒吧的地方，史黛拉並不覺得訝異，因為探險家無一例外的喜歡小酌一杯。這個酒吧裡只剩下滿是灰塵的威士忌酒杯，還有幾瓶未喝完的烈酒。原本優雅的紅木家具看起來被老鼠攻擊過了，而且還有個蓋著俱樂部徽冠的空雪茄盒，仍飄著淡淡的菸草香。

其他房間還有更多這個失蹤俱樂部的用品，四位探險家必須一路爬到最頂層，才終於找到他們要找的東西。在這個空無一物的房間中央，立著一根紅色控制桿，陽光從全景式的窗戶潑灑而入，照得控制桿閃閃發亮。每一位少年探險家幾乎都無法抗拒迷人的紅色大控制桿，而這根桿子更是特別令人興奮激動，因為底下整齊的印上了幾個字：

鳥舍屋頂

一夥人衝了過去，豆豆得意洋洋的扳動控制桿，四人立即聽到機器運轉的隆隆聲響，他們奔到窗口，及時看見鳥舍屋頂往後掀開，開口大到足以讓鳳凰飛出去。

巨大的鳳凰立即竄入空中，接下來的幾分鐘，從塔樓窗口看出去的景色，就是不停來來去去的紅色與橘色飛翅，鳳凰們像火熱的小火箭般，自由自在的飛翔。史黛拉看得滿心歡喜，開心的咧著嘴對其他人笑。

終於，空中不再有鳳凰了，於是四人爬下塔樓，當他們開門走到外面時，卻發現並非所有鳳凰都離開了。有兩隻留了下來，其中之一是最初跪在他們面前的鳳凰，現在另一隻陪著牠，也擺出相似的姿勢。牠們用熱切聰明的眼睛盯著探險家們。

史黛拉用雙手摀住自己的嘴，「牠們是在等我們！」史黛拉驚呼說，然後看著其他人問：「你們覺得我們真的能騎鳳凰嗎？」

「回黑暗冰橋的路可能很遠！」謝伊大聲說：「可是我們沒有人受過騎鳳凰的訓練……」

他語音漸弱，每個人都咧著嘴笑，他們非騎那兩頭美麗的大鳥不可，而且每個人都很清楚這點。

「我去拿騎具。」謝伊說著，人已轉身往鳥舍跑回去。

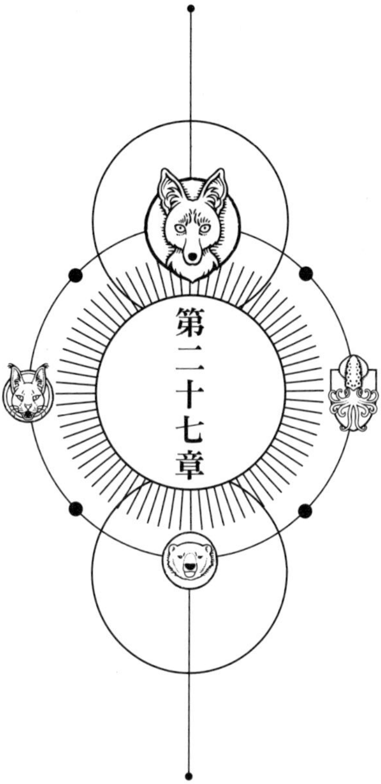

第二十七章

啟程返家

兩頭鳳凰揮舞華麗的羽翼，振翅飛入天際，同時歡心的高歌，牠們的歌聲如此雄渾嘹亮，熱情如火，令史黛拉覺得皮膚沐浴在溫暖中，每個音符都宛如融化的奶油。她抓緊鳳凰的羽毛，忍不住歡聲高喊。謝伊在她身後緊緊抱住她的腰，並在她耳邊哈哈大笑。

懸在他們下方的亞馬東懸吊花園，開滿色彩斑斕的花朵，中間點綴著蔚藍的池子和瀑布。然而這幅景象僅停留一會兒，鳳凰便往上穿過雲層，飛越破掉的魔法偽裝畫布，最後終於衝入真正的天空裡了。

「牠們全在這裡呢！」史黛拉驚呼。

果然，所有的鳳凰都在雲層之上飛騰盤旋，展開巨翅，曬著日光，開心高歌，享受本該屬於牠們的自由翱翔。

史黛拉回眸一望，看到豆豆和伊森跟他們一樣，對此嘆為觀止。掛在橋上的魔法偽裝畫布再次將花園隱藏起來，若非畫布撕裂，永遠不會知道下頭有花園。除了破裂處，放眼望去全是太空中的璀璨星星，星群之上的黑暗冰橋，橫跨了海洋表面，黑色的石頭在陽光下綻放光芒。

「現在我們只要祈求鳳凰肯聽指令就好了。」謝伊對史黛拉說：「還有，希望牠們不會任性飛去牠們想去的地方。」

「我想那得取決於牠們是否受過良好訓練。」史黛拉答說。她回頭看看謝伊，「但願牠們跟北極熊探險家俱樂部的遠征狼群一樣，而不像海魷魚探險家俱樂部在我們第一次遠征時帶來的那批狼。」

「我們只有一個辦法能知道。」謝伊答道。

史黛拉點點頭，轉回去對鳳凰說：「美麗的鳥兒，我不知道你能不能聽懂我的話。」她說：「但我們必須越過黑暗冰橋，回到波蒂雅女王城堡裡的洞穴。」

大鳥沒有任何反應，可是當史黛拉輕輕扯動韁繩，將牠引導向上方的大橋時，鳳凰立即做出回應，接著其他所有的鳳凰都跟在後面，像一大片金雲似的，一起飛入空中。

在驚險刺激的逃亡過程中，史黛拉完全把波蒂雅女王拋到了腦後。當鳳凰飛過大橋邊，史黛拉立即看到了被石獸圍住的雪之女王，石獸們一定是直接從花園飛上來的。波蒂雅站在大橋邊緣往外望，像是在尋找什麼。

史黛拉回頭看著謝伊，「我想我們最好先降落，確定她沒事。」

她引導鳳凰下降，伊森和豆豆也跟著做。雪之女王看見兩頭華麗的鳳凰，瞪大了眼睛，石獸群則害怕的往後退開，像孩子似的緊揪著女王的裙子。

「噓。」波蒂雅女王安撫牠們說，伸手撫摸著其中一隻石獸的石腦袋。「牠們不會傷害你們的。」

她似乎變得與之前不同了，眼神中多了先前沒有的清澈。雪之女王看起來依舊疲累，但似乎有種了然於心的自在。

「你還好嗎？」史黛拉從鞍座上彎下身，與雪之女王說話。她看到波蒂雅一手拿著一顆空掉的雪球，但手銬依然緊緊箍住她的手腕，「沒效嗎？」她問。

「我相信現在會有效了。」波蒂雅女王說：「你最好拿走這個。」

她伸手將雪球遞給史黛拉，然後從口袋裡拿出冰鑰匙。

「我只是想先跟你道謝。」波蒂雅說：「然後再表示歉意。」

「有什麼好抱歉的？」史黛拉回應。

「很抱歉我當初製造了那些雪球，現在我全想起來了。我記起自己驚駭的發現，收藏師想收藏整個世界。石獸們告訴我，現在是另一位收藏師了，但聽起來，她跟杰爾德．阿里海利一樣邪惡。」

「沒關係。」史黛拉說：「至少現在我們知道是怎麼回事了，那樣就能防範收藏師和幻影地圖集學會了，算是很有收穫。」

「一開始，我們是出於理想才這麼做。」波蒂雅女王說：「我們是真的想做點好事，希望你能相信。」

「我相信。」史黛拉回答說：「沒事了，你不必再掛心。」

波蒂雅女王將眼睛閉上一會兒，「謝謝你。」她說：「祝你好運。」

她拿起閃閃發光的冰鑰匙，往手銬裡一送，鑰匙再次平順的插進去，但這回鎖喀嚓的彈開，手銬掉到地上了。雪之女王大大的吸了口氣，彷彿在水底憋氣已久，此時才終於冒出水面。

女王看著史黛拉，臉上綻放一大朵微笑，然後無聲的再次張口道謝，接著便從視線中淡出，化成上千百片雪花。雪片在空中閃動滯留片刻，然後消失在拂過橋面的海霧中。

七頭石獸悵然的目送雪之女王離去後，對史黛拉點頭致謝，然後邁步起跑，躍入空中展開翅膀，沒入雲霧之中，留下被棄置在橋上的雪船，不過幸好少年探險家不再需要雪船了。

史黛拉嘆口氣，「好了。」她說：「我們走吧。」

她輕輕拉動韁繩，催促她的鳳凰飛入空中與其他大鳥匯集，伊森和謝伊就在她身後。眾人轉向城堡，開始越過黑暗冰橋，啟程回家。

*

沒想到鳳凰飛翔得速度極快，逼得謝伊、豆豆和伊森必須用披風和圍巾緊緊裹住自己，抵擋迎面撲來的呼嘯寒風。但他們在空中飛行神速，且途中毫無阻礙。大夥經過了幾座棲在大橋高塔上的廢棄妖精巢穴，當他們停下來紮營過夜時，伊森談到這些巢穴。

「我敢打賭，牠們一定是這樣讓熱氣球墜毀的。」伊森說：「小妖精們把自己彈射到熱氣球裡，然後破壞內部的設備。」

「可以那樣嗎？」史黛拉問，「彈射機的力道一定很大吧。」

「噢，可以的。」伊森答說：「要的話，小妖精能把自己彈到好幾公里外。」

除了寒風刺骨了些，兩腿痠疼了些，四位探險家都同意，騎鳳凰旅行非常美妙，尤其還有其他色彩繽紛、成群結隊的鳳凰，陪在他們四周飛繞盤旋。

他們飛速趕回黑堡，進度極快，僅在吃飯睡覺時才停歇。史黛拉很高興的發現，經過兩三天後，謝伊和柯亞似乎完全復原了。柯亞回復原本的狀態，謝伊似乎不再有惡夢、幻聽或頭疼了。不過當大夥從棄置的遠征隊營地上空飛過時，史黛拉感覺身後的謝伊驚跳了一下。她回頭詢問怎麼回事，謝伊說：「也許沒事……但我在那瞬間以為自己看到那位小仙子學家的幽魂，從地面對我們揮手。」

史黛拉皺著眉問：「你不會以為自己還能看見鬼魂吧？」

謝伊聳聳肩說：「希望不會。」

眾人繼續前進，才三天，便突然抵達了。他們可以看到大橋的盡頭，以及參差的崖頂，以及立在懸崖一側的城堡。

「我們成功了。」史黛拉簡直無法相信這是真的。

大夥讓鳳凰停在城堡外，然後七手八腳的下到地面。

「該去救我們的爸爸媽媽了。」史黛拉咧嘴對豆豆笑著說。

史黛拉急著想再見到菲利克斯，希望他們兩人在只有叢林小仙子的照料下，在洞穴裡還過得去。史黛拉在回程途中刻意不使用任何魔法，以便一回來便能準備融解冰牆。

史黛拉和其他兩名夥伴正準備走向門口時，豆豆忽然開口：「等一等。」

三人回頭看到豆豆手裡拿著一顆雪球，那顆囚禁他父親遠征隊的雪球。

「我得先做這件事。」豆豆的臉色比平時蒼白，「萬一沒成功……萬一他不在裡頭，至少不必讓我媽媽知道。我不想讓她抱持太多希望。」

史黛拉點點頭說：「當然。」

她看到獨角鯨奧布瑞從豆豆的口袋頂端突出來，這一刻，所有人都承受了難以負荷的期望。

史黛拉屏息交叉十指，她知道身後的伊森和謝伊也跟自己一樣，就連曼維拉也把翅膀交疊起來了。

豆豆低頭看著雪球，然後慢慢開始將它扭開。

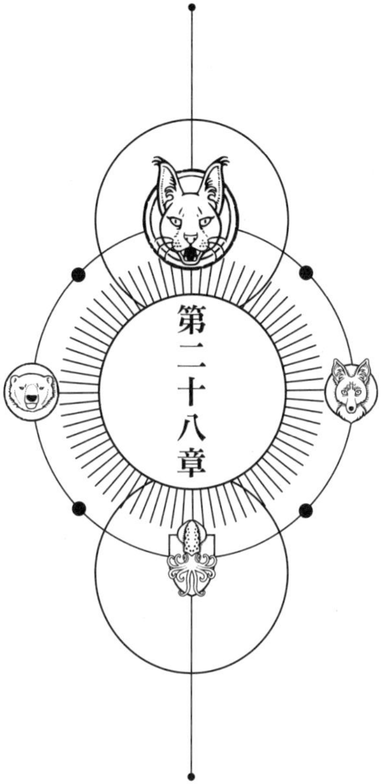

第二十八章

久別重逢

幾分鐘後，史黛拉匆匆奔下通往洞穴的石階，其他人尾隨在後。洞穴看起來跟他們離去時一模一樣：水從鐘乳石上穩定的滴入岩池裡，而冰龍則安詳的在閃閃發亮的貝殼床上打盹。底部將菲利克斯和喬絲困住的冰牆，依舊厚實堅固，史黛拉的手指已經在發癢，巴不得施展融冰的咒語了。

四下不見叢林小仙子的行跡，她正擔心他們可能不耐煩，跑去別的地方時，就瞥見動靜了。史黛拉看到四位小仙子在冰龍上方設置了臨時的迷你高爾夫球場，手上拿著細小的冰柱，把一小顆圓呼呼的貝殼打繞過巨龍的爪子，飛過尾巴。

「喂！」史黛拉大喊一聲，引他們注意。

哈米納嚇得手裡的高爾夫球杆都掉了，一見是史黛拉，哈米納歡聲雷動。接下來的一秒，四位叢林小仙子的大毛腳纏在一起，從冰龍身上奔了下來，每個仙子都眉開眼笑，喜不自勝。他們朝探險家們衝來，同時興奮的跳舞翻筋斗。史黛拉笑著朝他們揮手，然後趕忙跑到牆邊。

「菲利克斯！」她大聲喊著，用拳頭敲擊冰牆，「你們還在裡頭嗎？」

牆的另一端傳來悶聲的驚呼，接著菲利克斯的聲音傳回來了，「是史黛拉嗎？我心愛的女兒，真的是你嗎？還是我們在這裡終於瘋了？」

「是我呀！」史黛拉笑著回答。

「豆豆嗎？」喬絲在豆豆喊她時，也同時回喊。

「快呀，史黛拉！」豆豆大聲說：「快把他們弄出來。」

史黛拉已經在摸腕上的星星幸運符，朗聲背誦《雪之書》裡的咒語了：

「**碎冰不復存在，**

回復其原本樣貌。」

當然了，這回其實不是什麼碎冰，而是一大道厚實的冰牆，因此史黛拉試了好幾次，才終於把冰層融化到夠薄，讓他們可以用靴子踹穿牆。

此時史黛拉的腳都軟了，但下一刻，菲利克斯已一把抱住她，史黛拉鬆了一大口氣的倒在他身上。

「你這孩子真棒！」他大喊，接著退開到手臂長的距離問：「你還好嗎？」

史黛拉跟他保證自己沒事，「那你還好嗎？」她問。她發現菲利克斯滿臉凌亂的鬍子，但那對在鬍子上方對著她發亮的眼睛，依然沒變。

「我希望永遠不要再看到食人魚杯子蛋糕了。」他告訴史黛拉：「不過除此之外，我們兩人都很好。叢林小仙子太棒了。」

史黛拉看著跪在豆豆前方，緊抓住他肩膀的喬絲，也正在跟他說類似的話。

接著豆豆瞄著自己身後，然後表示：「媽，這裡還有一個人想見你。」

喬絲順著兒子的眼光看過去，一口氣卡在她的喉頭。豆豆身後幾公尺處，站著一位身穿北極熊探險家俱樂部長袍、高大寬肩的男子。

「不……不可能！」喬絲喃喃的說。

愛德恩．亞伯特．史密斯緩緩走向前，他看起來十分疲憊，精神尚有些恍惚，但臉上滿是笑容，眼角都擠出魚尾紋了。「喬絲，」他的聲音顫抖著，滿懷期待又有些遲疑的說。他怯怯的朝她伸出手說：「真的是我。」

喬絲搖著頭，用力眨動眼睛，彷彿以為這是海市蜃樓，但發現他並未在空中消失後，喬絲大叫一聲跳著站起來。那是由衷發出、無可言喻的快樂之音，下一秒鐘，喬絲朝他跑過去，雙手環住他的脖子，然後用單隻手臂緊抱住他，同時用另一隻手狂亂揮著要豆豆一起加入。史黛拉知道她這位朋友通常不喜歡被人觸碰，但這回豆豆破了例，站到他父母中間，緊緊抓住他們的手。豆豆從頭到腳都在顫抖，喬絲則不加掩飾的邊哭邊狂親她先生的臉。

「你害我心都碎了！」她告訴他：「我那麼愛你，你卻傷了我的心！」

「我知道。」愛德恩在她耳邊輕嘆，他閉上眼睛，然後說道：「但我會再讓你的心癒合起來，我會好好彌補你們母子的。」

「天啊，史黛拉。」菲利克斯對靠在他臂膀上的史黛拉說：「你們四個到底做了什麼？」他垂眼一望，「還有，這位優雅的先生是誰？」

史黛拉看到曼維拉站在他們腳邊，脫下圓頂禮帽致意說：「在下是曼維拉．蒙哥馬利，海灣區的蒙哥馬利家族願為您效力。」

「牠是從火鶴紳士嶼來的。」史黛拉說。

「可是……並沒有那種地方。」菲利克斯一邊說，一邊回頭看著曼維拉表示：「不好意思，我當然很高興認識你，但火鶴紳士嶼在多年前就已證實不存在，並從地圖上移除了。」

「呃，」史黛拉說：「關於那件事嘛，我們有些事得告訴你。」

尾聲

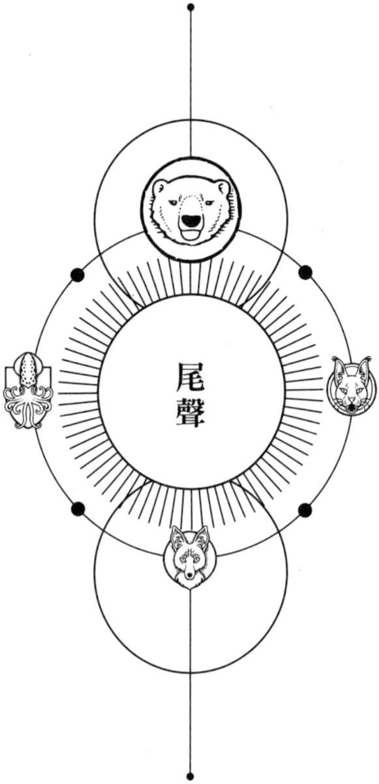

三個月後

那是一個晴朗清新的好天氣，史黛拉在花園跟她的北極熊翻滾嬉鬧時，菲利克斯從陽臺上喊她。史黛拉起身拍去衣服上的碎雪，在葛拉夫頭上給牠一個大親吻，然後走向手拿著報紙，站在陽臺等她的菲利克斯。

「我想你看了這個可能會喜歡。」他笑著把報紙遞給她。

史黛拉小心翼翼的看著報紙，自從他們遠征歸來，帶回收藏師和幻影地圖集學會的消息後，引起不小的騷動，大家議論紛紛。黑暗冰橋另一端的真相被揭穿後，消息如野火般的傳播開來。北極熊探險家俱樂部召開緊急會議，其他俱樂部派代表參加，史黛拉的遠征團隊也列席其中。

一開始，眾人對他們的故事疑心重重，叢林貓探險家俱樂部的主席甚至說，這整件事是他們為了逃避追捕，瞎扯出來的瞞天大謊。

「親愛的先生。」菲利克斯抗議道：「你自己都能親眼看見外頭有一大群鳳凰了！」

自從他們回到文明世界後，鳳凰群便寸步不離的跟在史黛拉身邊，任何人想逮捕她，都困難重重。鳳凰有厲害強大的尖嘴，一不小心可是會被牠們咬掉手的。

「沒有人否認這批少年發現了一群鳳凰，但那不表示其餘的故事就是真的。」福格主席說。

「那麼曼維拉怎麼說？」史黛拉指著前來支持他們的火鶴紳士說。

「也許只是你們在某個地方撿到的怪人罷了。」史邁思主席哼道。

「我才不是怪人！」曼維拉憤憤不平的大聲抗議。

「你們不會真的以為我們會相信，巨人國就在這顆雪球裡吧。」福格主席說著，拿起其中一顆擺在桌上的雪球，瞇眼看著它說：「或天鵝女士島。」他說著走向下一顆雪球，「還是天鳳凰探險家俱樂部。不會吧！」

「我們堅信事實就是這樣。」菲利克斯冷靜的回答。

「如果真是那樣，我們何不直接現在就打開一個雪球看看？」史邁思主席說著，伸手去拿那顆收藏著巨人族的雪球。

「不，不行。」菲利克斯搖頭表示：「你不能在這裡打開。」

「為什麼不行？」史邁思主席狐疑的問。

「有點常識吧，老兄。」菲利克斯說：「那是巨人國啊，萬一它一下子在這裡重生，會把我們大家都壓扁的，因為空間根本不夠。」

「你這話倒是說得很輕鬆。」史邁思主席不屑的把雪球放回去說。

「恰恰相反，一點也不輕鬆。」菲利克斯嗆道：「總之，我們得盡可能照道理走。」他拿起擺在桌上的幻影地圖集，「這本書畫出了這些被收藏的地方，最初所在的位置。雪球必須送回原地，歸還失土。看，巨人國應該回到這裡。」他指著地圖集中的一頁說：「派人搭飛船過去，不到一個星期便能抵達了。而天鳳凰探險家俱樂部離那裡僅幾天的距離。」

經過大量討論後，大家終於同意菲利克斯所提議的，那兩顆雪球應該送往正確地點打開。史黛拉雖然高興，他們卻直截了當的拒絕讓她或菲利克斯前往，因為嚴格來說，他們已被俱樂部除名了。

「我去吧。」伊森的父親柴克里．文森．盧克主動表示：「看看這個地理環境，」他指著地圖集說：「搭潛水艇會快很多。」

由於大家都同意這項安排，柴克里便刻不容緩的籌組海魷魚探險家俱樂部的遠征隊，並由伊森陪他同行。史黛拉和菲利克斯連同鳳凰群則獲准一起回家，豆豆和父母親也返家了，他們還有很多事要分享。謝伊的母親前來接謝伊，他也非常需要好好與家人團聚。

*

「他們成功了。」菲利克斯低頭看著從他手上接過報紙的史黛拉說：「伊森和柴克里做到了。」

史黛拉看到報紙標題寫著：

冰雪公主解救被遺忘的探險家俱樂部

報導接著詳述柴克里．文森．盧克的遠征隊，如何從雪球中釋放天鳳凰探險家俱樂部。俱樂部被收藏時，有十二位探險家困在俱樂部屋中，報紙引用其中幾人所說的話。

「我們永遠都無法訴盡對冰雪公主的感謝。」

「若不是她，我們仍被囚禁在裡頭。」

「也許我們失去了大部分會員，但天鳳凰探險家俱樂部將浴火重生。」

「歡迎新人申請。」

「史黛拉．星芒．玻爾只要願意，隨時可以加入我們的行列……」

「今早各報全寫滿這項消息，」菲利克斯說：「巨人國也放回去了，你得感謝伊森盯著，確保他們知道是誰的功勞。」

「不只是我，」史黛拉說：「是我們所有人。」

「呃，但你是唯一要面對通緝的人。」菲利克斯說：「而現在報上都稱你為英雄。」

「說不定他們明天就又說我是壞人了。」史黛拉說。

即便如此，史黛拉抓著報紙時，還是不禁感到興奮。

「我想，那會是以後的問題了。」菲利克斯說：「現在輿論是站在我們這邊的，我們得把雪球歸回地圖上的位置、逮捕收藏師、阻止幻影地圖集學會。這段期間，我收到福格主席的電報，再次提供我們兩人北極熊探險家俱樂部的完整會員資格——如果我們想要的話。另外，天鳳凰探險家俱樂部主席也發來一封電報，這位叫埃斯塔・福克斯・傑考的先生挺好的，邀請我們到他們俱樂部喝茶。巨人國國王也來信了，僕人們現在正在前院草地上把信攤開，因為信紙很大張，但我想應該也是封邀請函。」

菲利克斯低頭看著史黛拉問：「所以，你想做什麼？」

史黛拉把報紙摺起來塞到腋下，然後抬眼看著菲利克斯，咧嘴一笑。「我全部都想去做。」她答說：「我想再次當一名探險家，想拜訪巨人國和天鳳凰俱樂部，我想歸還雪球，想在史嘉莉．蘇維奇做出更多破壞前阻止她。」

「好的。」菲利克斯搓著手回答：「那我們要做的事可多了。我建議先到圖書室喝壺茶，吃點吐司，然後，親愛的，我想我們最好開始動手了。」

致謝

非常感謝我的經紀人和版權代理公司，他們一直為我的作品奮鬥不懈。也謝謝可愛的出版社給予【北極熊探險隊】系列無比的支持與熱情。

感謝我家兩隻暹羅貓 Suki 和 Misu 給我愛的抱抱。

謝謝我的未婚夫 Neil Dayus，為我提供飲料和書中的一些點子，包括威諾斯交易站和魔法帳。

感謝過去一年來，在網路上或面對面遇見的所有童書商與老師，他們對閱讀和書籍的熱愛，總能激發我的熱情。

最後，我要對所有讀過並喜歡【北極熊探險隊】系列的孩子們獻上最大的謝意。當你們打扮成書中的人物、寫信給我或在教室創作東西，還是在各個活動分享美妙的點子時，都在在提醒了我，做為一名童書作家是多麼特別的事。希望你們也喜歡這本書。

XBSY0033

北極熊探險隊 3 黑暗冰橋
EXPLORERS ON BLACK ICE BRIDGE

作　　者：艾莉克斯・貝爾（Alex Bell）
繪　　圖：托米斯拉夫・托米奇（Tomislav Tomić）
翻　　譯：柯清心

字畝文化創意有限公司
社　　長：馮季眉
編　　輯：戴鈺娟、陳曉慈
行銷編輯：洪　絹｜特約編輯：陳嫺若、廖佳筠
美術設計：江宜蔚｜封面繪圖上色：廖于涵

讀書共和國出版集團
社　　長：郭重興｜發行人暨出版總監：曾大福
業務平臺總經理：李雪麗｜業務平臺副總經理：李復民
實體通路協理：林詩富｜網路暨海外通路協理：張鑫峰｜特販通路協理：陳綺瑩
印務協理：江域平｜印務主任：李孟儒
發　　行：遠足文化事業股份有限公司　字畝文化
　　　　　地址：231 新北市新店區民權路 108-2 號 9 樓
　　　　　電話：(02)2218-1417
　　　　　傳真：(02)8667-1065
　　　　　電子信箱：service@bookrep.com.tw
　　　　　網址：www.bookrep.com.tw
　　　　　郵撥帳號：19504465 遠足文化事業股份有限公司
　　　　　客服專線：0800-221-029

法律顧問：華洋法律事務所　蘇文生律師
印　　製：呈靖彩藝有限公司

2021 年 10 月　初版二刷　　定價：380 元
ISBN 978-986-0784-26-8（平裝）　書號：XBSY0033

國家圖書館出版品預行編目（CIP）資料

北極熊探險隊 . 3, 黑暗冰橋 / 艾莉克斯 . 貝爾 (Alex Bell) 作
; 托米斯拉夫 . 托米奇 (Tomislav Tomi) 繪圖 ; 柯清心翻譯 .
-- 初版 . -- 新北市 : 遠足文化事業股份有限公司字畝文化 ,
2021.08
416 面 ;　14.8 x 21 x 2.7 公分
譯自 : Explorers on black ice bridge
ISBN 978-986-0784-26-8（平裝）
873.596　　　　　　　　　　　　　110009776